荷梦寄清风

我的父亲孙犁

孙晓玲 著

山西出版传媒集团 山西教育出版社

图书在版编目（CIP）数据

一生荷梦寄清风：我的父亲孙犁 孙晓玲著. —
太原：山西教育出版社，2023.9
ISBN 978-7-5703-3217-5

Ⅰ.①一… Ⅱ.①孙… Ⅲ.①随笔-作品集-中国-
当代 Ⅳ.①I267.7

中国国家版本馆 CIP 数据核字（2023）第 078232 号

一生荷梦寄清风：我的父亲孙犁

责任编辑：刘晓露
　　　　　连　军
特约编辑：麦　坚
复　　审：康　健
终　　审：郭志强
装帧设计：陈　晓
印装监制：蔡　洁

出版发行：山西出版传媒集团·山西教育出版社
　　　　　（太原市水西门街馒头巷 7 号　电话：0351-4729801　邮编：030002）
印　　装：山西新华印业有限公司

开　　本：889×1194　1/32
印　　张：10.5
字　　数：198 千字
版　　次：2023 年 9 月第 1 版　2023 年 9 月山西第 1 次印刷
书　　号：ISBN　978-7-5703-3217-5
定　　价：59.00 元

如发现印装质量问题，影响阅读，请与出版社联系调换。电话：0351-4729718

代　序

布衣孙犁

孙　郁

我曾做了十年副刊编辑，那时候要安排版面，偶写些短文补白。初到报社时，不会写报刊小品，便找来旧报人的小书作为参考。我与孙犁作品的相逢，就是在这个时期。阅之如沐晨晖，周身明快。孙犁的文章好，主要是没有居高临下的态度，乃凡人的歌吟，与我们距离很近。文章无定格，他随意而谈的文体，于我而言，真的是写作的入门向导。

几十年间，陆陆续续读了他的众多书，每每面对，都有收益，反复吟咏，不觉倦意。这样的作家在中国不多。他非轰轰烈烈的人物，一般亲近热闹的人不会注意到他。——喜欢孙犁的人，大概也有从热闹中逃遁的寂寞吧。与之默谈，仿佛可以听到天语，才知道我们在凡俗里早被污染了。

孙犁太平凡，在关于他的传记中，也没有多少轰动的旧事。一个作家，如果文本诱人，总会吸引人去了解那些背后的故事。孙犁平常的样子背后，该是谜一样的存在吧。关于他日常的起居，我们知之甚少，研究起来总有些障碍。前几年听友人说，孙犁的女儿孙晓玲写了些怀念父亲的文章，惜未能寓目。日前得览，颇为兴奋。长夏无事，取而读之，似乎嗅到了泥土气。孙晓玲的文章毫不巧饰，笔下流动的都是凡人琐事，不是以研究者的视角为文，而乃亲情的记录。一个个故事娓娓道来，鲜为人知的片段连缀在一起，成了孙犁生命的另样注本，好像打开了孙犁的书房，让我们有了与其默谈的机会。

我个人的观点是，孙犁的好处，乃没有中国读书人常见的毛病。其一是不酸腐，未见自作聪明的老朽气。我们读明清以来的文人诗文集，总觉得好的清秀之文真的不多，那是酸腐气过浓的缘故。其二是不自恋，没有被那点利己的私欲所罩，心胸是开阔而远大的。其三是不狭隘，总能在平凡的日子里发现广阔的生活境界，活得真实而有诗意。孙晓玲的书，无意中解释了这些，我们得以知道了其父的低调和布衣品格是多么神奇。比如孙犁本有很老的革命资格，却甘于平凡，不改军人的本分。他的选择总要和世风相反，不涉猎流行的东西，忠于自己的感受，不做自己做不到的事情。读者普遍的印象是，战争的年代，他在恶劣的环境里却写了人性的美，去残酷甚远；和平时期，则没有到荣誉的世界去，而是隐居在津门小屋，甘于寂寞，默默劳作。所写之文多忧患之风，仿佛胜利的宴席与自己没有关系，野店村屋边的清风白水才有妙处。

他晚年写下的文字，炉火纯青，没有一丝躁气，那是沉潜在精神荒原的地火，在夜的世界发出微光，照着流俗的灰暗。我在他的作品里读出了对人性恶的抵触。那些抨击时弊的文章，犹如滴水穿石，柔软的力量后是刚烈的品格。他说自己不再喜欢大的场面，厌倦凑热闹，把心沉到历史里，将现实的感触都融到对旧物的思考里，有些暮鼓晨钟般的苍老了。

孙晓玲记叙父亲的文章，有许多地方让我感动。她对孙犁平常之心的把握真的神哉妙哉，比如对乡下人的关爱、对青年作家的无私扶持、对妻子的感情，都闪着暖意。笔触有情，却不渲染；资料翔实，但力戒做作。在繁华的都市，孙犁不羡慕显赫之所，甘于清贫而带泥土气的生活的形象，清晰可感。孙晓玲不觉得自己是名人之后，是以布衣心态来写布衣孙犁的。

自从曹丕说"文章，经国之大业，不朽之盛事"，舞文弄墨者便把翰墨之乐与己身荣辱相并，与骚赋本意甚远了。孙犁阅史万卷，读人无数，兴衰俱识，甘苦悉知。他是很少的回到文人本色的人，正因如此，才保持了真正的文章之道的纯粹性。如今靠文耀世、博得虚名者多多，却不得文章真谛，去清醇之诗辽远，不过是过眼烟云，转瞬即逝。

在红尘滚滚的文坛，要遇到孙犁这样让人心静、内省、葆有真气的文人，真的不易。前人说，真人不易耀世，今人不复识其法矣。想想此话，是对的。我们对于孙犁的美，能学到多少呢？

（孙郁，著名学者。中国人民大学文学院教授、北京作家协会副主席。主要著作有《鲁迅忧思录》《革命时代的士大夫——汪曾祺闲录》《民国文学课》等）

目　录

辑 一

布衣布履

戏梦悠悠

父亲爱看戏肯定是受我奶奶的影响。我奶奶爱看戏。

我奶奶叫张翠珠，出身贫寒，颇能吃苦，性格开朗，办事果断，地里活儿她能干，家里头她说了算。离我们老家安平县东辽城村三里远的子文镇，每年都有春秋两次庙会，我奶奶特别爱带孩子们去赶集看戏。有一年，她领着十来岁的我大姐去子文庙会，正看得入迷，天上突然飞来了敌机。人群大乱，四处狂奔，竟把我大姐挤倒，她跌伤了。我奶奶又生气又心疼。奶奶身板结实，腰身挺拔，说起话来嗓门又高又亮堂，她站在村北喊我姐，村南都能听得见。我父亲后来爱唱上几句，声音韵味不错，且底气足，还有难得的"流水之音"，就得益于我奶奶。我奶奶、爷爷心地善良，勤俭持家，门外有逃荒要饭的，总是以粥饭尽力周济，这与他们受戏文的影响也有关系。

父亲在安国县城读高小时，能双手写梅花篆的爷爷，送了他一本厚厚的《京剧大观》，父亲觉得那里头有许多自己讲不出来的做人道理。从此，戏的梦便追随着父亲。随着戏曲知识的增加，他对文学产生了更浓厚的兴趣。

父亲看戏最多的时期，是年轻时在北平流浪的那三年。

八十岁时，父亲躺在病床上，对精心守护在跟前的儿女，不无幽默地回忆道："那时，我在市政府路务局当文书，坐板凳，大小是个'官'；写了一首诗得了五角钱，大小是个'诗人'。很知足。""大褂没色了，自己在屋子里染一染，被面是用四块布拼起来的。"

生活清苦，父亲常常牺牲几顿又解馋又管饱的肉卤刀削面、馄饨、热饼、酱黄瓜，省下钱来买进步书刊或看戏。富连成和中华戏剧学校小班演出的京剧，成了父亲厌恶官场、彷徨孤独生活中的安慰；看书则是他漂泊无定、写作失意时的精神寄托。后来，耿直倔强的父亲因为当众骂了上司的侄子——这个少爷虽没吭声，因此丢了饭碗，回到家乡。失业的贫困，使他在家乡也难以为继，只好又到北平做了公务员。在京剧的发源地看过戏的经历，让父亲非常自豪。

有些年，父亲也很喜欢唱戏。在行军路上，在乡间小学中，在延安窑洞里，在出访苏联时，他都喊过、唱过、激动过、抒发过、快乐过、宣泄过。他唱京剧，也唱河北梆子；唱老生，也唱青衣。战友方纪、冯牧都给他操过琴、伴过奏。

1948年，父亲在河北饶阳搞过一年"土改"。在郭家楼院子里，父亲为村民们演唱了一大段《文昭关》二黄慢板，四句"我好比"苍凉幽怨、如泣如诉，获得全院乡亲、京剧票友的一片叫好，掌声阵阵。这段十分难唱的须生唱段，充分显示了他不凡的功底。在大官亭小学，他唱过《捉放曹》，有板有眼，字正腔圆，连拉胡琴的老师都夸"韵味十足"。

戏的梦，伴着爱国志、思乡情，伴着呕心沥血的书写创作，荡漾在冀中平原碧绿的豆架瓜棚下，荡漾在一群才华横溢的热血男儿的胸怀中。

住在多伦道216号跨院后楼和前院平台上的日子，是父亲与母亲婚后聚少离多的生活中比较安定的一段时光。记忆中，父亲带我母亲去中国大戏院看过三次戏（那时家中常有赠券）：一次是梅兰芳来津演出的《宇宙锋》，一次是李世济主演的《陈三两爬堂》，一次是程正泰、林玉梅合演的《红鬃烈马》。看这几场戏，是父母生活中难得的大事。李世济的戏，父亲是第一次看，看过之后，他对我称赞李世济演唱感人，不住地点头说："唱得好！"母亲兴奋了好几天。她一边做饭一边跟我们比画赵艳容"我要上天，我要入地"装疯抗旨的动作，还学着"公子王孙我不打，彩球单打平贵头"的河北梆子戏词，感叹王宝钏守了十八年寒窑是多么不容易。

父亲与母亲举案齐眉，甘苦共尝，情义兼具。父亲进城后与家人团聚，糟糠之妻不下堂；母亲在烽烟岁月坚贞相守，辛劳奉献，这与他们都受到过中华戏曲的熏陶是分不开的。

战争年代和新中国成立初期，父亲也很喜欢听戏。住在山西路55号时，他进进出出都哼着戏，下班回到家就凑近收音机侧耳细听。搬到大院后，除了买书，不爱上街买东西的他，居然去百货公司买了一台上海红灯牌带电转的两用收音机。在因写《铁木前传》用脑过度累病之前，父亲最爱用留声机听叶盛兰、荀慧生的《大英杰烈》（即《铁弓缘》）中的一出《打铁下山》。受童年看乡戏根深蒂固的影响，对能反串小生的花旦戏，他情有独钟。他还爱听叶盛兰的《罗成叫关》。人到老年，他亲口跟我说，他曾唱过小生的选段。怕我不懂，他还特意说明就是"尉迟恭在床前身染重病，无人挂帅统雄兵"那段。这是一段唢呐"二黄导板"转"二黄原板"，再转"西皮慢板"，最后又转"快板"，很难唱，却又很过瘾。虽然我没听他唱过，但我知道能够一气儿唱下来，没点功底是绝对不行的。他也喜欢听奚啸伯的《白帝城》《二堂舍子》和《洪羊洞》。他非常欣赏有"洞箫之美"的奚派感情深沉清雅的演唱风格。他的唱片中，还有梅兰芳与萧长华合作的全本《玉堂春》。他爱听《苏三起解》这样的"西皮流水"。他取唱片时如同取书，小心翼翼，轻拿轻放。有时为了调剂脑子，他会去院子里散会儿步，这时也总是哼着戏段，称得上曲不离口呢！

那时，我是一个无忧无虑的小姑娘。放学回家，常见父母坐在前屋说闲话，回忆乡间旧事。有时父亲也给母亲讲几句诗词，像元稹的《遣悲怀三首》，由浅入深，通俗易懂；有时他还会讲几句戏，三言两语，画龙点睛。我记得他讲过《乌龙院》。不经意中，他也提起过谭富英、马连良、周信芳、杨宝森、杨宝忠、俞振飞等京昆名家、京胡演奏家。一般都是父亲说，母亲含笑听，夫唱妇随，相敬如宾。那温馨幸福的情景，至今仿佛还依稀可见。只可惜那时我年纪小，对戏知之甚微，父亲的精辟见解，顺着耳朵就跑掉了，但我至今还记得父亲与我有过几次关于戏曲知识的简短交流。

有一天晚上，黑灯瞎火，我去南市看完京剧《勘玉钏》回家，父母还在等我。父亲问是谁主演的，我告诉他是罗慧兰，一人饰两角，前饰"小姐"，后饰"妹妹"。父亲饶有兴致地说："是那种演法。"还有一次，我看的是宋德珠的武旦戏，父亲告诉我那是"四小名旦"之一。

有一天，父亲拿着一张粉红色的请束问我："晓玲，你说这个'假'字是什么意思呀？"我看了看，上面写的是"兹定于某月某日假中国大戏院，由林玉梅、程正泰演出全本《红鬃烈马》，恭请光临"。我愣了愣，答不上来。父亲笑了，说："'假'是

'借'的意思啊！就是借用中国大戏院这个地方演戏啊！"那时他不爱过问我的功课成绩，偶尔倒爱提个文学小问题考考我，像"浪里白条"是谁，"勿以恶小而为之，勿以善小而不为"的出处，《聊斋志异》里哪个狐狸精最爱笑，怡红院里某个小丫头叫什么，等等。

"文化大革命"开始后，父亲成了"黑作家""反革命修正主义分子"。在大院的一片混乱中，那些印着精美戏剧人物头像的老唱片和其他东西一块被抄走了。我们一家人被逼着连夜迁至一间又阴又冷的十三平方米的小南屋，与"国民党特务""日本特务""右派分子"为邻。父亲被关进"牛棚"劳动，年近半百挨批被斗，备受屈辱；稿费上交，工资停发，再也没有写作的权利。父亲被冷嘲热讽、诬陷谩骂，噩梦缠身，戏梦、文学梦被无情摧毁。

父亲宁折不弯，几欲轻生。游迷雾、闯骇浪，父亲终于挺过来了，这真是一个奇迹！然而，我衰病的母亲却先他而去。他们曾是贫贱夫妻、患难夫妻、恩爱夫妻，经过这场血雨腥风，从此黄泉隔阻，相逢除非在梦乡。父亲眉目忧戚，憾恨悠长。怀着对民族命运的担忧，怀着对光明的期望，他思索着、期待着……

"文化大革命"后，父亲重新握笔，披蓑戴笠，扶犁执耧，勤恳不休，正是：

劫后耕堂犁不停，梦余芸斋笔锋雄。

尺泽秀露透甘苦，老荒战士远道行。

无为岂不抒胸臆，陋巷弦歌更有情。

晚华淡定如云世，曲终犹闻绕耳声。

他宁肯杜鹃啼血，不愿逍遥度日。激浊扬清，警策后世，呕心沥血，连著十书。不知不觉，两鬓染雪，戏梦重来。他写了《戏的梦》《戏的续梦》，写了最具情感的《亡人逸事》，写了黄城戏台下的相亲，写了梳着大辫子的我的母亲见到他时的惊鸿一瞥……他又开始听半导体，听评书大鼓，也听京剧名段。午睡后，他独自坐在小板凳上，看一会儿电视里的节目，赶上有好戏，自然是细细品味，默默欣赏。

父亲晚年，学湖里寓所的书房内多了一台录音机，是北京的二姐、二姐夫特意送给他的。他俩还从书展上买了一些京剧录音带，一块给老人家带来。因为了解父亲对使用电器不在行，二姐、二姐夫特意在录音机开关上贴了白色橡皮膏，并写好"开""关"二字。这样父亲想听戏段时，只要轻轻一按键，便可听到皮黄声声、丝弦悠扬了。

北雁南飞，似水流年，即使在重病的那几年，父亲仍提起过前后"四大须生"中的余叔岩、言菊朋、奚啸伯，提起过《将相和》这样的戏名；2002年春节，还说起过自己爱看戏。戏梦萦怀，戏梦悠悠，始终伴随着一个忠厚老人对乡土亲人的一腔挚爱，伴随着一个风格独特的作家坎坷而又多彩的文学生涯，伴随着这个自称是京剧"外行"的爱戏老人对美的不懈追求。

2002年

七月怀思更绵绵

人如菊淡隐陋巷，品似莲清铸华章。

素朴刚正淡名利，善意真诚不张扬。

遥离人世三载整，慈爱永记遗念长。

虔诚心香云空祭，七月怀思泪沾裳。

——题记

谢绝赠报

父亲的报人生涯也有些传奇色彩呢。听我老姨讲，她小的时候，按我姥姥的吩咐，曾从安平县西黄城走着到东辽城，看望已经出了门子的二姐，也就是我的母亲。老姨对我母亲结婚后住的那间小屋印象深刻："又矮又小，是土坯房。炕边还有根木棍顶着屋顶，像棵树。那房子快要倒了。"据她说，"二姐婆家一共才两三间旧房，远远比不上娘家新盖的院落。"我爷爷那时在祁州一家店铺工作，生活境况不太好，盖起新院落还是后些年的事。由于我爷爷和我姥爷关系特别好，所以新房是按我姥爷家的院落布局盖的。

1936年春，在这间风雨飘摇的小屋外的草堆上，经常坐着一个黑黑瘦瘦、大眼睛的二十三岁的年轻人——我的父亲。他在树下一边读书，一边焦急地盼望骑着自行车的投递员到来。那样，他就可以看到《大公报》了。他多么希望刚刚投出去的两篇稿件，能变成带着油墨香的铅字啊！那时的他已在校刊——一本简陋的巴掌大小的薄薄的民国时期学校所办刊物《育德月刊》上，发表过诸如《孝吗?》《弃儿》等习作；1934年，在天津《大公报》上陆续登过一首白话诗《我决定了》以及《评〈图书总目〉》《北平的地台戏》等作品。牛刀小试，这个初出茅庐的年轻人，怀揣着一个美丽的梦想，小说、诗歌、评论、纪事均有尝试。

父亲没有上过大学，他的学历一直填的是"高中"。他在保定育德中学六载，知道家里供他读书不容易，所以格外用功。"三岁看大，七岁知老"，我奶奶和我母亲都爱说这句话，夸他自小爱学习，对书最着迷。当时他爱看的报纸首先是上海的《申报》，因为上面有鲁迅先生的文章；其次是天津这份有影响的

《大公报》，因为这份报纸有一个《文艺副刊》。

1982年，父亲写了《报纸的故事》，讲述他在穷乡僻壤的家乡，为筹三块大洋订阅一个月的《大公报》所经历的艰难与快乐。

父亲怎么也没想到，随军进城后，他工作单位的所在地竟是《大公报》创始人之一吴鼎昌家眷的宅第。后来，他在这个大院前前后后生活了长达三十七年。"文化大革命"之后，他又重新开始写作，各地报社、出版社赠阅他的报纸和刊物，每天都会收到好几种，这是一种无形的荣誉，也是一种有形的待遇。

1988年，因大院改为报纸发行用地，父亲搬入了楼房。每天吃完早点，便是他翻阅报纸的时间，《天津日报》更是每天必看。如果当天有他的作品见报，他便把这份报纸细心地保存起来。他也剪报，他的剪报中不仅有鲁迅先生的诗句《偶成》，还有瞿秋白的《狱中诗七首》，也有吴小如的《〈西洲曲〉臆解》。他的剪报，通常也是他练习书法的内容。

父亲的住处除了书多，就是报刊多。除了《天津日报》《今晚报》，《文艺报》《作家文摘》《新民晚报》《文学报》《文汇报》《羊城晚报》等报的副刊编辑也经常给他寄赠报纸，和他保持联系，向他约稿。父亲还连续几年自费订阅了《参考消息》。

1995年，父亲楼下的报纸屡被一个戴墨镜骑自行车的男子拿走。有一回正赶上玉珍姨进单元门，碰见了，质问他要干什么，此人赶紧溜之大吉。父亲很重视这件事情，仔细分析后认为，这个人一定是掌握了此楼住户大都是公费赠报的特点及规律，就让我哥哥在楼下进门处安了一个木箱，加了锁，以保证报纸不再遗失。

坚持每天看报是父亲多年的习惯，是他生活中不可或缺的重要内容。有一回我去看望他，他正坐在卧室的窗前看报，窗外是一棵挺粗的榆树，绿意浓浓。父亲笑着跟我说："我都八十多岁了，看报上的小字不用戴花镜。"他挺自豪的。能轻松地看报纸，他从心底里感到满足。

不知从什么时候开始，我发现父亲的报纸、杂志种类越来越少，父亲跟我称赞过的有《夜光杯》《花地》等副刊的报纸也不见了。我忍不住问父亲："寄赠的报纸怎么都没有了呢？"父亲说："是我告诉人家别寄了。"

父亲在给外地报社、杂志社发出的信函中是这样写的：

编辑同志：

承蒙长期惠赠报刊，使我从中获益很多。衷心感谢！现在我年老多病，视力不佳，读书阅报已很困难。因此恳请从明年起，不要再赠送书报，以免浪费。我对你们的感激之情，是永存的！

即祝编安！

孙犁谨上

一九九二年十月一日

谢绝赠报，是父亲当时的决定，也许是出于不愿给国家造成开支上的浪费的考虑，反正我再也看不到那些我特别喜欢的外地报纸了。这着实让我暗自嗟叹了一阵子。

耕堂"冷"与"热"

1976年至1993年，每天清晨，是父亲主要的创作时间。在耕堂，他如一披蓑戴笠的老农，扶犁执耰，风雨无阻地春种秋收。从"芸斋小说"到"耕堂读书记"，从"芸斋琐谈"到"庸庐闲话"，从"文场亲历"到"当代文事"，从"书衣文录"到"致友人信"……"庾信文章老更成，凌云健笔意纵横"，父亲晚年的写作，被公认为是他文学生涯中的又一个高峰。

对于经常寄给他的那些入选各种"名人录""名人大辞典"的来函登记表等，他从不予办理，有些事情更是"谢绝没商量"。

在简朴而又整饬的耕堂，除了书多，毛笔也多。父亲的铜笔架上挂满了粗细不一的毛笔，瓷笔筒里也插满了毛笔。他常年坚持练习书法，全靠临帖苦练，从不参加笔会，也无师友指导讨论。他尤爱用钢笔或毛笔抄录历代贤哲留下的格言警句，从中领悟人生真谛、写作要领，汲取精神营养，砥砺自己。他把很多书法作品送给了朋友、学生以及年轻的编辑们，希望他们刻苦努力，效法前贤，升华灵魂，圆自己的文学梦。

孙犁常年坚持练习书法，
在多伦道寓所临帖

父亲多年来向众多求墨宝者送出不计其数的作品，却从未卖过一个字！安于清贫，安于寂寞，对于商业卖字行为，父亲不会接受，也不会满足他们的任何要求。练习翰墨书法，既是修身养性，也是他文学世界中不可或缺的一部分，更是对美的另一种追求与探索。挥毫只为抒胸臆，岂能化作生意经？

后来，父亲特意与相关部门打了招呼，请他们以后别在报纸上登他的字了。父亲这种"避而远之"的做法，显示了他强烈的个性。如果他想凭名望卖文获利，想以名人自居四处曝光，想奔波各种聚会吃请受礼，都不是什么难事，但是他对那种喧嚣热闹、气派豪华的生活毫无兴趣，只要能够在静谧的写作中安度晚年就很知足了。

父亲有自己的生活方式，他崇尚纯朴自然、淡泊宁静，在一点一滴的小事上尤为注意。

听亲戚讲，新中国成立后家属刚进城，我母亲还很不熟悉城市生活，父亲曾管过一段时间的工资。有两次他让家人出去买咸菜、买口罩，结果多找回两角钱、多拿回一个口罩，他马上让给店铺送了回去。"文化大革命"以前，我母亲曾经住过一次医院，花了六百元钱。父亲叮嘱大学毕业已参加工作的我二姐说，这笔开支用他《铁木前传》的稿酬支付，不要到报社去报销。我母亲活着的时候，对他的评价是："大处不见小处见。"比如"文化大革命"前期，他上交自己的稿酬作为党费时，毫不犹豫。如果不是我二姐劝说留一点给母亲看病，他就全部上交了。他愈老愈节俭，一张纸条、一个旧信封，都要废物利用；一段麻绳、一小块旧布，也要细心保存。我见过他的一块手绢，使用了不知多少年，用"薄如蝉翼"形容再合适不过了。在耕堂写字台上，铺的是旧窗帘改的绿桌布，旧藤椅上垫的是用旧衣服改制的棉布垫，写毛笔字时用块木头做镇尺，擦铅笔印的橡皮头只有蚕豆大小。当然，这些都丝毫不影响他文思泉涌、灵感迭出，下笔如有神助。

20世纪80年代，去郊区临回时，父亲谢绝村干部赠送的成包大米，硬是让人家又从车上搬了下去，认真得几近不合乎人情，即使弄得人家很败兴，也依然故我，一点不含糊。90年代，一位年轻编辑关心他的身体，送了一个元气袋。父亲很快就回了信并汇款。友人心中甚感不安："元气袋是送您的，哪能要钱？"尽管从不把"廉洁"二字挂在嘴边，但父亲能做到的，很多人不一定做得到。

在为人处世上，父亲从不"看人下菜碟"，他"只愿雪中送炭，不喜锦上添花"。晚年，即使给素不相识的读者回信（这些青年人的信，多半写得清楚，写得真挚，动机比较纯），他也极为认真，充满热忱。他用老树护幼枝的情怀，对待这些普通、平常的"无名之辈"。用这些年轻人的话说，"您的回信充满了感情、热情"，而且"字体端庄、稳健、规格，毫不敷衍"。

我曾见过一封学生的来信。几个边远农村的天真烂漫的孩子，得到父亲充满鼓励的回信与赠字后，感动万分，密密麻麻地写了很多；还随信寄来一篇报道，是孩子们与他通信经过的剪报，上面有父亲给他们书写的很有教益的书法。还有些残疾军人、普通教师、厂矿工人，抱着"有可能"或者"试一试"的想法，给父亲来信，希望能得到他的题字，作为纪念珍藏。已是耄耋之年、精力体力都已有限的父亲，总是亲自复信，满足他们的心愿，令他们"大喜过望""始料不及"，表示"要更加勤奋地工作、学习，报答您的关怀"。这样的信，让人过目难忘。一名因战负伤的复员军人，很敬仰父亲的人品与文品，在父亲为他的题字中，他最喜欢"须为下殿走，不可好楼居"，他在信中说"会好好记住这两句话，记住前辈您对一位无名晚辈的鼓励"。一位身为机关干部的文学青年写道：

　　我觉得您是一位智者，是参透了世事人生而仍孜孜以求的智者，清醒冷静、沉着机警（也许作为晚辈，我不该用这类词），每当读您的文章作品我都浮涌出这样的感觉，但是给我最深刻印象的还是您的热忱！

最珍贵的惠爱

每当出了新书，父亲总会及时寄给早已"预订"的朋友，以免他们辗转求索之劳。对于他和友人来说，这是一件快乐的事，是共享精神成果。

父亲的朋友、著名诗人吕剑老人，曾写过一篇文章：

> 胡少安自津门归，携交书一包，开封视之，《孙犁文集》也。大喜，大喜。稍稍翻阅，立即复函致谢，略谓，老朋友的著作，每一出版，大都签名相赠。赠金莫如赠书，这才是人世间最珍贵的惠爱。我每拿起这样一本书，就觉得朋友又来和我促膝谈心了，我们能够互相理解，我们能够呼吸相通……遂复钤以"珍弄"之章，置于晴窗案头之上。

吕剑老人还曾作《孙犁印象记》，"道其为人，述其作品"，说"曾谬蒙孙公引为'知言'"，是了解父亲的挚友。

"君爱白洋如赤子，我生白洋情更深"，对白洋淀一往情深的老战友、老朋友陈乔先生，读过《秀露集》之后，激动地写过一首诗：

> 秀露真善美，烁烁闪珠玉。
>
> 上材寓深沉，艺高重含蓄。

学精识见广，笔下显神力。

观察极微奥，素描特细密。

句句触心灵，篇篇感情义。

绚烂挟风雷，独创新天地。

水乡腾蛟龙，平原驰骏骥。

太行恋战歌，陕北传美誉。

白洋派扬名，自是犁功绩。

君子重修德，谦虚理不弃。

对父亲的新作极为关注，并加以研究，给予充满激情的很高的评价与鼓励。

姜德明先生收到寄赠的书籍，写信给我父亲：

> 大著妥收，甚谢。下午收到，即告来人知："今夜可饱餐矣。"

父亲曾赠季涤尘先生一本《耕堂读书记》，姜德明先生亲自送去。季先生称："此集装帧古朴、精美，全书内容极为深厚，令人爱不释手。今获先生之题签本，欣愉殊深，感激之至。"

1989年底，诗人张志民收到父亲的寄书，那日恰是他与妻子结婚四十周年纪念日。他写信给父亲说：

每次收到您的书都是我最为高兴的事，这本《无为集》更使我喜中加喜！我和雅雯先向您的新作祝贺！您把此集定名为《无为集》，是您过谦。其实，您恰恰是大有作为的！仅就您近一些年所著的自称的"小书"，我看都是些巨著！您是真正的大家，这不是我的奉承话，也不是我一个人的认识。我们祝福您长寿，在不影响您健康的情况下，多给后人们留下些财富，这是比什么都有价值的。

天津吴云教授收到父亲的作品说："您赠给我的《如云集》读完了。读您的书，我总处于兴奋之中，您的文章写得真实、质朴，使人感到亲切，催人省悟，促人上进！我已过花甲之年，仅喜欢三个作家：一司马迁，二鲁迅，三便是您。我不仅喜欢这三人的著作，更喜欢其为人。此三人均耿直，讲真话，有文采。"

父亲寄给老同学邢海潮老人的书、信、字，给身在乡村、晚年孤寂的他以莫大慰藉。邢伯伯非常关注老学友在报纸上发表的文字，只要发现报刊上有"孙犁"二字，就倍感欣喜亲切，如同"旅行在浩渺无垠的瀚海中，忽然遇见了多年未见的故交"，如同共坐炕头桌前共话家常。对父亲不忘旧谊，多方关注，赠书赠币之举，邢老伯深铭肺腑、永生难忘。他在给"芸夫学友"的信中说，弟"即或化为异物，如一灵不昧，亦必常依兄旁，听聆謦音"。

1994年元月的一天，我看见父亲屋里放了一套摞起来有近一米高的十分壮观的崭新的书。父亲告诉我，这套《中国解放区文学书系汇编》，他想送给自己的学生陈季衡。平常极少打电话的父亲，亲自给在部队工作的陈季衡打了电话。陈伯伯听后，自然很高兴，当天就把书搬回了家。陈伯伯在回忆父亲时说，1936年，他在安新县同口小学上高一，新来的教员"孙芸夫"教过他语文，虽只一年时间，但孙老师通过言传身教，使他们终身受益。后来陈伯伯和很多同学都参加了革命，投身到抗日救国的运动之中。他还回忆说："我去看望孙老师，如遇他新书出版，必然送我一本，起初请他签名时，他在扉页上写：'季衡同志指正。'我便对孙老师说，您是老师，我是学生，学您都学不来，怎能担得起一个'正'字呢？后来老师再题签时就改为'季衡同志留念'了。"

就是对邻家的爱读书的少年，父亲也很关注。我爱人曾经采访过一位下岗工人，无意中了解到他少年时曾在多伦道216号大院住过。这个年已不惑的邻居，深情回忆了我父亲经常送给他杂志的过往经历。那时他还小，父亲知道他喜爱看书，便经常用信封或报纸包好杂志送给他，说："拿回去看吧！新来的。"我还亲眼见过父亲站在大院的阳台上，把杂志送给院里的孩子，脸上充满了慈爱，溢满了笑容……

2005年

大道低回　独鹤与飞

　　"素处以默，妙机其微。饮之太和，独鹤与飞"，是父亲1987年写的一幅书法，赠予了采访过他的湖北青年作家罗维扬。

　　晚唐诗人司空图《诗品》中的这四句诗，大意是：冲淡之人，常常默默无言，独自静处，但其心灵机敏，感受微妙，像独鹤一样，吮吸着阴阳中和之气，遨游于云天之外的仙境。在罗维扬看来，这岂不就是孙犁先生人格的写照?！确实如此。父亲晚年，独居静室，春种秋收，广泛吸收着中华典籍中丰美优良的传统文化精华，自由翱翔于自己的文字时空，沉浸于清纯、悠远的创作境界，大道低回，独鹤与飞！

昂然阔步竹林鹤

1995年，父亲身体慢慢恢复之后，把散步的时间改为早晨五点半。"因为天气转暖天亮已早，此时可绕大圈，放开脚步走路。"周围楼群十分安静，人们都还没有起床，他是摸黑下楼的。有一次，他又摸黑拄着拐杖下楼了，见路灯老不灭，回家后挺纳闷儿，仔细一瞧才知道看错了表，整整提前了一个小时。后来他接受了教训，看表时总要多看几眼。

父亲朴实无华、淡而有味的蛰居生活，远离闹市、闭门谢客的隐士方式，高瘦直挺的身材，大步流星的姿态和超凡脱俗的气质，还真有点像卫建民先生在《犁歌远逝，荷香乾坤》中所写的！"在别人眼里，他是一个老病号，落落寡合，清高孤傲，伏如千年龟，无声无息；行似竹林鹤，昂然阔步……"是的，他最喜欢听槐树上的小鸟啁鸣了。有一天，他养了很长时间的一只小玉鸟死掉了，他心中有说不出的惆怅。他每天都仔细地喂它小米，为它清扫粪便，傍晚从门外或窗外把竹笼子拿进屋，怕它被竖着粗尾巴的黄鼠狼吃了。他不爱养鹦鹉、八哥、画眉类的大鸟，嫌它们太吵人。于是，父亲交给我爱人一项任务，那就是给他再买一只黄色的小鸟。他是不是想起他在青岛时见到的黄鹂了？声音宛如天籁鸣转动人的黄鹂是多么可爱。

"因病得闲殊不恶，安心是药更无方"，放下了手中的笔，父亲在青岛时的状态，比起我上小学时看到的他瘦削苍白的病容，已有了一些变化。从某种程度上讲，父亲是因病得福，得以与当时严酷的政治运动拉开了距离。在青岛这座美丽城市的大桥上、公园里，还有崂山上、太湖边，都留下了他的足迹。海风吹、蔷薇醉、桃实美、黄鹂飞，在近似世外桃源的山川秀色、礁石海韵、杂花绿树、茂林修竹间，这位四十多岁、有些忧郁、喜欢单独游赏的中年人，尽情饱览了祖国山河的壮色，吮吸了天地浩然之气，发现、体验了极致的美。这也算是命运的眷顾，是父亲坎坷人生中一段不可忽视的章节。

鹤舞松枝飞鸿来

1984年1月21日，与父亲素不相识的许姬传先生寄来一信。许先生是梅兰芳先生的秘书，也是梅先生智囊团的重要成员之一，著名的《梅兰芳：舞台生活四十年》便是由梅先生口述，许先生记述的。许先生在信中告知父亲，姜德明先生给他寄了一份《天津日报》，内有"大作《买〈王国维遗书〉记（三）》"，他读后很感兴趣，渴望见到一、二两节，希望父亲能寄给他。许先生还告诉父亲，"静安先生为乡先辈，与寒家有世谊"。

《买〈王国维遗书〉记》是父亲晚年的重要著作四十篇《耕

堂读书记》之一。郭志刚教授、金梅先生等饱学之士曾就《耕堂读书记》有过评论，给予了很高评价。许姬传先生看到的第三节是父亲对近代大学者王国维的死因、处境、心理、学识及在学术、散文等方面成就的评析，深入浅出，别具一格。

1993年2月9日，《天津日报》上刊发了《一个思索着的读书人——孙犁》一文，副标题为《读〈耕堂读书记〉随想》，署名是林谷。文中称《耕堂读书记》是"孙犁精心读书后凝练而成的闪光的结晶"，说"孙犁读的古籍并非偏僻稀世之作，大多是常见的名著和典籍，然而孙犁却能在这些普通古籍的徜徉之中，举明烛而独步，化平凡为神奇，独具慧眼地翻出新意来，使人耳目一新"。还指出像《庄子》《三国志》《买〈王国维遗书〉记》《读〈沈下贤集〉》等读书记，不仅"重点阐述了关于文学艺术的诸多问题"，而且"对今日文坛某些倾向也时有善意和恳切的讽喻"。

我保存有一张印有白鹤与"岁寒三友"图案的贺年卡，上面写着：

孙犁先生，千禧年祝您健康长寿！李世骥敬贺

时间是1999年12月。李世骥即林谷。

李世骥先生原在《天津日报》文艺部工作，"文化大革命"

前调往北京。他十分喜爱父亲的作品，一旦发现，绝不放过；并曾复印《残瓷人》《我的读书生活》《忆梅读〈易〉》等寄给邹明同志的夫人李牧歌同志；后来，父亲在《人民日报》上发表的文章中提到了邹明，也是李世骧告诉牧歌阿姨的。牧歌阿姨很感激李世骧先生，也把自己读到的有关孙犁的作品介绍给他。牧歌阿姨读了《残瓷人》之后，很受触动，深深悟到了人生的哲理，开阔了心胸。父亲的《记邹明》发表后，引起很多人的关注。出版人李冰封同志读后，一夜没有睡好觉，也写了一篇纪念文字寄给了牧歌阿姨。为了表示感谢，牧歌阿姨专门给父亲写了一封信：

> 您的悼文反响很大。它饱含您对邹明的无限深情，同时对人生的体味很深刻。老邹一生经受的酸甜苦辣，几乎都概括进去了。他活着时默默无闻，死后能有您如此不同凡响的悼念文字，足以安抚他于九泉之下，对于我们的子女和我同样有无限的安慰。

一些报刊编辑常常写来热情洋溢的约稿信。连刘白羽、刘心武、黄秋耘、阿成这样的名作家，也亲自写信向父亲约稿或代人求稿。父亲的作品大都受到比较固定的读者群的喜爱与欣赏，在商品经济的大潮里，他不逐时尚，不媚世俗，不炒作，不包装，不会为金钱改变自己的文学主张，也就难免遭遇"发稿挫折"

"不畅销""印数少""作品积压""半价出售"等冷遇，让有的作家发出"黄钟毁弃"的不平之鸣。父亲只问耕耘不问收获，荣辱不计，心态平和，"老老实实地用一砖一石"铺建"通往更高人生意义的台阶"。

1992年4月19日，贾平凹在写给父亲的信中有这样饱含深情的文字：

> 这些年，您所发的文章我都读了。我多么喜欢读您的文章！一方面盼望能常读到您的新作，一方面又觉得您那么大的年纪，让您不停地写，这读者也实在残酷。中国的作家，七十岁以后能写的极少，而写得好的更是少，只有您是特别的。我常想，为什么您会这样？您是真正的艺术家，是有完整体系的作家。文学史上，像您这样的人可以写一章"孙犁的艺术"，而别的人，充其量写"×××与他的《×××》"，区别就在这里。

父亲卧室的床头柜上，常置一盏橘色塑料台灯，是为方便夜晚看书、写作用的。在父亲看来，读书与写作一样，是让他快乐的事情。所以才有了金梅先生的《寂寞中的愉悦》。他会在常看的书籍里夹张小纸条，提醒自己下次从这里阅起。这样的小纸条很小很小，却很多很多。

位于北京琉璃厂附近的中国书店，于1987年左右恢复了古旧书刊的复制出版，这引起了父亲的兴趣。他不仅将《中国书店图书目录（1978—1986）》这本薄薄的小书用稿纸包了皮，还用钢笔在上面记下了"病后读书纪要"，包括许编《鲁迅书简》、新版《鲁迅日记》《鲁迅书信集》，以及《艺林散叶》《画论丛刊》《图画见闻志》《历代名画记》《春觉斋论文》《国初群雄事略》《续古文观止》《顾亭林先生年谱》《清史杂考》《归庄集》等在内，共计二十三种之多。20世纪90年代中期，父亲还写过一个书名——《法书要录》给我，是本书法书，唐朝张彦远编撰，叫我帮他买。我问了几家书店都没有，父亲还有点遗憾呢！

淡定卓然芸斋鹤

进城后不久，父亲便被定为行政十级干部。论资历、级别、名望，他是不会受住房问题困扰的。可是世事难料，阴错阳差，一个那么向往田园生活，喜欢山野居处、寻幽探胜的人，却在最"繁盛"的时期，在多达几十户人家的大杂院里前前后后生活了近四十年。作为一个特别喜欢安静的作家，这需要多么强的忍耐力！

写到这里，心中难免黯然。如果20世纪50年代时，父亲听从了极为关心他的北京朋友——诗人田间同志的劝告，像他的许多朋友那样，在北京后海买一座小四合院（当时价值五千元，因家庭人口多，生活负担重，父亲就没有买），他就不会在一个很不适合他的环境里生活多年，为漏雨、鼠害等操心。他在1966年作为党费上交给国家的钱，足够他买三个北京后海的四合院，然而他却一辈子没享受过城市里独门独院的幽静。

1988年七八月份，大院改为自办发行地点后，父亲搬入了楼房。搬家那天，他的心情不错。我在自家的那个"小中单"（用单位分给的一个"新偏单"跟天津日报社换的宿舍）很认真地炒了菜，在屋子中央摆了一张折叠桌。父亲一个人静静地吃了一碗米饭，喝了点汤，然后坐在沙发上休息。下午等新房那边我哥、姐和保姆搬完整理得差不多了，他就慢慢地步行到那边去了。孩子们给他买了带竹叶的蓝布窗帘、新吸顶灯，他很高兴。

在这栋现在看来很普通的楼房中有他的"芸斋"。以"芸"自喻，既符合父亲谦谨之人品，也与他满室书香甚相宜。此外，"秀露草堂""露华堂""澹定室""幻华室""耕堂"，也都是他起过的书斋名。在他经常"展吐余丝"的南窗外，是满满一墙爬山虎，犹如绿色瀑布。楼下有一藤萝架，常有人在那儿休憩。

在这栋六层楼内，父亲清晨执笔，夜晚披衣，写下了很多文章。因为刊登在各地的文章多了，90年代初，作协的高洪波同志还曾私下同许多朋友讲过："孙犁老人已成'精'了，文章妙不可言！"——这是他读了曾镇南同志借给他的"十本小书"之后

"快乐无比"的感受。十本小书中,《晚华集》《秀露集》《澹定集》《尺泽集》《远道集》《陋巷集》《如云集》《曲终集》由百花文艺出版社出版,《无为集》由人民文学出版社出版,《老荒集》由上海文艺出版社出版。历时十三个寒暑,父亲以几近一年一本的速度完成了这十本小书。

1993年7月20日,河北作家韩映山致父亲一信:

孙犁同志:

我从白洋淀回来了。开了四天会。魏巍、贺敬之、陈涌、路一、学新、光耀、志刚等同志都去了。大家坐在一起,念叨着您,评价您,思念您。我的发言题目是"孙犁与白洋淀",回忆了您在保定,在同口学习、教书,及在白洋淀体验生活的情景。都认为很有资料价值。

1993年9月,由著名理论评论家陈涌、李希凡等任顾问,程代熙任主编之一的《文艺理论与批评》第五期集中刊登了魏巍、郭志刚、韩映山、周申明四位同志的发言稿及评论孙犁艺术成就的文章,报道了7月份在白洋淀举行的孙犁文学活动六十周年研讨会概况,并刊发了《生活是文学的源泉,思想是文学的灵魂——祝贺孙犁同志文学创作60周年》一文。

一生没有大红大紫,容易被人误解,经常处于被批判边缘的父亲，在生命最后的岁月，获得了接踵而来的荣誉，甚至连待遇也提高了。1998年11月18日，病床上的父亲得到了中国文联授予的"荣誉委员"称号和金质奖章，以褒扬他为文艺事业做出的杰出贡献。中国文联书记处书记胡珍亲送证书、证章。他还连续两届被推举为中国作家协会名誉副主席，党和人民给予了这位从冀中平原走来的布衣作家崇高的荣誉。

孙犁著作懒为官

20世纪60年代中期，我上中学，有一天回家稍晚，院子里黑乎乎的，却见我家屋里灯光大亮，不同往日。那时我们住在大院中心高台阶上一排正房正中的两间，外间屋用木板做隔墙，一分为二。一进门我就看到父亲站在屏风旁注视着市长，原来是市长来家探望。市长高个头儿，人白净，儒雅可亲，正在参观书柜陈设，嘘寒问暖，关心作家的生活与创作环境。父亲没有紧随在市长身边，他站在屋子一角，显得拘谨无奈，简直有些浑身不自在。市长见了我，马上亲切地同我握手，问我在哪个学校上学。听说我在耀华读书，他更高兴了，说自己的儿子、女儿也在那里读书，问我是否知道。市长和蔼可亲，我有些羞涩，又有些兴奋，红着脸回答了市长的问话。市长还兴致勃勃地要到里屋看看居住环境，母亲陪着他往后面走了走，然后市长就笑着告辞了。

后来，我一想起这事来，就觉得纳闷，甚至有些奇怪，父亲为什么和市长保持距离？往日的谈笑风生哪里去了呢？

很多年后，读了父亲的作品我才知道，他不愿对官员迎来送往。在某些人的眼里，这个人也太不识时务了吧！市长来家，任谁不是欢天喜地乐翻天。特别是身为老作家，和市长提点要求，那不是顺理成章的吗？这可是送上门的关怀啊，千载难逢！可我看到的却是那样一幕。

亲戚曾告诉我："不管什么场合，你爸爸都不爱掺和，更不爱拜访巴结哪个当官的。""他不怎么爱去看人家，都是人家来看他。"

父亲不善交际，也不喜攀附，他曾给韩映山写过一封信"诉苦"：陪着大人物坐在席上如坐针毡，实在难受，自己又不健谈，宛若呆鸡……有好几次，北京文化界、戏剧界的领导来津，市里派车来接他去见见，按说是很风光的事，但他都没去。

市文教书记很了解他，对他说："你这个人是当不了官的。"

我在父亲身边生活了这么多年，也没见他在家里家外宴请过谁。君子之交淡如水，他不喜欢吃吃喝喝，吹吹拍拍，拉拉扯扯。自小至大，记忆里跟着父亲赴宴也只有两次：一次是梁斌、方纪、杨循伯伯都参加的聚餐，为《红旗谱》问世庆功；一次是父亲结束休养后从青岛回津，请家人在正阳春饭庄吃了一顿团圆饭。吃完饭，全家人还到多伦道"兄弟照相馆"照了张全家福。

天津书画名家王学仲先生感佩父亲甘于淡泊，不角逐官场、文场之为人，在为父亲之芳邻——李夫伯伯写对联时这样写道：

杨震辞金甘抱朴，孙犁著作懒为官。

一个"懒"字，多么传神地表现了父亲淡泊之襟抱，平和之情愫！

父亲八十岁时曾说，他进城后就在报社了，前后换了十个总编，他算得上是"十朝元老"，作协、文联也有他的位置，但他不到那里去。

父亲前半生云游四方，历尽风雨饥寒、坎坷战乱；晚年不喜欢外出活动，频频曝光，只愿"雕虫蒙记忆，烹鲤问沈绵"。写文写信，养鱼养花，偶尔去开一次会他也不适应，恨不得早回家。

有一回他去市里开会，散会后主办方专门派车送他与另一位大名鼎鼎的女曲艺家回家。几乎是同时，他跟那位非常著名的曲艺家都对司机表达了先送自己的意愿。回家后父亲把这事当笑话说给我听，逗得我哈哈大笑。

很多年前，我曾向耿文专先生当面约稿、求教，他很热情地向我传授了办好副刊的一些经验。我注意到耿先生对父亲非常敬重，也甚有好感，但那时候的我并不知道他们俩原来早就认识并见过面。后来读了耿先生写的《贵相知心——孙犁与鲁藜的友情》，我才知道，原来1980年时，他曾与鲁藜伯伯一块去看望过父亲！

最让我感动的是父亲见了多年未见的老友鲁藜后说的那句话："我干不了这个（指天津市作协主席），你回来后归你（鲁藜伯伯原是文协首任主席）。"当他们谈到因受迫害致残的方纪时，父亲很坚定地说："有方纪在，我永远不迈他的苗（即在职务上不超过他）！"

小时候，我多次在大院里见到方伯伯。上学时，父亲送了我几粒硕大饱满的南国红豆，身红似丹，顶黑若漆，我很喜欢；他还指着书柜里一个碧绿的荷叶形瓷笔洗（上面趴着一只极可爱的小青蛙）说："这都是你方伯伯去南方出差回来送给我的。"

1979年8月，人民文学出版社出版了《方纪散文集》；10月21日，方伯伯亲笔题签——用左手书"孙犁同志"，签"方纪"二字，印为阴文篆刻，赠送给父亲一册。父亲在为其所作的序言中写道："方纪的文章，是可以传世的。""方纪很顽强，也很乐观。他一定能战胜疾病，很快恢复健康。"表达了他诚挚的祝愿。

读了从维熙先生为纪念父亲离世五周年所作的《孙犁的背影》，莫言先生的一段感慨让我印象极深：

中国只有一个孙犁。他既是位大儒，又是一位"大隐"

（隐士）。按照孙犁的革命资历，他如果稍能入世一点，早就是个大文官了；不，他后半生偏偏远离官场，恪守文人的清高与清贫。这是文坛上的一声绝响，让我们后来人高山仰止。

2008年4月，广州《羊城晚报》原文艺部主任万振环先生将他的新作《我与孙犁的情深厚谊》寄给了我，书中不仅回忆了他向我父亲组稿的往事，而且谈到了父亲对"文坛""官场"一贯敬而远之的态度。

远离"官场"，"懒"于做官，是因他对"官场"有自己的看法，他也缺乏做官的素质、本领。只有文学才是他的生命所在。父亲晚年，找他当顾问、名誉顾问的不少，他能推的就推，能辞的就辞，对官阶职务看得很轻，甘守平淡清贫。正是因为远离了官场，远离了官场的是是非非，耄耋之年潜心创作，父亲才写出了凝聚心血智慧的十本小书。

2008年

勤劳的双手

父亲虽然与纸墨打了一辈子的交道，可他不是一个五谷不分、五体不勤的人。身体尚好时，他总是早早起床，洒扫门庭、喂鱼喂鸟、浇花、收拾整理书房，使生活环境整肃宜人。

平日见了我，他总是问我两个孩子在干什么，嘱咐我叫孩子们学着干活，很注意培养他们的劳动意识。

平台上放置着大大小小父亲劳动时用的重要工具。他有根深蒂固的农民意识——自小看父母干农活，尤其母亲，下地干活简直不要命——一生都热爱劳动，热爱那些普普通通的劳动工具，就像热爱写作，离不开手中的笔一样。

父亲是个细心又惜物的人，大如长把铁锹，中如锯木头的锯子，小如劈柴的斧子、钉钉子的小榔头，还有铁火炉用的整套的煤夹子、火筷子、煤铲子，每一件工具他都保存得很好。这些工具虽已斑斑锈蚀，但仍能让我回忆起父亲在多伦道大院，坐在炉前添加"大渣"、杨树枝条烤馒头片儿的情景。他还写过《火炉》《青春遗响》等文章。

父亲喜欢山野绿树、自然风景，久居室内就喜欢养花种草。他种花的工具有浇水用的白铁喷壶、松土用的铁耙子、扫虫用的旧毛笔。——带把铁耙子是他用钳子将钢丝弯曲自制的，毛笔是写秃用废的。我曾给他买过一套小型的专门用于种花的工具，他没舍得用，一直用纸包着。他养鱼的工具有青灰大瓦盆、换水用的皮管子、舀水用的旧黄搪瓷茶缸子；怕金鱼蹦出来"自寻短见"，他用一个旧蒸锅篦子盖住鱼盆半边。他养的鱼皆不名贵，可是能活好几年。鱼吃干小米，偶尔吃的红虫，是保姆杨姨上班时顺路买来的。有一回，我花了两块钱给他买了六条金鱼，红、黑、橘黄色都有，他都要了，不挑剔。

在父亲的床边有一个小床头柜，抽屉里有针线、纽扣、旧布块。我曾见八十岁的他坐在床边台灯下缝一件浅灰色旧衬衣衣袖上的扣子，我想帮忙，他不让，我再三要求帮他，他才让我帮他缝上。能自己做的事他喜欢自己做，他最不愿平白无故麻烦别人。

父亲是个极仔细的人。他有干活时才戴的白线手套、蓝棉布手套，能护耳朵的蓝棉帽子，蓝布套袖，口罩。记得他曾全副武装——戴好帽子、围巾、手套，用废砖头一块块地修整大院阳台上的煤池子，为烧煤越冬做前期准备，这也是他松弛脑筋的一种休息方法。他热爱力所能及的劳动。在大院靠台阶的窗台下，挨着藤萝架，他开垦了一小块地种瓜篓，锄土、搭架、施肥、浇水，秋天收获了金灿灿的吊瓜，摆在屋里，还平添了田园景色，令人赏心悦目。父亲告诉我，这种吊瓜名为瓜篓，能入药，李时珍的《本草纲目》里有记载。

爱好花草的父亲，屋内书柜上一年四季养着君子兰、罗汉松，这是朋友送的，花盆底下还放着一个青花瓷碟防渗水；屋外养着麦冬、橡胶树、石榴、香椿和无花果。春天，屋里窗台上一棵白菜花或一碟蒜苗，生机盎然；夏天，室外阳台上的石榴树红花入目、韭菜莲粉花养眼；深秋，红色、橘色的"死不了"花开不断；冬季，书案上的水仙花、靠北窗的旱荷花绽得灿烂。父亲爱搬个小板凳与花挨着坐，摆弄它们，看它们泛绿生叶、开花结果。花长得好，他的心情也会好。看着花盆里的花、院子里的树，父亲常常回忆起许久许久以前的事情，《关于花》《关于果》都写在《远道集》里。朋友说他："养花耐心，也招得来文思。"

父亲还爱养鸟，养的不外乎玉鸟、黄雀，竹编的笼子挂在大门的左上侧。他每天往小鸟的食罐里加水加小米；为小鸟清理卫生，清扫纸上的鸟粪，换上干净的纸张；晚上不忘把笼子拿到屋里，防止被黄鼠狼吃了。他养的小鸟都能活很长时间，一是因为他细致周到，二是因为他持之以恒。小鸟跟他有了感情，瞅见他就欢蹦乱跳，啁鸣婉转；他则默默地蹲着，看它灵活的姿态、黑黑的小眼睛，一看能看老半天。有一年，人家送他两只珍珠鸟，红嘴白羽毛，玲珑可爱，他养了好长一段时间。他不喜欢养画眉、八哥之类的大鸟，嫌吵。在这个问题上，他与韩映山有共同的看法。父亲曾写过《黄鹂》这样的名篇，在《书衣文录》中也有几则关于鸟的记录，以鸟喻人，发人深思。

在耕堂最重要的写作阵地——靠南窗的写字台上有一个长方形的硬木托盘，上面盛着四方形砚台、铜笔架、带棱圆瓷笔筒、毛笔、铅笔、钢笔、墨水，一应俱全。除了文房用具、桌式台历，写字台上一般是不乱放东西的，十分整洁。可是如果他要为书擦磨贴补、包皮做封套，写字台上就会出现几件工具：一把铁剪子、一瓶糨糊、一把裁纸刀，还有旧牛皮纸。

父亲为旧书包皮做套的手艺称得上一绝，一般人再巧也很难做得那么合适、那么精致。冰冻三尺非一日之寒。虽然用的是出版社包书寄来的有折有印的废牛皮纸，可经父亲一鼓捣，便成了服服帖帖、平平整整、有棱有角、有模有样的书的小屋、书的外套。他略一沉吟，再在上面用毛笔写上三言两语肺腑之言，便是"消磨时日，排遣积郁"的"书衣文录"。这些破旧的书便有了新的生命，有了新的价值，有了新的意义。多破的书到了他手里也

孙犁淡泊宁静，与世无争，养花养鱼
养小鸟，自得其乐

孙犁的书房和写字台

能改变面貌。

对于品相好的古代线装书，父亲更是视若"一片净土，一片绿地"。那绿锦包角、白丝穿线、素净扉页、瓷青书面，令他心旷神怡，爱不释手，歌之咏之。他爱书如命，爱书如痴，爱书始终如一。年轻时节衣缩食，寻求知识；行军打仗，脖子里挂着书包，腰上系着墨水瓶；年老后在耕堂里与十一个书柜相伴，不离不弃。父亲会在书的两侧附上旧报纸或牛皮纸，再用旧麻绳归类捆绑，用软毛棕笤帚轻拂灰尘。放置在极简单的书柜里整整齐齐的书犹如队队士兵，他便是爱兵如子的将军，坐拥书城。

劳动之后便是休息，休息之后便是写作——又是一种劳动，一种更艰辛、更高级的脑力劳动，这种劳动需要天分、才能、智慧、阅历、勤奋，与写作者的人品、人性亦密不可分。勤奋地醉心于文学创作，是父亲生命中最重要的部分。只要身体允许，他就在观察，就在构思。至今，他伏案写作的背影依然深深地留在我的记忆之中：那样的聚精会神，那样的一丝不苟，那样的严肃认真，那样的从容大气。父亲著作等身，用勤劳的双手书写了一段怀揣梦想、实现梦想、富于传奇的经历，创造了以笔代枪为革命、为文学奋斗一生的业绩。

自1930年的《孝吗？》《弃儿》，到1995年2月的《读〈清代文字狱档〉记》，父亲共写出几百万字的作品，为后世留下了一笔精金美玉之精神财富。他还用自己勤劳的双手给青年文学爱好者、青年作家、报纸副刊编辑、记者、读者，写信和明信片，甘当人梯，做了大量的"导航"工作，信件及明信片成百上千，有的一人就收有上百封，付出的心血之多难以估量。他还用毛笔为青年作家题写书名，为地方刊物、报纸题字，满腔热情地支持基层文艺工作。他写了大量饱含古今精华、有警世作用的书法作品，馈赠年轻一代，惠风时雨激励滋润新苗成长，圆他们一个又一个文学之梦，谱写了耕堂之歌、尺泽之曲。

2011 年

父亲笔下的扁豆

大约1989年至1993年那段时间的秋天，每逢去农贸市场，我总会聚精会神地搜寻一种蔬菜。只要发现哪个摊位有它扁扁的凹凸不平的身影，无论绿，无论紫，我准会驻足。不问价格，只需鲜嫩，我便喜上眉梢，挑上半斤左右。卖菜的见我买得少，总是有点泄气，时常一边夸赞货色水灵，一边使劲往秤里添加。我呢，总是毫不动摇，斩钉截铁地只买那么一点！因为父亲的菜碟都不大，买多了准会挨说。

这种菜，便是北方很普通的，甚至可以在院落屋边栽种的扁豆角。

玉珍姨给父亲做扁豆角，不外用油盐爆炒，然后焖得很烂；

沾上一些咸面糊炸成"扁豆鱼"，他也很爱吃。

早先我不知道父亲为什么这么爱吃扁豆角，只以为他是在河北老家吃惯了，就像他一直爱吃蒸倭瓜、山芋棒子面粥、小米粥、蔓菁粥一样。我们老家沙土地多，出产这些东西。

有一天我去父亲那儿，父亲踱着步慢慢地走到窗前写字台边，从抽屉里取出一个早已装好的牛皮纸信封给我，和蔼地说："晓玲，有工夫抄一抄。"我出门的时候，他怕耽误我的事情，又嘱咐："不着急。"那时，父亲经常伏案写作，报纸上登的稿件也很多，他有点忙不过来，体力透支，所以让我帮一点忙。

回到家，我小心翼翼地把稿子抽出来，除了一篇名叫《秋凉偶记》的稿子，还有三五张报社专用稿纸。纸很厚，不爱洇，是供我抄稿用的。父亲每次给得都恰到好处，基本上不会有剩余。《秋凉偶记》共三则，其中一则是《扁豆》。

父亲在这篇小文中，用自然简洁的文字记叙了一位身材高大、皮肤黝黑、质朴坚强、与岩石一般无二的游击队员。多少年过去了，经过炎凉悲欢际遇，尝过酸甜苦辣滋味，父亲更加珍惜那段战火中的友情、生死相依的经历。

1939年秋，七七事变后，刚刚二十六岁参加革命工作不久的父亲，被从冀中平原调到了阜平山区，分配在新成立的晋察冀通讯社工作。在阜平，有一座神仙山令父亲难忘。打游击时，他曾住在神仙山山顶。神仙山也叫大黑山，是阜平最高最险的山峰，全是大块大块像房子那么大的黑色的岩石，横一块竖一块，几乎没有路，只有牧羊人能上去。但山顶的背面有一户人家，他家依山盖成，门前一小片土地，种了烟草，还种了扁豆。

这就是那位游击队员之家。

这位壮汉非常能干，他种的扁豆颇有"巨无霸"的风采，肥大出奇。用自制的羊油加上红辣椒翻炒，红绿相间，鲜香可口。在那艰苦的岁月中，在那穷山恶水间，每天奔波劳顿、饥肠辘辘，在日落下山回来后，坐在烧热的炕头上就着刚出锅的热饼子吃上又香又辣的炒扁豆，让父亲增神添力、信心倍增。要知道，当时阜平山地的条件十分艰苦。有一段时间，他们只能吃黑豆、吃树叶渍的酸菜，穿不上棉衣，这令家乡的爷爷、奶奶、母亲担心焦急，早晚挂牵。扁豆的香味胜过珍馐美味。神仙山的扁豆角，就像那簇曾在行军途中救过父亲命的酸枣树一样，令他感念，充满礼赞之情；就像"两界峰的柿子，插箭岭的风雪，洪子店的豆腐，雁门关外的辣椒杂面"一样，使他留恋，难以忘怀；就像年三十晚上，房东大爷递给他的盛着热馍与豆腐的黑陶碗、荆条筷一样，使他对山地人民的支援与馈送充满了无限感动。

父亲难忘这位"生死与共以诚相见"的战友，难忘这位"不问过去不计将来""不问乡里不记姓名"的伙伴。

父亲忘不了在艰苦的战争年代，晋察冀边区人民用爱国之情，用自己浑身的力量，在历史上涂的最触目的几笔，所以于耄耋之年，他仍满怀激情地加以记叙，收录在《曲终集》中。

自从知道了扁豆角的故事，我便对这种菜蔬格外留意、格外垂青。我希望这碟不起眼的小菜能经常出现在父亲的饭桌上。我希望看到他在见到这碟小菜后，饱经风霜的脸上露出略带忧郁的笑容，那笑容像阳光一样，温暖我的心。我知道峥嵘岁月一切美好的人和事都让他依恋与珍爱，都会出现在他写尽人间真情的生花之笔下，汇成动人的文字、感人的篇章。

父亲离开我们已十年之久，但他喜爱扁豆菜的模样依然深深留在我的记忆之中，虽然我已不再购买这种蔬菜，但它依然吸引着我的目光，拨动着我的心弦，让我充满了眷恋之情……

2012 年

布衣布履过生活

　　父亲进城后不久，就被定为行政十级干部（比山西作家赵树理低一级）。那时他是天津日报社副刊科的副科长，工资为每月二百一十六元。收入虽不算少，但家里老老少少人口多，生活也不是多富裕。待到孩子们都工作了，生活条件好了一些，但父亲仍保持着简单朴素、爱好劳动的习惯。友人陈乔曾有一首自题诗，与父亲的情形很贴切：

　　　　乐道修德求善果，崇俭养廉守清贫。
　　　　言行谨慎勤自律，笔墨耕耘爱劳神。

我一直认为，父亲"吃草挤奶"，太不会享受生活。他不上街、不消费、不娱乐，更不理财，青灯黄卷、箪食瓢饮，近于苦行僧。有时候，我不禁慨叹，他的生活水平还不如我这个机关副科员。

1993年，手术后的父亲躺在医院病床上感慨地说："现在老了，得加强营养了。以前净凑合，以后得重视自己一点吧！专家都说我这儿好那儿好，以前以为是多病之身，要不人家那么大信心呢。你有一样脏器不好，人家也不敢做这手术，就是因为我几个脏器都好，人家才敢做手术。住进医院内科给打下一些基础，输这输那的。刚进来时血色素太低，营养不良，吃饭太不讲究……"

在我印象里，我们家有一本父亲的忘年交卫建民赠阅的《中国烹饪》，父亲也夸这本杂志办得好，还为这本杂志题过词。虽然如此，但他从不在吃饭上下功夫，或挑三拣四，更不在买菜、买食品上多投入，只是粗茶淡饭，吃饭用的碗和筷子，也普通得不能再普通。我有一个在农贸市场上花五毛钱买来的上粗下细的小紫花碗，我曾用它给父亲送过饭。父亲见了竟夸赞说："晓玲，你这个碗不错啊！"有一回，我婆婆给我带了一饭盒炖五花肉，是用红糖炒的色，我没舍得吃，就给父亲送去了。他吃了几块肉后，跟我称赞说："你婆婆炖的肉不错。"

我刚开始负责为父亲买菜时，他每月给我一百元。因为我什么都想买，根本不够用。几十年来，父亲不上市场，也不知道食品价格。而我当时一个月只挣一百三十元，还有两个上学的孩子，没有能力贴补。万般无奈之下，我提了一回"意见"。父亲好像恍然大悟，由"不理解"一下子变"明白"了，马上补给我两千元，还彻底纠正了自己的"过错"，把生活费从每月一百元涨到三百元，又涨到六百元，后来干脆把工资存折及政府特殊津贴（每月一百元）放在了我这里，由我负责支配，直到他去世。

位于鞍山道上的张园，已被定为天津市历史风貌建筑，以前是天津日报社所在地，孙中山先生北上在津期间也曾在此居住。父亲曾给我讲过这座小楼的不同寻常，我也去楼里的卫生室给父亲报销过药费。小楼后面有一大间平房，曾是报社食堂。我十几岁时，父亲写东西写累了，想改善一下伙食，让我去那儿打过两回菜。记得食堂的大师傅是个年轻人，胖胖的，听说我给父亲打菜，情绪高涨地现炒了白菜肉片这道菜，还加了木耳，特别卖力气。我拎着菜盒走在回家的路上，心里美滋滋的。还有一次，父亲突然想吃饭馆的菜长长力气，就让我去外面买。我去了离学校不远的周家食堂，不会点菜的我点了一道"五味鸡"，用锅带回家。父亲一看就笑了，我报了菜名，他挺幽默地说："这就是'五味鸡'呀！"其实就是一只煮熟的白光光的母鸡，粗粗地切了几刀，上面加了些葱花、辣椒丝、蒜末、酱油什么的。那顿饭全家人吃得特别高兴。

父亲素无养生之道，也不信"厚自供养可保全身命延年益寿"之说，不会因为给他买的东西多、买得贵而高兴，相反还会不高兴。我就曾因为买菜买多了挨过他的批评，也曾因冬天给他买茄子、春天买五月桃受过责备。父亲不吃太贵太时令的鲜果嫩蔬，他只吃大路货，什么菜下来了吃什么菜。父亲在生活上只求温饱，没有过高的要求，更不在吃喝上花费心思。我每次给他送熟食，他总是说："我只要一点点就够了，剩下的给孩子们带回去吧！"

父亲身体尚好时，会到中单来吃饭，只要热乎乎、有稀有干，他就满足了。过去他的主食以面食为主，经过那次手术后，他的饮食习惯有了变化，也经常吃米饭了。但他不让多做菜，一顿饭只炒一个菜，最多不过两个。常吃的菜都是家常菜，比如炒芹菜、炒白菜、炒扁豆、炒丝瓜、炒土豆丝、西红柿炒鸡蛋，但佐餐的酱菜是不能缺少的。父亲也经常吃农家饭——蔓菁粥、玉米粥、蒸山芋、蒸倭瓜，并且常吃大葱蘸酱。像每年冬天，杨姨都会用小罐或坛子腌制地环、嫩笋、韭菜花、雪里蕻等。她有时也会送我一点，我们都很爱吃。

父亲吃饭时，若有饭粒掉在桌上，他便用筷子夹起放进碗里，绝不糟践粮食；如若掉在了地上，他便弯腰去捡，放在桌边一小块卫生纸上。他的这个习惯，深深印在我们的脑海中。二姐还曾为此事劝过父亲："爸爸，您以后掉了饭粒或馒头渣，千万千万不要自己弯下身去捡，因为您已是上了年纪的人，猛弯腰或猛抬头，对您的身体极为不利。对此，我心中很是不安。"

父亲住院时，护工曾对我说："孙老就是不吃水果，多好的橘子也不吃，好说歹说才勉强吃两口。我们对他说，老姑要是知道您吃了橘子，不知要多高兴呢。他不像别的病人，一吃就是一只大香蕉，那多有益健康啊！"

父亲的住房布置得极为简单，除了床和吃饭用的四方木桌、四个木凳，就是我姐姐从石家庄运来的两个自家打的书柜。后来，我的两件家具也放在了父亲家。一件是单人小衣柜；一件是我结婚时，婆家请人做的当时必备却不实用又占地方的酒柜。因为我家住房面积小，又有四口人，没地方放，卖了又可惜，我就跟父亲商量能不能先放在独单。起初我还担心父亲不同意，没想到他居然微笑着答应了，把它们放在了中单的角落里。他宁肯自己少用一点面积，也不会因此向组织上为闺女要一小间房，改善改善居住条件。1987年单位分房时，我写过一份申请。有一天，我到局长办公室送文件，领导帮我出主意说："你可以找报社要房呀。"其他领导也有同样的意思，他们都认为这样或许更容易些。可我心里明白，他们不了解我父亲，若我跟报社要房，父亲肯定不会同意。父亲历来是组织上给多少他就要多少，从不提额外要求。

有一次，我整理小衣柜，竟发现杨姨将我父亲的一个装有旧衣物的白布包袱放在了这儿。我无意中打开了这个旧包袱，眼泪差点掉下来。这些旧衣服是那么旧、那么硬，而且还很瘦小，肯定是父亲刚进城那会儿穿的，存放了很多年，他仍然舍不得处理掉。里面有一件旧毛衣，大部分毛线已改为他用，只剩下两只衣袖，边儿都磨破了……我还在其他包袱里，看见了父亲穿过的带补丁的衬衣和带补丁的袜子。

其实，父亲还是有一些新衣服的，大姐、二姐都给他买过、做过。二姐还给他织过"毛窝"（袜子）。有一回，大姐看上了一件既宽松又轻软的防寒服，便给父亲买了一件黑灰色的。冬天清晨，父亲在外面活动时常穿着它。由于穿得仔细，好几个冬天过后，防寒服仍然是很新的样子。

1993年秋，父亲住院期间，二姐给父亲洗衣服时，见秋衣、秋裤都已破旧，并已缩水，便在回北京后按尺寸给父亲买了两套纯棉的寄来。父亲病重时，大姐为他做了一身褐色绸质的丝绵棉袄、棉裤，是防备老人遇有不测时穿用的。大姐将衣服放在我的单人衣柜里，嘱咐我千万不要压上褶子，要包好放在最上面。我一直小心地保护着这个包袱，每次从柜里取衣物，都要先小心翼翼地抱下它放好，取完东西之后，再把包袱放回最上面。我始终牢记大姐的叮嘱，直到2002年7月11日清晨，给父亲平展展地穿上它们。

父亲是个爱洁净的人，不仅衣服总是干干净净的，鞋面也洁净无垢，他常用炕笤帚打扫鞋面。有时鞋已穿得很旧，底子也变软了，但依然清爽干净。

父亲幼小的时候，穿的鞋是我奶奶一针一线缝制的，上小学时改由我的二奶奶做，结婚后自然是由我母亲精心制作。到保定念书后，城里有鞋铺，父亲才开始买鞋穿。战争年代，父亲打游击时穿的是拥军鞋，房东大娘、大嫂不仅为他做鞋袜，还帮他缝缝补补。这些深情厚谊，被父亲牢牢地记在心上，成为永不磨灭的创作动力，如此才有了《山地回忆》这样的名篇，有了"妞"这样一个心疼八路军的妇女——见他在天气寒冷时尚无袜子，只穿一双又硬又厚的"踢倒山"，就给他做了双厚布袜子。

1939年，父亲在条件艰苦的阜平山区工作时，一次冒雨连夜爬山，把我母亲给他纳的鞋底都磨穿了。

1951年，父亲随中国作家代表团出访苏联，统一着装，配厚蓝呢子大衣、厚皮帽，很是高级。这些"行头"用过后不久，父亲便很少穿戴它们了，一直锁在木箱子里放在床头，我只见他穿过两三回。那次出国，他可能穿了皮鞋，因为印象里有一双咖啡色的鞋头有些尖的男式皮鞋；但肯定穿过西服、戴过领带，只不过领带是诗人李季"救急"帮他打的……

父亲年老后，穿过保姆的妹妹小书菱做的布鞋。为此，20世纪80年代时，他写了一篇《鞋的故事》。这是一篇被评论家评为具有深沉美感的散文，"以小小的'家做鞋'为契机，深情呼唤着纯朴温暖的人际关系，展开了对农村女孩子们命运的深切理解和关注"。其实，那双鞋第一次做得并不合适，有点磨脚。第二次合适了，针脚却粗了些。父亲很珍惜一个农村普通妇女的手工，不仅给了她高于布料多倍的工费，而且写出了晚年蛰居斗室的名篇美文。

母亲病重住院期间，父亲从干校赶去探望她，穿的是一双绿色旧球鞋，已经洗刷得发白。不论是在多伦道大院，还是在学湖里楼房，父亲穿的都是蓝灰色的中式布衣、布裤、布鞋，或卡其布料制服、宽松毛衣、条绒夹克和棉袄。深冬，他还喜欢戴一顶浅驼色毛线帽。

父亲也有几双新布鞋，单、夹、棉的都有，那都是姐姐们为他精心挑选购买的。平日他舍不得穿，很是珍惜地存放着。他有很多书柜，却只有一个小小的衣柜，还是"文化大革命"后续了弦才置办的，主要用来放置被褥。他去世时穿的是一双黑绒面布鞋，这双鞋一直由我保管，是大姐精心准备的，42号，他一直穿这个号的鞋。他的脚瘦而长，脚弓好，年轻时特别能走长路，最多时一天能走一百四十多里地。在穷山恶水的阜平山地，他的双脚曾冻得发黑，幸喜没落下毛病。

晚年时，友人送了父亲一双手编草鞋，是红军长征时穿的那种，细致精巧，他一直保存着。记得一位诗人说过："没有比脚更长的路，没有比人更高的山。"父亲一生走过征战的路、革命的路、文学的路、编辑的路，路途艰难、泥泞险阻，漫长而坎坷，全凭他大步流星、八方游历的长腿长脚，才步履坚实地穿越战火硝烟，战胜了饥寒、灾难、病困，迎来了祖国和人民的解放。

父亲临终前，有一段时间经常昏睡不醒，夜里时常做梦。有一天上午，我和爱人去看望他，他一睁眼便对我爱人说："大纲，给我买双鞋，要××号的。"鞋号他没说对，但要双新鞋的心情是迫切的。我爱人俯身在他面前，连声答应："行，行。"

当时我有一种不祥的预感，感觉父亲要上路了，准备去往另一个遥远的世界，他要离开我们了。就像有一天上午，他突然将一块白色小毛巾蒙在脸上，静静地躺着一动不动；又像另外一天早上，他前所未有地跟子女要钱，我和哥哥赶紧往他病号服的上衣口袋里装上了一些钱，他才安心，似乎是在准备上路的盘缠……这是从来没有过的事情。想到这里，顿觉万箭穿心。因为我们都知道，父亲从来不自己出去花钱，口袋里也从不装钱。

我忘不了父亲临终时穿的那双棉靴，崭新的黑绒布面，鞋底是千层底，麻绳纳得密密实实。父亲啊，愿您穿上这双布鞋，合脚舒适，一路走好……以前，我到总医院十楼那个熟悉的高干病房看他；现在是到陌生的北仓殡仪馆的一座小楼看他。以前带的是鲜花，现在带的是工艺花、仿真荷花，点心和水果依然按父亲生前喜欢的品种购买。

两个世界，阴阳阻隔。看到双亲的骨灰盒，我就仿佛又看到了他们的身影、笑貌；看到父母并肩而坐的合影照片，就仿佛又听到了他们亲切的话语、细心的叮咛。有时，我甚至会觉得：当我永久地闭上眼睛时，痛苦与欣慰会同时涌上心头，因为我将会在另一个世界里与父母重聚，永远不再分离。

2013 年

辑 二

岁月回眸

小南屋旧事

《芸斋小说》中的三马

我的童年幸福无忧,父亲极少对我进行忧患意识教育,可有句话我记得很深。父亲曾告诉十几岁的我:"人生有三大不幸——少年丧父,中年丧妻,老年丧子,那是最痛苦的。"

三马便是一个不幸的孩子,他少年丧母。

1966年,我们搬到小南屋之后,邻居们都不敢跟我们说话。首先跟我们打招呼的是东邻三马。三马当时十五六岁,圆脸、大眼睛、一米七的个头儿,懂事、礼貌、结实、健康,一笑露出一口整齐的白牙,讨人喜欢。他好像就那么两身衣裳,冬穿蓝,夏穿白。旧蓝布制服，不是袖子短，就是裤腿不够长，没人帮他做衣裳。因为是近邻，只一墙之隔，低头不见抬头见，所以我们很快便彼此熟悉了。

我家的西邻是工人家庭，男主人四十来岁，瘦黑高个儿；女主人中等个儿，毛毛眼，眉毛浓密，她的两个女儿，尤其大女儿小香长得跟她很像。男主人身体不太好，脾气暴躁，挺爱生气。女主人对我很客气。小香那时虽然仅十二三岁，可已经很能干了。听说小香的父亲在"文化大革命"后病故了，年纪应该不算大，小香妈靠卖煎饼果子为生。

每次从外面回来，父亲都要路过三马家，如果赶上三马在门外或厨房内外干活，父亲都会眼含笑意地瞅他一眼，那温和的眼神我至今难忘。因为在父亲眼里，三马对他和我母亲没有丝毫敌意，这让看惯了憎恶、蔑视、鄙夷、仇恨目光的他，心中顿生温暖和好感。

父亲很喜欢三马的勤劳能干、礼貌友好、憨厚腼腆、懂事自强，更感激他愿意给自己病弱的老伴儿帮点忙。三马曾跟我母亲说："大娘，您有什么干不了的活儿，我帮您。"远亲不如近邻，父亲觉得，在患难之中碰上三马这么懂事的邻居，是不幸中的大幸。

其实，三马不知道这位新搬来的邻居到底是什么样的人，更不知他写过好几本书、当过八路军、打过游击、在延安待过，否则他一定会很奇怪，有这样资历的老干部为什么会住到这种牛鬼蛇神聚集的地方来，他是犯了什么罪吗？三马只觉得身边多了两位慈蔼的大爷、大娘，两位不多说不少道的老姐、大哥，这让他干起活儿来心情特别愉快。

当时邻居们无论是上岁数的，还是年轻的，男男女女都对三马的两个哥哥避之唯恐不及；几个妇女对老马更是嗤之以鼻，说什么的都有，有的话很是难听。我当时十九岁，听见邻居们扎堆议论他，浑身直起鸡皮疙瘩，不知这些流言蜚语究竟是真是假。可是三马的人缘特别好，尊敬老人，有礼貌，跟与自己一般大的邻居男孩大地、小渣子、小老儿们玩得很开心。他很快乐，特别爱笑，少年不识愁滋味。

每当黑夜降临，我与母亲便坚守门户，闭门不出。有几次不得不到外面接水，我看到三马家窗户上挂着一块发黑的破床单子，屋内人影闪动，还有酒瓶子的咣当声。几个光棍儿，又在喝酒消愁，吓得我提着水壶赶紧回屋，插上门和娘做伴，再也不想出去。我常想，这世界变化真大，我家原来住的大院，有假山、小溪，景致如画，仿佛天堂，现在住的地方简直就是"悲惨世界"，而三马，便是这个"悲惨世界"里最清醒、最不幸的男版珂赛特。

白天也常能看到三马的两个疯哥哥。大马圆脸光头，二马长脸，头发很浓。其实他们长得一点不寒碜，尤其是二马，用现在的眼光来看，可以说是一个白净的英俊青年，捯饬捯饬，应该一表人才，但他们总是双眼无神，脸色苍白，走路溜边儿，从不正眼瞅人，也从没听见他俩跟邻居们说过话。他俩都因为背着父亲是"日本特务"的沉重包袱找不上对象，都得了精神病；活在这个"亲不亲、阶级分"、处处以阶级斗争为纲的世上，都有一种难言的自卑。那个时候，"出身"是人最宝贵的名片，因为出身决定一个人的前途、婚恋、升学、就业……多少顺风顺水的人生，多少惨烈悲剧的故事，都因这两个字发生……

三马那背着"日本特务"罪名的父亲，也就是老马，那时刚年过半百，身子却驼成了九十度，走路时趿拉着沉重的旧鞋，需极费力地抬起头来才能看清周围的事物，一步一步，显得非常艰难。那时我并不知道老马还负有造反派交给的监视"黑作家"的任务，敏感的父亲虽深知这一点，却不恨他，反而体谅宽容他。

老干部政策落实后，单位调了两间向阳的小平房给父亲，我们离开了14排，搬到了5排尽里头那两间，砖墙外是一条供行走的小土道，环境顿时安静了许多。邻居姓马，有两个儿子，他们在院子里用砖砌了一个窝，养了几只大兔子。邻居主妇，人称"沈娘"，农村人，极朴实，待我十分和气。后来上级又让父亲搬回了大院，把全院最好的带卫生间的两间正房（也是王亢之、邵红叶、李麦、石坚等报社总编住过的）分给了他。临从新闻里搬走，父亲跟我说："住惯了这小平房，挺好，不愿意搬回去了。"

有一天，我去大院看父亲，父亲坐在窗前的藤椅上，神情极忧郁，见了我头一句便说："三马死了。他想住14排咱们那间房，跟两个疯哥哥分开，挨了管房人的打，喝了敌敌畏……"父亲是那样难过。刚听到三马死去的消息时，他干枯已久的眼眶突然溢满了泪水。一个萍水相逢的大男孩，在严酷的日子里投给他的温和的、没有敌意的目光让他难以忘怀，使他善良的心受到强烈的震撼。听到消息，我也惊呆了。死是需要勇气的，如果不是彻底绝望了，如果不是挨了打，如果不是因为别无生路，一个还不到二十岁的乐观壮实的大男孩怎么会愤而弃世呢？

作为一个有使命感的老作家，1982年1月2日，父亲"痛定思痛，以悼亡者"，写下了具有纪实性的《芸斋小说》第四篇——《三马》。父亲曾希望饱受白眼及病痛折磨的妻子和隔墙而居囿于"疯人院"的大男孩，能走出黑暗无边、荆棘丛生的日子，沐浴在拨乱反正的春风里，过上不被歧视、不被鄙夷、挺胸抬头的正常生活，但这个愿望最终没能实现。"终以彼等死于暗无天日，未得共享政治清明之福为恨事，此所以于昏眊之年，乃有芸斋小说之作也。"在《三马》一文中，父亲写了一个令他深切同情的男孩。男孩只是一个普普通通的老百姓、中学生，父亲却看到了他青春的光华、美好的人性、纯洁的心灵。文章最后，父亲以"芸斋主人曰"这样的史笔方式，倾吐了埋藏在心中的无比的悲愤，诉明了他晚年孜孜矻矻、废寝忘食写作《芸斋小说》的初衷。

三马的死，也许曾在佟楼新闻里引起一片喧哗、几声叹息，但他的名字终会被小南屋的邻居渐渐淡忘，因为那里早已改建成了座座高楼，他的家庭又是那样风雨飘摇。可是那个见了三马会给他一个微笑的老人，那个在寒冬中送去一缕暖意的近邻，那位真诚的老作家，却用写尽人间真情的春秋之笔，以一颗悲天悯人的善良、沧桑之心，将他极其不幸的遭遇，白纸黑字地写入了《芸斋小说》中，并发出了悲怆的呐喊。从此，三马的生命、形象融入了耕堂犁歌，变得鲜活而且悠长……

这真是，历历往事梦中来，痛定思痛笔亦哀。人间本有善与恶，警示后人有"芸斋"。

对面大爷走过来

我们住在小南屋时，对面住着一位老大爷，他儿子在机关工作，儿媳在工厂做工，还有两个可爱的小孙子。不知老大爷是不是报社的退休职工，那时候他已七十多岁了，人胖，且有了一些脑血管疾病的症状——流涎、走路不稳、跌跌撞撞，但常戴着老花镜坐在门口马扎子上看报纸。他的老伴儿，郭奶奶，七十多岁，人瘦小精干，有些罗圈儿腿；买菜、做饭、帮儿媳妇看孩子，非常有本事；虽头发已发白、满脸皱纹，但笑起来如菊花绽放。邻居王婶说，郭奶奶年轻时"相当俊俏"，是村里公认的

"一枝花"。

在我们家住的这个院子里，密密麻麻地住了三四十户。我家左边是"右派"小老儿家，右边是"日本特务"三马家、"国民党特务"孙立民家、"广播电视局走资派"李克简家，都是问题最严重的专政对象。街代表是一位胖胖的家庭妇女，看见我们时，脸上总带着极端的嘲讽、鄙夷的神情，走路带风，好不神气。有一回去公厕，街代表的闺女一边跳皮筋一边啐骂我，让我倍感羞辱。

我盼着父亲能经常回家，可是难得见到父亲一面。单位强制他写检查、扫厕所，干最脏的活儿。即使在这种环境下，父亲也曾当面痛斥企图陷害他、置他于死地的人，让人拍手称快！在一次批斗会上，一个人让父亲交代是怎样利用小说反党的，父亲反问他："你看过我的小说吗？你说说我的哪篇小说反党？哪儿反党？"义正词严，正气凛然。那人本想彰显造反功绩，打击别人抬高自己，不想讨了个大没趣，顿时哑口无言，像泄了气的皮球。

一天，天很热，父亲戴着个旧草帽从外面回来。他从围堤道路边消防队旁的那个路口拐进胡同，顺着1排往后走，经过一大片平房区的空地，然后从对着13排与14排的那个小木门拐进院内。当他穿行在各家各户门前的小道上时，我看到小渣子和他的父母都在好奇地看着他。特别是小渣子的父亲，竟然停下手中的活儿，歪着身子打量他，仿佛瞅着一个"怪人"，机会难得。父亲是那么与众不同，不卑不亢，走路目不斜视，不与任何人主动打招呼，如入无人之地，从容地奔着自家门口径直走来。

由于屋里太小太闷，父亲便穿着汗衫、短布裤，拿一把蒲扇，搬了个小板凳坐在门口透气。为了不挡别人的道儿——我们家门口有一条小过道，是一块厨房与厨房间的空地。通过这条过道，就是十几家共用的水管子接水处，他就靠右坐在了三马家门口。父亲的胆子还挺大的，我可不敢坐在三马家门口，街坊们都避着他的两个哥哥。

我站在父亲身后自家的门口，看到了令我惊讶的一幕：对面坐在小马扎上摇着蒲扇的大爷突然起身，他身体前倾、脚步不稳、跟跟跄跄地走了过来，口齿有些不清地对我父亲小声说："给我点钱！"他还以为父亲有钱呢！那时我们家已被查抄多次，工资停发，稿费冻结，每月只得极少的生活费，生活水平早已一落千丈。父亲竟然二话未说，转身进屋，从放做饭家什的旧木桌上那个盛生活费的盐罐里掏出一张当时最大的钞票——五块钱递给了大爷，表情很是诚恳，带着微笑。胖大爷很满意地坐回了原处。父亲也若无其事地坐在了小板凳上。四周很静寂，无人走动，人们在午睡，唯当时的我在小南屋门口亲眼见了这一幕，并将这一幕深深地印在了脑海里。

令我感动的不仅是父亲毫不犹豫的行为（那是我们宝贵的生活费），不仅是他悲天悯人的善良情怀，不仅是他的从容与大度，更因为他未对任何人提起过此事，给老人在大杂院里保留了一份尊严与安宁。我始终觉得，这比给他钱更可贵、更重要。胖大爷因动作笨拙、口齿不清，常常被伶牙俐齿的邻居取笑，他的老伴儿有时也因为他事情做得不对大声呵斥他，这已经是司空见惯的事。可父亲对他是多么友好、多么尊重。一个落难的作家，在自身难保、自家难护的恶劣环境中，心地依然光明，依然永葆对老弱病残人士的同情心、怜悯心。

小南屋的来客

在小南屋居住时，跟父亲走得最近的是马野伯伯，他住在前几排，我曾多次见他来14排小南屋找我父亲。马野伯伯身材高大，肤色比较深，看着就结实；留络腮胡须，不修边幅，有时披一件衣服，趿着鞋便来了，边走边抽烟。因为只有一间小屋，有外人来时，我便躲出去，所以并不知道他们说了些什么。但我知道马伯伯很关心父亲的生活，能帮的忙他全帮了。

怕我们难过，父亲极少跟我们说自己在外边遭的罪。他在外面受的苦难，好多都是后来我看了他的作品才知道的，比如外调时因拒不提供友人"罪证"，被调查人抓破了手；在干校单独外出时，被几个坏孩子扔来的砖头击中头部，如果不是戴着厚棉帽，恐怕会脑浆飞进，当场倒地，等等。有一次，父亲却跟我详细谈起了马野伯伯的遭遇。说他是"报社的首席记者，文章写得好，北大毕业，校篮球队的健将，身体特别棒。造反派打他，把他从楼梯上倒着推下去，摔断了肋骨"。说完，父亲非常气愤，对马野伯伯的遭遇充满了同情。我母亲在天津市第一中心医院去世后，我给马野伯伯打了电话，是父亲让我打的，只记得匆忙慌乱中，马野伯伯沉静地说："我知道了！"他十分仗义，马上就赶到了医院。我记得当时陪在父亲身边的还有石坚伯伯、杨循夫妇。后来，父亲把他们的名字写进了自己的作品，以志不忘。

父亲搬回大院后，马野伯伯一家也搬来了。他家在"文化大革命"前并不住在这里，这次住的是李克简伯伯曾住过的房子，其中一半分给了别的住户，柳心、鲁思伯伯都在那半边住过。马野伯伯在台阶下搭了一个厨房，厨房门口是一棵硕大的老杨树。我去看望父亲时见过马野伯伯，并没有多说话。1987年父亲从那儿搬出来后，我就没再进过大院，有一次骑车从门口路过，见光秃秃的老杨树被拦腰截断了，心里十分不快，充满了对老杨树生存现状的担忧。再后来，这里立起了新楼，人口十分密集，往日的情景皆荡然无存了。

后来，我被调到邮电管理局党办，担任机要秘书，也爱写个小稿什么的。有一天，会议室里聚满了机关工作人员，他们都是来听从报社来的大记者讲写作知识的。这个大记者就是马野伯伯，他已调到市里工作了。他给大家讲了一课，不仅通俗易懂，还很风趣。后来，他还成了天津市著名的经济理论工作者、国内最早研究中心城市问题的专家。可惜马野伯伯不幸于1989年病逝了，如果假以时日，必将大有作为。他真是一个难得的好人，一个有才学的人。

在14排小南屋居住时，形势稍有松缓后，王林伯伯带儿子王端阳也来过。父亲当时没在家，王林伯伯关切地询问了我一些家里的情况，然后便与儿子骑上旧自行车告辞了。

我记得散帼英阿姨也来过，好像那时我母亲还在床上躺着。我穿了一件咖啡色旧条绒褂子，围了一条大姐送我的红黑条细线毛围巾，散阿姨还对我母亲夸了我一句。

1969年秋，韩映山伯伯来了。他把我家被赶出旧居，居住在新闻里的经历，写在了自己的文章《谪居》中。他写到小南屋门前黄叶飘飘、人丁冷落的凄苦情景；写到父亲忧郁善良的眼神，我尤其记得他写父亲跟他们说自己想自杀；写我母亲病得更厉害了，失了学的"晓玲侍母病于床前"；还写了我出去买来菜，他帮着一块包饺子的事（这我可彻底地忘记了）。我母亲住在尖山医院时，韩映山伯伯的妻子还给我们送过自己亲手包的饺子。1988年，韩伯伯与徐光耀、段华一块来看过我父亲，祝贺我们乔迁新居，带了一个摄影记者，照了几张不错的合影。

韩伯伯写的《孙犁的作品与人品》，我反复看过多遍。虽然书很小，也不厚，但内容非常丰富。他笔下的我的双亲，让我觉得特别贴近生活。比如，他写我母亲跟他妻子说我父亲的一段话："有时，勺子一响他就嫌烦，俺只好悄悄地，不敢惊扰他。你想让他做件衣服，他也不到外边去量尺寸，得我拿了衣服样子去给他裁剪。他整天就是看呀写呀。一写起字来，常常忘记吃饭，得我一再张罗，他才吃点。"我觉得这就是我母亲的原话，读来格外亲切。他写我父亲在延安时与梅虽有情感上的牵连，但一直不"过线"，连手都不曾拉过。"孙犁几次在'爱情'线上退下来，并不是胆怯，他是想到了故乡烽火连天、遍地苦难，自己的青春发妻，正恪守着对丈夫的忠贞，服侍公婆，携儿育女，钻洞趴洼，支援前线。他怎么能够喜新厌旧，另寻新欢呢?""解放之初，当进城干部中兴起离婚热潮时，他把妻子和母亲接进了城。"写得真实而准确。

韩伯伯写我父亲的文章共有近百篇，是熟知、了解，也是极敬仰与尊重我父亲的友人；他们通信也很多。我虽见过他几面，但交谈不多，现很觉遗憾。2012年元月，他的儿子韩大星托天津吴云教授赠了我一套河北教育出版社出版的五卷本《韩映山文集》，由父亲的挚友沈金梅先生亲自转交于我。郭志刚教授在这套书的序中说韩映山"言谈率直，待人诚恳，是鲁迅先生说的那种清可见底，与之相接，直可登堂入室，不用设防的人"。确实如此。我很看重这套书籍，将其珍藏于柜。

2022 年修订

往事都留梦里

书衣记梦

风雨人生叹坎坷，梦记书衣共谁说？

最是深情芸斋笔，晨光微曦忆友昨。

1990年7月19日清晨，夜未睡安的父亲早早临窗，坐在旧藤椅上，伏身于木制写字台前，拧开橘黄色塑料台灯，匆匆记下一则"书衣文录"，密密匝匝的几行字很快便留在《孙犁传》的白纸书皮上：

昨晚梦见邹明，似从阴间请假归来探望。谈话间，余提及已嘱李牧歌将纪念他的文章，及早汇印成书，不禁失声痛哭。邹瘦弱，神色惨淡，似颇不快。余急呼牧歌慰之，遂醒。盖昨晚睡前心情不佳所致。大热近一周，从今日起，稍凉爽。

这是一则与众不同、有些特殊意义的"书衣文录"。日有所思，夜有所梦，我想，父亲那段时间，一定一直盼望能有一本纪念邹明的集子出版，以寄怀思。

这则仅几行字的"书衣文录"，与父亲以往在古旧书书衣上的题识、杂录、随感不尽相同。尽管不是第一次在书衣上记梦、记录因梦而愈加笃厚的友情，但较完整地记下一个梦境并不多见；用纸是薄且白的八开雪莲纸，与父亲经常用的旧牛皮纸虽都因陋就简，却也独一无二；另外，这则"书衣文录"不是用惯常所用的毛笔书写，而是用钢笔写的。

这是父亲第三次在"书衣文录"中，记录与邹明有关的内容。

早在1975年12月25日，父亲便在"书衣文录"中，记载过邹明对他的关心。1958年，创作劳累引发疾病，父亲不得不到青岛养病。在东海海边，他虽然可于晨昏间拣石子、听黄鹂、观兽苑、赏紫薇、望潮起潮落，心中却有对妻儿老小的无限牵挂。细心的邹明伯伯买了古人字帖给父亲寄来，希望他在病室临帖习字，追摹古人，益心养性。"得趣在形骸以外，娱怀于天地之初"，这种小学生般的习练，果然成了吃药打针之外辅助治疗的一种有效方式，为父亲日后在书法艺术上的成就打下了良好基础。

1989年10月14日，父亲在《史记》一书的书衣上，记下了他一扫多日抑郁之喜悦心情。原来，他从报社文艺部得到消息，邹明的手术很成功，术后言语清晰。父亲久悬的心一下子放下了，对友人的关心、牵挂溢于纸上。

这一年，父亲的健康状况却不容乐观。

从1990年11月22日至12月22日，父亲一月之间连犯腹泻三四次，身体明显衰弱，儿女们极为紧张。"不可一日无工作""不能一天没事干"，连续十几年夜以继日、绕以梦魂的写作无形中消损了他的身体，也为1993年的大病埋下了隐患。尽管父亲从保暖及饮食上加以注意，但仍体质变差、消瘦明显，有时看上去很疲惫。

丹丹送花

书衣记梦十年后，父亲已住进市总医院。2000年12月21日这天上午，一位朴素秀气的中年女同志，端着一盆鲜花小心翼翼地走进病房，对我说："晓玲姐，你还认识我吗？我是李牧歌的孩子，我叫丹丹。"丹丹身后跟着一位瘦小的农村妇女，也端着一盆一样的花，她是家中的保姆。

我忙俯身床头，轻轻告诉父亲："爸爸，丹丹来了，邹伯伯的女儿。"

邹伯伯虽已逝，但友情存。1991年春，牧歌阿姨复印了三十份《记邹明》，分发给亲朋好友。在送给父亲的那本中附带一信：

> 这个集子，是在您的关心下集成的。我拿在手里，有说不出的感激，越发体会到您对老邹的情深谊厚。

1994年冬，牧歌阿姨又送给了我父亲两头水仙，春节时正好开花；丹丹还亲手编织了一顶毛线帽，颜色样式都很好。她们希望她们敬重的老人，在经历了1993年的大手术后，身体能越来越好，生命从八十岁开始，像冰心一样。

父亲听说是邹明的女儿，努力睁大了眼睛，仔细辨认着站在眼前的丹丹。看得出，他心里是感动的。

丹丹见我父亲这样瘦弱，开口讲话都很困难，泪水潸然而落。她摸了摸老人的手臂，急不可待地问了护工一连串的问题："他刚来时怎样？现在怎样？吃饭怎样？……"然后坐在椅子上，一边细心听我和护工介绍情况，一边极为关注地看着我父亲的脸。临走时，她像对待自己的亲人那样俯身轻轻摸了摸我父亲的面颊，充满留恋地离开了病房。过了两天，护工告诉我："孙老让你哥哥准备了一些营养品，去看望李牧歌。"即使在重病期间，父亲也想得特别周到。

大院留梦

当我沿着记忆的小路，努力搜索父亲与邹伯伯会面的场景，竟发现浮现于脑际的画面，都与那个闹中取静、别有洞天的大院有关。

这个位于多伦道216号的大院，随着日新月异的城市建设，早已了无痕迹。可那里的一花一木、一树一果、一石一景、一弯一角，依然留在我的记忆深处，尤其院中那棵极极粗的倔强伫立的老杨树，更是令我难忘。沧桑的世事在它身边发生，百年风云在它头上翻卷，它不卑不亢奉献绿荫，高朗旷达别具天眼。

多伦道是我在这座城市感情最浓、印象最深的一条街，大院与老杨树则是屡屡出现在我梦中的家园。

往事如烟亦如梦。

邹伯伯来大院，有时从假山一侧的小道走来，回去时则总从靠近大杨树的那条路走，踏鹅卵石小道，过青石板小桥。每次看见在干涸的小河里拣毛毛虫或拔老根儿的我，他总会停下脚步热情地招呼一声"晓玲"，闽南口音，笑容满面。等我再大些，放学回家时，总能看见父亲与邹伯伯同坐窗前，一人一支烟说稿子，气氛相当融洽。有时他们就静静地坐着，有时会一同笑起来。感觉父亲对邹伯伯特别信任，交给他办的事情都特别放心。

"文化大革命"之后，父亲的生活发生了很大变化。他从佟楼又搬回了大院。有一回在多伦道与山西路的交界处，我碰到了邹伯伯夫妇。他们热情地驻足，询问我父亲的身体情况。虽然他们这几年的日子也不好过，可对于个人烦恼与不快，他们只字未提，一直仔细打听我父亲的近况。

在那样一个阳光灿烂的日子，与父亲的两位熟悉的朋友、工作上的助手、事业上的伙伴、生活中帮助过他的同人、长期默默无闻甘为他人做嫁衣的编辑，站在窄小繁华的马路边上，极亲切温暖的一番交谈，也和多伦道大院一样，留在了我的记忆里，至今不曾消失。

1982年春，父亲住房台阶下的两株桃花又灼灼绽放，院中的老杨树也冒出茸茸新绿。父亲在他的老屋又激动又兴奋地接待了专程从北京来津看望他的著名作家丁玲、陈明夫妇，他们开怀畅谈，合影留念。邹伯伯也是陪同前来的友人之一。父亲用我送去的冰糖橙款待贵客，让我格外开心。

丁玲是父亲崇敬的偶像，父亲年轻时曾保存过从刊物上剪下来的丁玲照片。20世纪50年代，北京召开批判丁、陈大会，父亲作为天津代表，曾以有病为由保持沉默。这在当时风声鹤唳、草木皆兵的严峻形势下，需要过人的胆识与极大的勇气。父亲平

孙犁亲自送前来看望他的丁玲夫妇下台阶，
并搀扶丁玲送至院外

日看起来胆子很小，但处在风口浪尖时绝对不会出卖良心，不会为保全自身，对朋友落井下石，他有自己做人的准则。

八十岁高龄的丁玲，命运多舛，历尽风浪，虽已满头白发，一脸沧桑，却拥有一颗年轻的心，凭着"风雪人生"获得的体验，她一直坚持写作。

父亲不仅很罕见地到丁玲夫妇在津的住处回访，还特意托邹明买了一罐好茶叶送给他们。看望过客人后，父亲很高兴地告诉我："丁玲精神很好，陈明把丁玲照顾得很好呀！"

不久，父亲把一套崭新的《丁玲文集》送给我，上面还有丁玲的亲笔签名；他们来访时带来的一罐杭州龙井，父亲也给了我。这个蓝绿相间的铁茶叶罐，一直放在我的办公桌上，茶叶喝光了我也没舍得扔。望着它，我就能感受到一种精神、一种力量。

1984年暮春，父亲告诉我，丁玲要办一本大型刊物，想请他当编委。丁玲去世后，父亲于1986年3月7日下午完成了后来收入《陋巷集》的《关于丁玲》，"谨记私人交往过从，以寄哀思"。我还写过诗歌，以示缅怀：

你说／你只是一棵小草／扎根泥土乐于肥田／只要繁花映出绝美的景致／你愿永驻人民的大山／我看／你是峭壁上的一棵大树／硕果累累枝叶参天／夹缝中挣扎生存伸展／风雨中更显巍峨壮观……

父亲搬入楼房后，邹伯伯没有来过，那时他的身体已经不太好了。记得父亲和我说起过他和邹伯伯一块得奖的事，起因是我看见书柜上新添了一只黑色带斑点的石瓶，有些好奇。父亲指着这个奖品对我说："他们给送来了这个，很沉啊！作协的这位同志真不容易，从北京坐火车捎到天津。万力、邹明，我们仨一人一个。"父亲没说是什么奖项，后来我才知道，那是全国老编辑荣誉奖的奖杯。

　　1989年12月11日，父亲写下《记邹明》，从1949年进城相识写到二人共事，从他的性格为人写到两家友情，从他的爱好涉猎写到对友人的评价……父亲思往事、抒胸臆，其事也真，其情也深。

　　　　我们的一生，这样短暂，却充满了风雨、冰雹、雷电，经历了哀伤、凄楚、挣扎，看到了那么多的卑鄙、无耻和丑恶，这是一场无可奈何的人生大梦，它的觉醒，常常在瞑目临终之时。

　　在《记邹明》中，父亲发出如此沉重与悲怆的叹息。

暮霞千里梦

"暮霞千里梦"，是陈乔伯伯给父亲的赠诗《遣怀》中的一句，全诗为：

> 风雨人已老，关山路径长。
>
> 暮霞千里梦，高瞩望重阳。

1993年前后，我的两个姐姐来天津照顾病中的父亲。清晨，见到父亲时，不论大姐，还是二姐，第一句准问："爹，夜里睡好了没有？"父亲有时说睡得还行，有时说睡得不太好。岁月催人老，晚年梦更多。父亲把自己这样爱做梦归结为："……按弗洛伊德学说，梦是一连串零碎意识、印象的偶然组合，就像万花筒中出现的景象一样。"这与他饱经风霜的经历有关，父亲的梦里多泥泞跋涉、紧张险恶，也有亲人团聚、乡邻又见，峰回路转、坦途又现。

对于精神理想的追求，父亲极为执着，且与梦悠悠相关，绵绵缠绕。少年时的"求学梦""莲池梦"，青年时的"文学梦""青春梦"，壮年军伍时的"游子梦""报国梦"，晚年的"耕堂梦""芸斋梦""桑梓梦""还乡梦"，他体会了追梦的"无与伦比之向往"、美梦成真的快乐欢欣、梦想破灭的失意与痛苦。

其实梦也是一种文化。

父亲从小就爱读书，他倾心于中外名著，特别是丰美的中华宝典。他青少年时期便受到《红楼梦》《聊斋志异》《牡丹亭》及唐诗、宋词等与梦有关的古典文学的影响，对中华民族博大精深的梦文化很感兴趣。他曾把1993年9月由山西高校联合出版社出版的傅正谷先生编著的《中国梦文化辞典》送给我，并称赞了傅先生的研究成果，说他研究得深，很高兴天津市为此召开了研讨会。傅先生曾于1980年在《光明日报》上发表了《孙犁与弗洛伊德》一文，并因弗氏的《精神分析引论》与我父亲有过交谈。1979年和1980年，父亲又连续三次论及弗氏，见解独到而精辟，清醒而不盲从。父亲晚年创作的《书的梦》《画的梦》《戏的梦》《戏的续梦》《青春余梦》《芸斋梦余》，皆以"梦"字为题，而在《亡人逸事》《老家》《包袱皮儿》《一九七六年》《幻灭》《关于"山地的回忆"的回忆》等一些饱含亲情、乡情、军民鱼水情和切身感受的作品中，也不乏梦的情愫。他默默如春蚕展吐，不断地编织已逝的旧梦，又不时补进现实沉潜的感受。"梦"这个充满神秘色彩，具有丰富文化积淀，含义极丰富、极微妙的词汇，在父亲得心应手、炉火纯青的笔下，有了新的灵感、新的构思、新的意境、新的寄托。

"梦的系列"是父亲晚年作品中一个非常重要的组成部分，是他十年梦魇之后，孤独反思、寂寞为文，留下的一道不可忽视的独特的文学景观。与"白洋淀系列"相比，尽管风格截然不同，前者荷浮幽香、清新隽永，后者老辣逼人、意蕴丰厚，但都紧紧触着时代的脉搏，都是他心路历程的凝结，势必会引起孙犁研究者们浓厚的兴趣。

安平乡里，被枪声入梦，战云骤起。抗日军兴青纱帐，长了平原志气。一介书生，投营报国，举起如橼笔。八方风雨，化成如火诗句。大淀百顷荷花，雁翎队内，谁见斯人迹？数与死神交臂过，往事都留梦里。向晚笔耕，凭窗对月，无愧天和地。登高一唱，天涯自有知己。

这是郭志刚教授于1996年写给我父亲的一首词，原作写在贺年卡片上，寄托了他新春佳节的良好祝愿与由衷敬意。我很喜欢这首词，故而以此作为本文的结尾。

2005 年

父亲在天津的几处居所

　　天津是新中国成立后父亲居住的城市，"孙犁与天津"是研究者们探讨的重要课题。在这个繁华的码头城市，有他平实朴素的生活，有他"犁歌"绕海河的写作，有他甘当园丁育新苗的汗水，有他对冀中土地不尽的感恩。

　　在天津，父亲住过三个区——和平区、南开区、河西区，其中在和平区时间最长。

　　1949年初，父亲随《冀中导报》人员来到天津，在新创办的《天津日报》工作，编辑《文艺周刊》并写作。最初三四年的作品有：中篇小说《村歌》，短篇小说《吴召儿》《山地回忆》《秋千》和长篇小说《风云初记》等。据父亲同人、老友、老邻居孙五川伯伯回忆："刚刚组建的《天津日报》由黄松龄兼任社长，王亢之任副社长，朱九思、范瑾任正、副总编，方纪、孙犁任副刊正、副科长。进城后，《天津日报》编辑部是一个大办公室，几十个人一起办公、出报。"那时我父亲总是正襟危坐、聚精会神地工作。办公时间，他很少离开座位，用毛笔改稿，一丝不苟。从20世纪50年代开始，父亲半日工作半日创作长篇小说《风云初记》，就在和平区多伦道155号（与山西路交界处）《天津日报》编辑部后二楼的一间小屋内。在这间三面有窗、外有木廊、冬天灌风、夏日西晒的小屋里，有一桌一椅、一木床、一脸盆架。进城初期，父亲的创作热情犹如炽炭，家乡人民在艰苦卓绝的条件下表现出来的革命乐观主义精神是他创作的最大动力。他常常伏身木桌，一天写五百字，用毛笔写，进展很快。

与楼上是编辑部、楼下是报社印刷厂的这个并不太宽敞的院落相对的，是多伦道216号大院，父亲曾在文中多次描写这个曾是吴鼎昌姨太太别墅的地方。在这个大院，父亲三易居住地，是最长久的住户，前前后后有三十七八年。在这个美丽过也荒芜过的大院，有他对文学梦的追寻、青春的遗响与有关亲情友情的记忆。在大院正房后面有一排格局相同的简易小平房，原是吴鼎昌姨太太仆人的住所，改为报社后，父亲分得一间小屋，专事写作。记得我很小的时候，父亲曾带我去大院后边看过这间写作小屋，他亲口对我说："我就在这里写东西。"这间不过十来平方米的平房正对着正房的台阶，白灰墙，青砖地，有一桌一椅；屋外是连接全院的松木走廊，走廊下是一小块空地，一棵弯曲的槐树正弯着腰爬上屋顶。他说旁边屋总有人打字，很吵。

　　和平区的文化大楼是我们一家的最早的正式居住地。几次向孙五川伯伯询问后得知，此楼共三层，是报社总务科为从胜芳来的单身记者们购买的。父亲分配到一楼的一间住房。父亲上班后，母亲和我及哥哥姐姐便挤在这间屋子里。文化大楼原址在和平区河南路路口，离老百货公司不远，离父亲工作的报社也不远。但我们一家在此楼居住的时间甚短，只有三个月左右。现此楼已不复存在。

　　在和平区，父亲的第二个居住地为山西路55号，家人于1950年"五一"前搬入，也是天津日报社的职工宿舍。这里原是一座小学校舍，父亲与家人曾住在一楼靠右侧门洞内一间十六平方米的房屋内。因家人多，单位又给了父亲一间九平方米的小间。院子里的住户甚多，李麦、孙五川、鲁思、邹明、陈力等报人都在此住过。现在这个院落已改为山西路35号，破败杂乱，基本无人居住，面临被拆迁、改造的命运。

　　在和平区，父亲的第三个居住地为多伦道216号侧院。天津日报社的办公地点迁至鞍山道口后，父亲于1954年或1955年搬到多伦道大院侧院，在新盖楼房的二楼一溜儿四间房屋里居住。1956年初夏，在尽头那间十多平方米的屋内，他创作了《铁木前传》这部中篇经典。因为写这部书透支了体力、精力，他生了一场大病，中断写作十年之久。

为了养病散心，父亲去过济南、南京、上海、杭州，也住过昌平小汤山疗养院、青岛疗养院，去过太湖。在这期间，他写了《病期琐记》，其一便是名篇《黄鹂》；并写了多篇作品的后记。1959年，父亲回津。1962年春，身体有所恢复的他为《风云初记》编排章节并重写尾声。在冉淮舟叔叔的帮助下，他的新旧作品集《津门小集》《风云初记》《白洋淀纪事》《白洋淀之曲》《文学短论》等陆续出版。1964年到1966年，父亲所写的文章不多，主要是因为文化环境中的政治氛围浓重，阶级斗争的气氛日益增强，使文艺工作者有压抑感。

　　1966年"文化大革命"刚开始，父亲在多伦道216号大院的住所便连续六次被抄，他挨批斗，受凌辱。因白天遭受当众被批斗的奇耻大辱，是夜，在住房内，父亲拧下床头灯泡愤然自杀，但被灯口强力弹回。第二天虽觉头痛难忍，却仍得去"单位"劳动。

　　有一天，我们又被勒令"限时搬家"，不得不连夜搬迁至河西区佟楼新闻里14排一间十三平方米不向阳的小屋内。当时新闻里地处城市边缘，是共有十四排平房、百十户人家的天津日报社的工人宿舍。父亲是"黑作家""修正主义分子"。东邻为"日本特务""国民党特务"老马家和孙立民家，老马家还有俩精神受刺激疯了的儿子。西邻为脾气暴躁的工人郑家和有"右派"哥哥的小老儿家。后来我才知道，这里是新闻里"牛鬼蛇神"最集中的居住地，而我家住的是这里条件最差的房间。1970年4月，我母亲受尽精神与病痛的折磨，悲惨病逝。形势稍缓后，报社将父亲的住房进行了调整，交了14排的那间小屋，给了5排向阳的两间平房。

1972年，九死一生的父亲搬回多伦道大院，从河西区又回到和平区。这次分配给他的是一套两居室，王亢之、邵红叶、李麦、石坚等总编都曾住过，带一卫生间。经历了二十年的创作空白后，在这里，父亲重新握笔，创造了"劫后耕堂犁不停，梦余芸斋笔锋雄"的晚年创作奇迹。

1987年，因大院改作报社发行办公地点，组织安排父亲搬至南开区鞍山西道科贸街蛇形楼新居，在一百三十一平方米的一偏一独单元房内生活起居。自1976年至1995年，父亲连续奋战十几年，创作了大量文学作品，陆续出版了《晚华集》《秀露集》《澹定集》《远道集》《尺泽集》《陋巷集》《如云集》《老荒集》《无为集》《曲终集》十本书，是他毕生创作的又一个丰产期。

1993年，八十岁高龄的父亲在天津市第一中心医院经历了一次生死攸关的胃部手术。手术十分成功，身体恢复后的他又陆续写了一些作品。1997年春节后，我嫂嫂由工厂退休，我哥哥孙晓达接父亲到他家养病，父亲便在河西区四化里住了将近一年的时间。后来，他又住进天津市总医院，直到2002年7月11日去世。

在天津父亲住的是报社分配的宿舍，没私人置房。他把平生的稿费积蓄大部分作为党费给了国家，春蚕吐丝，蜡炬成灰。

2014年

孙犁晚年重新握笔，创造写作奇迹

永远的"白毛女"

按照家属意愿，在著名歌唱家王昆的追悼会上，一反常态地不放哀乐，而是播放《白毛女》选段，因为王昆是新歌剧《白毛女》中喜儿最初的扮演者。

1976年，一个冬日的上午，在佟楼新闻里那片简易的平房前，我曾见过王昆，偶然的一面之缘，让我至今难忘。

记得那天阳光明媚，我抱着女儿站在空地上晒太阳。由于地震，房屋受损，我便暂时"避难"于此地5排的哥哥家中。我发现，在3排小丽家的门口聚集了一些人，准是有好看的电视节目。——她家新买了一台黑白电视机，这在当时可是件新鲜事，是新闻里的头号新闻。新闻里一共有十四排平房，百十家住户，有电视机的只有她一家。原先住在多伦道216号大院的时候，我们家和小丽家便是前后院的邻居，她父亲王鸿寿知识渊博、待人亲切。"文化大革命"开始后，院里的几户"当权派"都被勒令限时搬到了这个地方。小丽的父亲是市图书馆馆长，当然也不例外。她的母亲是一位老教员，长脸，瘦高个儿，待人热情，我从小就爱去她家玩儿。

就在我抱着女儿径直向小丽家走去时，迎面正碰见小丽陪着一位女同志从屋内走出。见到我，小丽停住了脚步，满面笑容地为我们介绍。我不禁愣住了，这就是王昆吗？大名鼎鼎啊！我最爱看电影《白毛女》，那是由田华主演、王昆演唱的啊！王昆曾因主唱电影歌曲《白毛女》，成为共和国首批金质奖章获得者；她主演的歌剧《白毛女》，更是脍炙人口，妇孺皆知，轰动陕甘宁。《白毛女》里喜儿的几段唱词我都会唱，尤其是"北风吹""红头绳"，富有节奏感、情感充沛，在那个年代，哪个小姑娘不会哼上几句？"想要逼死我！瞎了你眼窝，舀不干的水，扑不灭的火！我不死，我要活！我要报仇，我要活！""白毛仙姑"悲愤欲绝的控诉、感天动地的呐喊、石破天惊的高歌，不知深深地打动了多少求翻身、求解放的中国劳苦大众。

金秋十月，粉碎"四人帮"后，最早在首都舞台上亮相的就有王昆，她的《翻身道情》《夫妻识字》与常香玉的豫剧、郭兰英的《南泥湾》、王玉珍的《洪湖水浪打浪》一样，赢得了众多的掌声、众多的泪水；在大型音乐舞蹈史诗《东方红》中，也有她领唱的《农友歌》精彩片段。她是深受人民喜爱的文艺工作者，乐于为人民群众演出的艺术家。

真没想到，我竟在家里见到了王昆。正当我惊喜交加之际，一双温暖的手紧紧地握住了我的手，顿时使我暖意盈怀。我仔细打量了一下站在眼前的"喜儿"，只见她五十来岁，中等个头儿，身体已经开始微微发福；她的脸盘儿稍圆，肤色健康，双眉弯弯，漂亮的双眼皮大眼睛很有神采，鼻梁不高不低，鼻翼秀气，面显雍容；尽管已经不再年轻，可是周身仍洋溢着活力与自信。她的头发显然刚刚烫过，黑色的大卷梳理得有模有样，配上剪裁得体的蓝色西服与黑色半高跟皮鞋，整个人显得又飒利又精神。王昆似乎回忆起了在冀中与延安生活的往事，诚挚而热情地让我问家里人好。我知道她说的"家里人"指的是我父亲，我当时很感动。她又逗了逗我的女儿，摸了摸女儿稀疏的黄毛儿，那时女儿长得像棵豆芽菜。此时，周围聚集的人越来越多，大家都想目睹这位名演员的风采，王昆很有礼貌地向大家点头示意。小丽充满歉意地小声对我说："玲姐，今晚大姐还有演出，我们得先走了。"说罢便挽起王昆的胳膊匆匆离去。

我知道王丽和王昆是叔伯姊妹，王昆是抽暇来探望叔叔婶婶的，看到历经动乱、地震，仍精神健旺、身体尚好的两位老人，她一定倍感欣慰和庆幸，因为她的脸上一直挂着灿烂的笑容。

回到多伦道大院见到父亲后，我便把遇见王昆的事告诉了他，特别转达了王昆对他的问候。父亲倒显得很平静，并没有多说什么，但有片刻的沉思。也许他是想起了冀中，冀中是他思念的故土；也许他是忆起了延安，延安是他跋山涉水曾经追寻的抗日中心、革命圣地，那里有许多与他志同道合的英才俊彦、战斗伙伴，令他难以忘怀。

1944年，三十一岁的父亲接到上级命令，告别了华北联大教育学院，与同事、同学奔向千里之外的陕北，有时日行六七十里，但不觉疲累。他穿着土靛染成的浅蓝色的粗布单衣裤，身背三匹小土布边走边卖，换钱买菜。路经盂县时，得到战友、诗人田间的一件日本棉大衣御寒；在绥德县，受吕正操将军召见，并意外地见到了威名赫赫的贺龙同志；又过清涧县、米脂县，终于见到宝塔山到了延安。在延安这块贫瘠而又光荣的土地上，父亲被分配到鲁迅艺术文学院，也就是茅盾先生后来所说的在中国贫寒的西北角的那所学校。暂住骡马店内时，父亲遇到洪水，险遭不测，腿部多处受伤。水灾后，除一旧衣包一无所有，千里之遥、辛辛苦苦抱来的大衣已不见踪影。

在文学系，父亲是研究生，后被提升为教员，住在山坡上（先住北坡，后住东坡）的土窑洞内，先后与诗人公木、鲁藜及同一系的作家邵子南为邻，并陆续见到了从天南地北来的作家和戏剧、音乐、美术专家。王昆也是河北人，1939年进入西北战地服务团，后与任西北战地服务团负责人的周巍峙结为夫妇（周巍峙对她有伯乐之恩)。1944年，这个丁玲领导的西北战地服务团返回了延安。父亲在延安时，与他们应是见过面的。

延安的经历令父亲大开眼界，学到了不少东西。在黄土包围的窑洞，搭板为床，用瓦罐砂锅下坡到伙房打水打饭，纸糙墨陋，灯光摇曳，但革命队伍很温暖。到延安的第二年，父亲就写出了经典之作，那就是历时七十年，至今仍连印不衰的《荷花淀》。

《白毛女》是中国第一部革命现实主义大型歌剧，其艺术魅力长存，久演不衰。父亲的三位友人——贺敬之、邵子南与李满天，都为这部剧目付出过心血。父亲的另一位友人杨润身，还担任了电影版《白毛女》的编剧。

父亲曾亲口对我说，延安有人写"白毛女"的故事。在父亲送给我的由程远主编的《延安作家》(五·二三丛书)一书中，收录了父亲《〈善暗室纪年〉摘抄》中在延安的部分，内有"敌后来了很多人，艺术活动多了。排练《白毛女》，似根据邵子南的故事"之语。在父亲送给我的四川人民出版社出版的《中国现代作家传略》(1981年5月版)一书中，著名诗人贺敬之在自传中写道：

1942年，在毛泽东同志《在延安文艺座谈会上的讲话》的指引下，和丁毅等同志集体创作了歌剧《白毛女》。

贺敬之卓越的艺术才能、抒情诗人的情怀、传统戏剧的浸润，以及雄厚的写秧歌剧的功底，在此剧中得到了淋漓尽致的发挥。

1945年，王昆从延安鲁艺戏剧音乐系毕业，并于4月28日成功主演了新歌剧《白毛女》。六幕三小时，没有电灯只有汽灯，没有麦克全凭本嗓，王昆以她豪放、质朴，宛如天籁的声音轰动了延安，打动了万千干部、战士的心，激发了民众的革命热情与战斗精神，引起强烈共鸣。

1994年春，《白毛女》的编剧、著名诗人、歌曲《南泥湾》的词作者贺敬之，与林默涵、杨润身等七人，专程来天津看望我父亲，畅怀一叙。此时，距在延安创作《白毛女》已过去了半个世纪。在此之前，为人随和宽厚、质朴爽朗的老战友贺敬之，还曾挥毫给困于病中的耕堂老友写了一封充满关怀思念、送上良好祝愿的信：

孙犁同志：

魏巍同志告我，张学新同志给他在信中说你患病，已入医院治疗。我和柯岩十分惦念！不知近日病情如何？我将请学新同志探知告我，请你安心静养，不必劳神直接复函。根据我多次，特别是这次患病的小小体验，首先还是对病要重视。同时：一是自己要有战胜疾病的绝对信心，年纪大些亦无稍减；二是对医疗办法有信心，我国现在的医疗水平还是可以的，西医、中医，等等，只要摸准了，定可奏效。如需要我们在北京的朋友们做点什么，我当再和张学新、杨润身同志联系。我和柯岩预祝并完全相信，您一定能早日恢复健康。我们一定可以如愿在荷花淀边见到您，在这个本应早就举行的研究会上，为您祝寿，向您学习，向您致敬！

专此，祝医安。

我还记得，曾经有热心读者了解到父亲九死一生，幸存于世，特送给他一个精致的小工艺品——塑料镜框内镶一张立体效果、彩色芭蕾舞《白毛女》的剧照。后来，父亲将它送给了我，我照着剧照，画了不少白毛女：衣衫褴褛、银发披肩、脚尖独立、手臂高举，那是我心目中最动人的复仇女神，美丽而又善良，孝顺而又刚毅……

岁月不居，时光如梭。如今的佟楼已日益繁华，原来简陋的平房区已是群楼林立，曾经住在这里的人们的生活也发生了翻天覆地的变化，其中大都已经不在人世。

2002年，父亲去世后，为表达对他的缅怀与纪念，安新县委、安新县人民政府，在一碧万顷的白洋淀荷花大观园，创建了"白洋淀孙犁纪念馆"，并于父亲逝世一周年之际开馆。开馆之日，父亲诸多的友人及学生聚集于此，场景感人。德高望重、年已耄耋的周巍峙先生，出席纪念活动并进行了重要讲话，对父亲的文学成就给予高度评价。他的莅临，令家属一直心怀感念。

如今，周巍峙先生与他的爱人歌坛"白毛女"已于2014年9月与11月相继离世。这对闻名遐迩的艺术伉俪，留给世人一段美好的艺坛佳话、一首情比石坚的爱情之曲。

2015年

大院和老杨树

梦中的大院

大院曾几次出现在我的梦中，那里有父亲、母亲的身影，有小伙伴们相互追逐、天真烂漫、开心玩耍的场面。大杨树也曾出现在我的梦中，只是它变成了一棵灿烂的大果树，结满了梨子一样大的果实，硕大丰盈。

大院不是一座普通的居所，建造它的人是吴鼎昌。大院坐落在市区繁华的多伦道旁，院子很深，为苏州园林式花园别墅，跨着三个小院。尽管疙瘩墙和红门外车水马龙人流熙熙，可它闹中取静，别有洞天。

小时候，我只知傻玩，哪会欣赏院子的美丽呢？现在细细想来，它简直像是放大了的江南园林盆景，又像是缩小了的红楼大观园的一部分。

这座庭院式花园的中心是一座用土与太湖石精心堆砌的假山。虽是人工铺设，却仿佛天造地设。经过日锤月锻、风雨侵蚀的石头，有的阳刚，有的阴柔，有的丰腴，有的细瘦，嶙峋有致，凸凹自然。山上栽有松、槐、椿、柏，山下花圃种有各种名花，花树相映，别有意趣。山顶设有一亭，配以石桌、石凳。当绮丽的月季引来蜂飞蝶舞，当雪白的一嘟噜一嘟噜的槐树花流香溢彩，当山石被雨水冲刷得青润亮丽，小山便更是赏心悦目，秀色可餐。

弯弯曲曲绕着假山的是一条人工小溪，两块青石板连接铺镶着鹅卵石的两岸。听说最早的时候，小溪里面还养着金鱼、育着莲藕，但从我记事时起，便只见过发锈的喷泉水管，水是绝无一滴了。所以印象中没有"芙蓉出水，香浮曲岸"的景象，只记得干涸的溪底洁净平滑，小孩子们常常从大杨树旁跳下去纵情地玩耍。

岸边这棵顶天立地的大杨树是我们最好的朋友，它唱的四季歌我们谁也不会忘怀。初春，它抖落掉毛茸茸的棕色大"毛毛虫"；夏、秋，它飘落脉络分明、柔韧光润、边沿带齿的树叶，我们争着"拔老根儿"；冬天，它抖落一小节一小节的枝条，供我们烧火取暖、烤馒头片儿，炉火噼啪作响，好像在欢唱。"杨树虽有脱落的枝叶，它的本身是长存的"，因为杨树表面干枯，内里却泛着青润的树条，父亲在20世纪80年代初写下了《青春余梦》这样的美文，抒发了"个人是一滴水，如果滴落在江河，流向大海，大海是不会涸竭的"人生感悟。有风的天气，我们总能听到老杨树低吟浅唱，"刷啦啦——刷啦啦——"；无风的天气，它则显得格外平静与安详。

与老杨树隔溪斜对的是一口压把井。用水的时候只要预先往里面浇一点水做引子，再使劲地压几下，甘甜清冽的井水便会源源不断地涌出。因它的润泽，井边的两株海棠树生得仪态万方，楚楚动人。每逢初春，"浅浅的红，红得乐而不淫，淡淡的白，白得哀而不伤"，粉白相间，绿叶掩映，衬出院子里的好景致。

小溪穿过曲径回廊停在一个小院，这个小院是我们经常光顾的"果园"。这里不仅有串串紫藤萝诱人地挂在花架上（不久还会变成大豆角），还有一棵高大道地的品种优良的枣树。金秋时节，风摇树动，成熟的大枣辞枝自落，躲在草丛，隐在墙角，任"火眼金睛"的我们去发现。无论青、红，都那样脆甜。

假山的后面是一个硕大的平台，台子上坐落着曾经很高大很讲究的正房。中西合璧的造型、典雅华贵的气派、青青的瓦楞、雕花的檐角、优质的木料、五彩的玻璃、欧式的壁炉及顶楼暗藏的小电梯……这一切无不彰显出当年房主人的富有与根基，无不凝聚着能工巧匠的智慧与汗水。

由于风吹雨打、年久失修，由于人口剧增、私搭乱盖，由于天灾人祸的洗礼，大院一年比一年衰老，一年比一年破败，瓦砾遍地，断壁残垣。那昔日梦中的假山小溪呢？那山上的石桌石凳呢？那形状各异玲珑剔透的石笋呢？那飘荡在记忆里的紫色的芍药花瓣呢？它们都久远地消失了，不能再现。

只有你，只有你，老杨树！依然倔强地伫立，傲视四角，护定绿叶片片。你知道这里曾是《大公报》创始人之一、国民党大财阀吴鼎昌姨太太的居所；你知道这里曾是日本帝国主义侵略中国时的特务机关；你知道新中国成立后，这里先是变成了天津日报社总部，后又变成了机关家属宿舍；你知道改革开放时，这里又成了单位的办公地点。不管大院怎么变，你都居高临下看个满眼，你心中有数，却默无一言。

啊！老杨树！你见过大院的风姿绰约，也见过它的荒凉不堪；你听过大院的欢声笑语，也听过它的呻吟呐喊；你知道许多发生在这里的鲜为人知的故事，有月圆团聚，也有离合悲欢。你是大院最有权威的见证者，对它的评说你最有发言权。你曾撑起你巨大的绿色华盖为大院遮住炎炎烈日，你曾伸展你有力的无数臂膀为大院抵挡雨雪风寒。对它，你永远无愧无悔；对它，你永远能够舍身奉献。

父亲的视察

小时候，我跟哥哥都很淘气。有一天，哥哥在台阶下仰着头举着竹竿粘蜻蜓，一不小心，掉到了下水井里。我见他双手扶着沿壁撑了上来，腿被划出了血痕，连忙回家去取红药水，给他涂上。那只蜻蜓是只"大老母子"，绿色的，又大又漂亮。现在的小孩，哪里见得到这种诱人的活物？

我们小时候，能玩的地方很多。一次一不留神，我掉进了新华社大院的荷花池，满腿都是泥；跟小伙伴上海河边挖小螃蟹；和小伙伴捧着用木棍从大院枣树上打下来的青枣到街上去卖，卖不出去，就买两毛钱的红枣掺在里头，居然还招来一个买主，美滋滋地把剩下的枣抱回了家。

大院门口有小商贩，我从那儿买过乌龟蛋、胖蚕虫，蚕叶是我们几个小伙伴在"大罗天"——如今叫"张园"的院子里揪来的。我还买过"长脖子老等"养在住房墙脚处，用旧棉花给它们做了一个温暖的窝。它们的羽毛稀稀落落，总是很潮湿的样子，像落汤鸡。它们的嘴总是大张着，伸长脖颈四处寻食。

有一次我记得最清楚，父亲背着手到里屋"视察"来了。我的心一下子提到了嗓子眼儿，怕父亲说我，怕他嫌"长脖子老等"脏，把它们扔到院子里。没想到父亲不仅什么也没说，脸上还露出了怜惜的笑容，他默默地看了看这几个可怜的小家伙，便转身出去了。这下子我松了口气，原来父亲只是表面上有些严肃，心里也是很疼爱它们的呢。

我养的那些白白的大胖蚕，后来都顺利地吐了丝做了茧，最后变成了蛾子。有的四处纷飞，有的在纸上撒了子，完成了传宗接代的神圣使命。有一次我照镜子，发现袖子上居然趴着一条蚕，吓得我魂飞魄散，赶紧从衣服上把它抖落下去。

写作小屋

父亲的一个写作地点，我应该是有记忆的。

在我六七岁时，父亲曾带我去看大院后面的一排小屋——吴鼎昌姨太太的用人们曾住在这里。在一间小小的十来平方米的平房里，父亲对我说："我就在这里写东西。"

这间小屋青砖地、白灰墙，有一张办公桌、一把木椅，大约还有一个台灯。它的对面便是正房，《天津日报》的几任主编及我父亲先后在那里住过。小屋外是连通全院的红松木走廊，走廊下是一块小小的空地，一棵弯曲的粗大槐树弯着腰爬上房顶。房顶是用青灰砖瓦铺就的，很气派，与小平房形成强烈反差。陆克文阿姨曾在这排简易的小平房住过，我小时候常去她家门前玩耍。她家住的两间靠边，门前亦有一块空地，也有两棵树。

那时，父亲写作的辛苦，小小年纪的我是无论如何也搞不明白、体会不到的。有一天，父亲若有所思地对我说："我吃的是草，挤出的是奶。"让我困惑不解。爸爸，您吃的难道不是饭吗？怎么是草？是嫌伙食不好吗？读书以后，我知道这句话是鲁迅先生说的，便暗暗思忖，父亲为什么也要这么说呢?!

当我历尽岁月沉浮，年过花甲奔向古稀，当我回忆起父亲一生为人民无私奉献了那么多精品力作，春蚕展吐、呕心沥血、废寝忘食、日夜兼程，禁不住鼻酸眼涨，泪水模糊了双眸。父亲，如果说女儿写此文章是披星戴月，那么您创作的每字、每行、每页，又经历了多少心血的付出、心力的磨砺、心锤的锻造？堪称"删繁就简三秋树，领异标新二月花"。

1951年，父亲随中国作家代表团访苏，穿着上级给置办的出访时的大衣，他在大院阳台边照了一张相。相片很小，不甚清楚。他能进入访苏行列，与他创作颇丰、引人注目，有绝对关系。因为中国作家代表团的成员个个大名鼎鼎，冯雪峰、曹靖华、陈荒煤、柳青、魏巍、李季、陈企霞、康濯、马加、孙犁、菡子、胡可、陈登科、徐光耀、王希坚都在其中。

父亲非常喜欢俄国作家屠格涅夫、列夫·托尔斯泰、契诃夫、高尔基、肖洛霍夫、普希金等。在这次异国之行中，他游览了大城市，开阔了眼界，增进了友情，积累了不少写作的素材，他很是开心。

父亲，纵观您20世纪50年代到80年代的创作业绩，您怎么可能不大病几回？怎么能够不倒？写《风云初记》累病，写《铁木前传》晕倒，写十本散文后胃部疾患，难以进食，危在旦夕，只得做手术。您写东西已不是单纯的"体力透支"了，而是飞蛾扑火，不死不休；焚膏继晷，鞠躬尽瘁；蜡炬成灰，红泪始干。仅1950年到1955年，在天津、安国等地，不算《风云初记》这部长篇，您还写出了另外七十四篇优秀作品。进城初期，您的创作精力犹如井喷，您的创作热情犹如炽炭，家乡人民在艰苦卓绝的条件下表现出来的革命乐观主义精神是您创作的最大动力。您不愧是冀中之子、人民作家。

父亲，想您早年穷苦，战乱奔波，侧身行伍，弃笔从军，屡遭危难。钻地洞被卡住，上前线险被打死，被大水冲走过，被炸弹惊吓过，因爬山饿昏过；进城生活安顿后，又积劳成疾，被病痛折磨。但您始终锲而不舍，自甘寂寞，食不求饱，居不求安，布衣布履日月长，淡然写下美文华章。

笔墨是您的武器，生活是您的沃土，耕堂是您的阵地，这间大院后面的小屋，是我永远要记住的地方。虽然大院早已消失，不见一草一木，但您顽强的写作精神将一直激励我，鼓舞我，您永远是我学习的榜样……

2012年修订

辑　三

亲情依依

听家人讲爷爷

牵驴送子赴学门，舐犊情深意沉沉。

身护心呵有期盼，死而后已一身勤。

我出生后不久，爷爷便离开了这个世界。听我老姨讲，为爷爷守丧时，我母亲总是抱着我，那时我还是个吃奶的小婴儿。之所以对爷爷有很好的印象，是因为我十几岁住在多伦道大院时，母亲多次跟我夸赞爷爷，说他在战乱年月帮她带着孩子们躲藏、逃难，为一家人操心受累，担惊受怕。每次说起，母亲都发自肺腑地感激爷爷。后来读父亲写的抗战小说《嘱咐》，我便倍感亲切，坚信文中水生媳妇面对离别八年的丈夫，对公公的多处赞美，"爹是顶不容易的一个人……"定是出自我母亲之口；而文中那位被苦日子、难日子焦愁累死的通情达理的老人原型，必定就是我的爷爷孙墨池。

几个孩子中，数我大姐孙香平在安平县东辽城跟爷爷奶奶共同生活的时间长。一提起爹参加革命工作，在外面七八年没回来，家里全靠爷爷；一说起奶奶下地干活不要命，母亲单独拉扯孩子艰辛不易，小普因盲肠炎悲惨离世，家中塌了天；一说起当年家里的穷苦，吃红高粱面，还掺榆皮面儿，有一回好不容易蒸熟了一锅纯高粱面饼子，在屋外箅帘上晾着，一转眼，却被人偷了个精光，一家人气了个半死……一说起这些陈年旧事，大姐总是忍不住心酸落泪，哽咽难言，长途电话那边时时中断……在她写过的几段回忆文章中，有关奶奶爷爷的事情是这样的：

奶奶对我说："我刚过门时，你爷爷家很穷，经常靠吃野菜维持生活。生了孩子就是喝米汤，根本吃不饱，有了孩子也是跟着受罪。"

由于爷爷勤奋，想办法使家里的日子好过一点，就在祁州（现在的安国县）一个小铺做点小买卖，我小时跟着奶奶去过一次，住了一阵子。

到那儿以后，看见什么都新鲜，街道不宽，但很整齐、热闹，到处都是卖东西的铺子。楼房不多，大部分是平房，各个门脸儿装饰得很漂亮，卖什么的都有，有的挂着各种好看的衣服、排列着好看的花布，人来人往很是热闹。在那繁华热闹的街道上，奶奶边走边说："使劲儿拽着我，别丢了你。"我使劲儿拉着奶奶的衣角，走得很慢，愿意到处都看看，更想叫奶奶给买一件好看的新衣裳或一块好看的花布。可是奶奶使劲儿拉着我走得很快，不容我在那儿多观望，更谈不上给我买什么东西。我只好跟着奶奶飞快地走，不一会儿就到了住处。我们住的地方，是座小楼房的楼上，门窗和走廊的大柱子，都刷的红油漆，门窗都镶有玻璃，看上去很讲究。在廊子里站着，可以看到街上的情景。我们住的那家，我不清楚和我们家是什么关系，可是奶奶到那儿以后，被很热情地招待，我想可能跟我们家沾亲戚。

爷爷在铺子里工作以后，苦挣巴业（意为辛辛苦苦）的，家里的日子慢慢有了起色，置办了一些土地，然后照着姥爷家院子的格局盖起了一套四合院。那时就我们村来说，我家的房子是比较好的。村里的人都称赞我爷爷有本事，把一个贫穷的家变成了一个比较富裕的家庭。

自从爷爷因下地干活受凉，突然得了肺炎，农村医疗条件差，未能及时治好而不幸去世，家里一下子陷入困境。从此，奶奶担起全家的重任。奶奶家是贫农，她是个能耐人，村里人都说她"强也个强（意为能干）"。我家没有重劳力，我四姨姥姥家的长子名叫芒种（《风云初记》里的人物借用了这个名字），我叫他芒种叔（读shǒu）叔，二十多岁，身体很壮实，因为家里穷没有娶上媳妇，常年住在我们家帮忙。我奶奶对他很亲，像对自己孩子一样，到麦收和秋收两季，还要雇用短工，由芒种叔叔带领他们到地里和场里去干活，所以他就成了我奶奶的一个得力帮手。

1947年，我们那里进行了土地改革，我家房产并不多，主要是没有重劳力，特别是没有男劳力。那时我才十二岁，大妹八岁，弟弟才几岁，小妹还抱着，家里迫不得已雇用了长工，所以才被划为富农。

通过家人点点滴滴的介绍，我脑海里渐渐地映现出爷爷的形象：一位忠厚、老实、善良的长者，不高不胖，瘦巴人，睫毛浓密，眉清目秀，平日爱穿长袍，不像一般农民；说话从不粗声粗气，有些胆小怕事，但做事细心不马虎。

我母亲活着时，曾多次对上中学的我说过爷爷的事："你爷爷双手能写梅花篆，嘴里叼着笔也能写，算盘也打得好。""门口有要饭的，你爷爷就说：'振海家的，赶紧熬点小米稀饭。'等饭做熟了，就给人家端出去。""你爷爷识文断字。有一天你爹从延安托人捎回一封信，是你爷爷给俺们念的，听他念完，一家人全都哭了。"那封正面写给全家、背面写给母亲的万金家书，多少年后想起来，还能让母亲面红心跳，激动不已。

二姐非常怀念爷爷。在她的印象中，爷爷在村里极有人缘，抱着、领着、扛着孩子在村里玩儿，见人打招呼，尊老爱幼，很受村人敬重。逢年过节，村里人求他写对联、福字、喜字，他都有求必应，一一写妥。

大姐还特别提到爷爷会用毛笔给小孩"画"痄腮，一画准好。起初，我不大相信，总觉得有迷信色彩，后来看了报上几篇谈论麝香的小文，说旧时制墨会做一种药墨，加入几种药材，能清热解毒；有的制墨必加麝香，麝香也是一味中药材，能治病，能通络、通窍，便觉得这事有几分靠谱。

"荆花有树兄弟乐，砚田无税子孙耕"，父亲自小跟叔父给家里贴的春联，就是这样的内容，是爷爷过年时捎回老家的。盼望子孙忠厚传家、砚田耕耘、兄弟和睦、勤俭度日、置下房产，是爷爷毕生的心愿。

1985年8月，我父亲在抄录古书时写得格外用心、格外精美，首句便是"忠厚信义人之根本，不可不厚"，这点我记得特别清楚。

我爷爷不仅对儿子慈爱，对家里的小孩子们也非常好，很喜爱，从不打骂，在外面工作也时时惦记着家。他每年从祁州回家一次，总是忘不了给小孩子们带回很多村里边见不着的山里头才有的土特产，核桃、柿子、黑枣……给孩子们带回无限欢乐，跟孩子们特别亲。

大姐还记得，爷爷上了年纪后，每到下午晚饭前，总是感到有些饿，就让母亲做点吃的垫补垫补。母亲不管干着什么活儿，总是放下手头活计，给他老人家煮一点挂面。面煮熟了，爷爷总是匀出一点让孩子们跟着一块吃。爷爷一边吃一边笑着说："你们净沾我的光。"

就在爷爷因下地耧播，出了汗受了风引起发烧，病得很沉重的日子里，我二姐，一个七八岁、头发乌黑、大眼睛、翘翘鼻、口齿伶俐的小女孩坐在他身边，小脚丫挨着他的身子，感觉很烫，爷爷还怜爱地说："淼，吃橘子。"别人送给他一罐橘子罐头，他珍贵着舍不得吃，却惦着让小孙女吃。二姐说爷爷最喜欢她。

我二姐特别称赞爷爷的为人，说他当上掌柜以后，每年过年时家里都要宰一头大猪。宰完猪，爷爷马上让人割一大条子鲜肉送给村里吃不上肉的穷户人家，雪中送炭，帮助穷苦。然后，再买一头小猪接着养。

1945年，我大姐十来岁时，滹沱河发大水，冲进了村里（这条河没有河堤，一到汛期便泛滥成灾，从安平县穿境而过）。当时我爷爷家是村里地势最高的一处，村里人多逃难到我家，住在院子里。我爷爷奶奶管这些人吃喝，忙里忙外，照顾乡亲，直到水退。

据村里老辈人说，我爷爷是个非常厚道的人，他在他妹妹、妹夫去世后，把外甥女小琴接到家中抚养；在她出嫁时，还按闺女的礼数陪送了一份嫁妆。不幸的是，琴姑姑在生第三个孩子时难产死了。母亲进城后，跟妹妹提起我爷爷的为人，曾有几次落下感动的泪水。

奶奶性格刚强，有个性，也很善良。父亲在《母亲的记忆》中特别称道了她在家境小康之后，"对于村中的孤苦饥寒尽力周济，对于过往的人，凡有求于她，无不热心相助"。

小时候，母亲曾带我坐公共汽车去工人新村看望孙振国媳妇。她生了病，脸色发黄，正盖着厚棉被躺在床上。她家木桌上有中央首长给振国叔的题字，我站在桌边看了好半天。

振国叔从小就没了娘，父亲——就是父亲所写《乡里旧闻·楞起叔》中的罗锅爷爷——有残疾，因是近邻，我奶奶便收留了他，给了他很多照顾。后来，振国叔参加了革命。一九五几年的时候，五大三粗的振国叔还带着媳妇，到大院后楼看望过奶奶。我记得小时候父亲给我看过一张黑白照片，他挺自豪地说："看！这就是孙振国！"照片上，毛泽东主席骑着大白马正在行军，黑脸膛、粗眉大眼的孙振国脖子上围着白毛巾，穿着粗布衣裳，背着大枪，紧紧护卫在主席身边，真是一条壮汉！

父亲育德中学的老同学邢海潮，曾于1993年7月16日在《河北日报》上刊登了一篇文章，题目是《文质彬彬然后君子》。在文中，他特别指出：

孙犁每一篇作品都以一种与人为善的心情给读者以启发。……这与孙犁本身的品格与气质有关。家庭的教养、学校的教育，以及长期深入人民群众的体会和感情，陶冶成他高尚的品格与雍穆的气质。

确实，善良的双亲在品格上、人性上给了父亲无形的影响。父亲秉承家风，在物资匮乏的年代，周济了不少亲朋好友，他们对他的乐善好施感念至今。

所谓人性、人道，对于人类来说，当然是泛指的，是一种共性。人道主义，是一种广泛的道德观念，它是人类生活人类文明，进化到一定阶段的产物。人类，由于共同生活的必需，产生和发展它的道德、伦理观念。这种观念在现实生活中的长久实施，以及牢固地存在于人类头脑之中，似乎可以形成一种有遗传能力的"染色体"。即使是幼小的孩童，从他们对善恶的判断和反应之中，可以看出这种观念的先天性。人道观念和其他道德观念一样，可以因后天的环境、教育、外界影响，得到丰富、加强，发扬光大；反之，也可以遭到破坏，减损，甚至消失。……

这是一段父亲关于文艺理论的论述。父亲的创作，从同情与怜悯开始，弘扬真善美，作品中充满了广博的人道主义精神与光辉。不可否认，爷爷奶奶的为人处世、善良助人的品德对他的文学创作有着深刻的、潜移默化的影响。

父亲曾经写过一篇著名的散文《菜花》，里边提到1946年春，他从延安回到家乡后发生的事。经过抗日战争，爷爷明显见老。有一天，他从地里干活回来，见了儿子，因为高兴，就说了一句待对的联语："丁香花，百头千头万头。"我父亲当时有很多工作要做，便没有认真动脑去对。可时过不久，爷爷竟去世了。这件事总让父亲心里惆怅，不是滋味。

父亲住进楼房后，有一天我去看望他，他笑着把青年友人段华送他的一本崭新的《名人趣联故事》送给了我。这本由同济大学出版社出版，王一鸣、罗晋辉编著的手掌大的小书，语言通俗诙谐，哲理浅显，却饶有兴味。令我十分惊喜的是，我竟在这本书中的《民间趣联故事》一栏里发现了那副对联的答案。

对联的题目是"生时无对死后对"。爷爷给父亲出的"丁香花，百头千头万头"是对联的下联，上联应该是："冰冷酒，一点两点三点。"这是个偏旁拆字对，很难，如果不知道"冰"的另一种写法，就无法破解，父亲一时没对上来也不新鲜。

关于"生时无对死后对"的故事如下：

相传很久以前，有个年轻举子上京应考，途中借宿在一家小店。店中只有父女俩，那姑娘不但貌美，而且有才。举子一边饮酒，一边与姑娘谈文论诗，十分投契，不觉心猿意马，借着酒意向她求婚了。姑娘羞答答地说："我出个对子，你若对得上，我就答应。"举子喜出望外，迫不及待地催促她："请马上出，马上出。"姑娘面带微笑，指指桌上的酒，出了上联："冰冷酒，一点两点三点（旧时，'冰'可以写成'水'，偏旁可视为一点水）。"这是个偏旁拆字对：头三字的左偏旁分别是一点水，两点水，三点水。举子一听是个又奇又难的怪联对，半天哑着口，对不上来，连酒也吓醒了。夜里辗转反侧，苦思冥想，可是直到天亮他还未对出。举子决定留下来，对不上不走。他天天思索，夜夜翻书，过了半个来月，依旧未对出。他又气又急又羞，加之用功过度，夜夜失眠，积劳成疾，竟至亡故了。姑娘没料到事情会发展到这一地步，后悔莫及，痛哭一场，把他安葬于小店屋后。第二年，坟上长出一丛丁香花，店主感到奇怪，问姑娘："举子坟上什么也不长，只长了一棵丁香花，不知是什么缘故？"姑娘很聪明，顿有所悟，说："那是举子在对我的上联呀。"父亲更不解："怎么个对法？"姑娘就说出了下联："丁香花，百头千头万头。"父亲恍然大悟："丁"是"百"字头，"香"是"千"字头，"花"与"萬"的部首都是"艹"，确与上联对得很妙。父亲慨叹不已，姑娘更是伤心，她不忘旧约，把举子当作亡故的丈夫，修庐筑墓，扫祭终身。

从爷爷出的对联题目来看，他肚子里绝对是有一点墨水的。爷爷早年家境贫苦，后来在店铺里当学徒，苦熬多年成了掌柜。看来，他不仅文墨粗通，还不乏经商的头脑，应该是个儒商。从他送儿子《新民主主义》《京剧大观》《曾国藩家书》的举动来看，他有望子成才的良好愿望，对中国传统文化不无喜爱。这些对我父亲日后成才都有潜移默化的影响。

父亲曾在作品中描述他虚岁十二岁时，爷爷亲送他去安国县求学的情景。路上遇见熟人，爷爷便停下来向人介绍："这是我们家大傻子（意为儿子是个大书呆子）。"我觉得耳熟。记得有一次在大院屋里，父亲也是这样跟继母介绍我的："晓玲是个大傻子。"也是感叹我不谙世事，太老实，书呆子，对我的处事能力不无担心。

爷爷对父亲的培养让我感动，令我钦敬。从他给儿子起的名字"孙振海""孙树勋"就可以看出，他对儿子抱有厚望，希望儿子日后有所作为，有所建树，名声大振。这美好的愿望，日后竟然成为现实，也算是一段佳话。

父亲年仅七岁时，爷爷请了一位前清秀才为他的父亲撰写碑文，并让刚读小学的父亲背诵。立碑之日，小小年纪的父亲竟小大人一般，把文中的之乎者也、抑扬顿挫、起承转合背得很像那么回事，获得了围观大人的交口称赞。父亲幼小时，爷爷便请了私塾先生教授他学问。与堂弟一起，在本村读小学时，老师常对爷爷夸赞父亲："你这孩子将来会有更大的出息。"

父亲到安国县读书后，爷爷亲自给他做早饭，定午饭，安排吃住，接家人来照顾他。父亲十四岁时，爷爷又亲自护送他去保定求学，他考上了全国知名中学育德中学。爷爷的心血没有白费，父亲很争气，没有辜负爷爷的期望，十五岁休学一年，复课后，作文即得到国文老师称许："初学为文，意在人生，语言抒发，少年真情，同情苦弱，心忿不平。"他还屡次在学刊上发表小说、短剧，写作天分已初显。

父亲二十一岁高中毕业，第二年，爷爷托人代谋了市政府工务局一雇员职。听父亲讲，他那时的工资是一个月十八块钱，因为当众骂了局长的侄子，他被辞退了。1935年，在回到乡下，赋闲家中，无钱订报，心里苦闷焦虑的日子里，爱子心切的爷爷硬是挤出三块大洋给父亲订了一段时间的《大公报》，使他足不出户就能读到副刊上心爱的文章，终身受益……

对于爷爷，父亲有两个终身遗憾。

一个遗憾是，他没考上邮局，没抱上铁饭碗，让爷爷失望了，所以1970年我进了邮电工厂上班，父亲特别高兴，还把他的遗憾讲给我听。"我没考上邮局，你爷爷很失望呀！我英语不好!"那天，父亲坐在旧藤椅上，回忆起自己的父亲，他挺激动，也有一些难过，就抽起了烟卷，狠狠地吸了几下，心里一定感慨良多。

另一个遗憾是，他当教员时，爷爷希望他能在经济上贴补家里的一个雇工，但他没有做到，这也使他极为自责。爷爷去世后，父亲把对爷爷的遗憾尽力弥补给奶奶。1949年，他回了一次冀中，用稿费给奶奶买了不少小米。奶奶见大松心（意指心里没有牵挂）的儿子居然能够操心养家，喜出望外，极为欣慰。

1984年4月27日，在临近自己生日的时候，父亲写了《父亲的记忆》一文。在文中，他回忆了安国县那个名叫"永吉昌"，前院是柜房，后院是轧棉籽、榨油作坊的店铺；回忆了自十二岁到安国县上学就出入的，位于城里石牌坊南门，前有一棵空心老槐树的地方；回忆了柜房里爷爷常坐的那把太师椅，学徒噼里啪啦打算盘的声音；还有黑暗的库房前他偷偷掀开过的门帘……这些熟悉的场景和声音，永久地留在了父亲的记忆中。就是在这个店铺的院子里，父亲第一次见到了荷花。

让父亲记忆更深、给他更多温暖的，也许是爷爷在天津做买卖时，带给他叫他临摹的一些旧字帖、破对联。也许就是从那个时候起，父亲爱上了书法。后来，父亲自己也收藏了不少碑帖，尤其喜欢欧体字。

父亲的友人，著名藏书家、作家姜德明先生曾对山西青年作家杨栋说："他的字也很出色，在作家中是很少见的。"杨栋则在

山西青年作家杨栋于家中读书，
身后为孙犁赠送给他的条幅

《孙犁的书法》一文中写道：

> 孙犁先生不仅是著作大家，也是一位书法大家。他的字端庄丰润，笔势峭拔，幻如夏日，洁如秋月，是真正的文人字。他不专写书法，偶尔一试，云霞满纸，信笔一挥，珠玉满目，叫行家也叹为神奇。

在《父亲的记忆》的结尾，父亲写了这么一段话：

> 父亲对给他介绍工作的姓吴的老头，一直很尊敬。那老头后来过得很不如人，每逢我们家做些像样的饭食，父亲总是把他请来，让在正座。老头总是一边吃，一边用山西口音说："我吃太多呀，我吃太多呀！"

如见其人，如闻其声。几句淡淡的惜墨如金的描述，勾勒出爷爷知恩图报、忠厚仁义、雪中送炭、怜老惜贫的可贵品德。

1946年6月，爷爷在地里受了风寒，一病不起。父亲那时刚从延安回冀中不久，他请安国县地委帮忙寻医问药。可惜爷爷终因咳血尿血撒手人寰，时年六十六岁。

爷爷的离世令父亲心痛如绞，伤心如痴。父亲知道，是兵荒马乱的日子、颠沛流离的逃生、餐风饮露的饥冻、担惊受怕的日夜，摧毁了老人原本健康的体魄。大孙子小普的夭亡更是伤了老人的元气。

小普浓眉大眼、聪明伶俐，是一个可爱的男孩。他特别会养鸟，不管小鸟小雀飞出去多远，只要他拢起小嘴吹响哨音，便能把它们召唤回屋。打小爷爷就爱背着小普这儿去那儿去，干这干那。如果不是由于战乱，如果不是因为爹不在家，如果不是因为滹沱河连年发大水，地里生不出庄稼，如果不是因为请不起好大夫请了个土郎中，用长针扎得孩子满床乱滚，还愣说是绞肠痧（其实是阑尾炎），十二岁的小普不是没有救啊！爷爷难过地说："背着背着把个孩子背没了，把我的心情也背没了！"我娘则常常抱着四个月大的小旦（我二哥），坐在门口不住地掉眼泪，二姐晓森抓着门环跟着一块哭……

父亲非常难过，他很自责，我娘亦是一身重孝跪在灵前。

办完丧事，父亲想给爷爷立块碑，但未能如愿。虽然友人陈肇写的包含"弦歌不断，卒已成名"这样情深意切、感恩慈父的碑文没能用上，但这篇仅仅千字出头的回忆文章是一部永久的心碑，抒发了父亲对爷爷慈爱永铭、春晖永驻之情愫。

在耕堂里摆放的写有"谁言寸草心，报得三春晖"字样的竹笔筒和书柜里摆放的《孙犁文集》的左侧，是当年爷爷送给父亲的一套《曾国藩家书》。我想，看到这些，总会引起父亲对亲人的回忆吧！当能体味到他内心深处对爷爷的感恩与追思之时，我已到古稀之年……

用一生勤奋、心血养育了一位优秀的儿子，爷爷您应该含笑九泉。您儿子一派心犁追梦远，墨蘸滹沱乡韵浓，抛小家为大家，投身革命洪流，义无反顾，赴汤蹈火。虽然您苦心操持、亲手置办的房屋已被儿子捐献给了故乡办学，但故土人物、乡里旧闻、桑梓之情已融入他的作品之中，至今依然焕发着无穷的生命力。

在《故园的消失》一文中，有芸斋老人对故土美好的祝福："唯祝家乡兴旺，人才辈出而已。"父亲一生文梦循乡梦，是那样眷恋故土，却少见屋顶炊烟，生离死别多过团聚之欣。水秀地灵、华北明珠白洋淀，因他而名扬四海；一派兼葭荷花淀，因他在现当代文学史上留名；养育过他的故土——安平县，也为他立起了高大的汉白玉雕像，重建了故居，举办了"孙犁文学奖散文大赛"，使无数孙犁研究者与热爱他的读者、青年文学爱好者心驰神往。

啊，安平，飞速发展中的丝网之乡；东辽城，一个曾名不见经传、地处穷乡僻壤的小村落，在这里曾发生过一个个动人而又平凡的故事，向世人讲述了一个十二岁的小小少年历尽坎坷，成长为具有独特风格与魅力的作家的历程；讲述了一个被誉为有着长久生命力，跨越不同历史阶段与读者亲切对话，对当代中国文学持续产生着影响的作家，与这块土地千丝万缕的联系……

2011 年

游子吟

　　父亲是一个极重视亲情的人。亲情依依长流水，绵绵真情胜似金。他善待家庭中的每一位成员，对其关怀呵护；对于逝去的亲人，他则怀有不尽的思念。亲情于他，即使如彩云流散，保留在心头的依然美丽如初；即使如莺歌不再，回响在耳畔的依然动听婉转。

　　对于奶奶，父亲始终心存感念。

　　我们家乡是老根据地，解放得早，父亲在外参加工作，奶奶成了革命军属。每年村里开军属茶话会，都是奶奶代表全家人参加。村干部向奶奶敬茶递花生，说："你有个好儿子，咱一个村都跟着光荣。"刚解放不久，有一天，奶奶推碾子碾着了手指。

父亲闻讯赶来，把奶奶送到村里的部队卫生站。护士给她掉了指甲盖的手指头上了药，手指头不久就痊愈了，少受好多罪。奶奶欢喜地对人们说："沾了儿子的光喽。"

父亲一直觉得，战争年代自己对家人未尽到应尽的责任，这使他"后天下之乐而忧"，决意通过自己的努力，给家人，尤其是年迈的母亲以补偿，让他们衣食无忧，脱离困苦。

我们住在山西路时的情景，早已模糊不清；住在多伦道大院后楼右侧二楼的情景，却印象深刻。快八十岁的奶奶，足不出户。她爱盘腿坐在木床上，靠着窗户，看外面小院内的婚丧嫁娶，市井百态，一点也不觉得闷。

父亲常探着身子站在奶奶床前，很专注地跟她说话，嘘寒问暖。那时父亲工作很辛苦，白天要看稿件，晚上还要写作，每天都要写到夜里一两点钟。睡不着觉，他就在走廊里走来走去，路过奶奶屋，不忘推门看一看她是否盖好了被子，怕她着凉。吃饭的时候，奶奶拄着拐棍到旁边厨房来吃，父亲总是先扶她慢慢地坐在小板凳上，然后一箸一箸地将菜夹到她的碗里。

那时候，父亲拉家带口，生活并不宽裕，熬条"拐子（天津话，意即鲤鱼）"就是大改善。他知道奶奶爱吃鱼，专拣中段往她碗里夹。奶奶高兴地对人说："我是老鼠拉木锨，大头在后边，真是越老越有福。"再后来，父亲对我母亲说："别让咱娘出来吃了，给她端到屋里吃吧！"

奶奶是受过苦的人，娘家是贫农，当闺女时，昼夜织纺，手不得闲，起早睡晚；过了门，爷爷家同样贫苦，她更是备尝艰辛。坐月子，家中无柴熬米汤，只好拆鸡笼点炊；带孩子时，八月中秋，也得下地挖野菜充饥。奶奶为人刚毅，有性格，从不怜惜自己的身体和力气。每年秋收、麦收，她都不分白天黑夜地在地里干活，没有歇着的时候，顶着毒日头爷儿，捡麦穗儿、捆麦个儿，粗布裤子湿漉半截，不说一句苦和累。每逢大孙女把饭送到地头上、树荫下，说："奶奶，歇会儿吧！我给您送饭来了。"奶奶总是抬起头来笑笑，慢慢直起腰来说："麦收是抢收季节，不能歇着，要是遇上雨，这一年的汗水就白流了。你们小，不懂。"说罢，弯腰又干。

　　奶奶对孩子的要求很严。我大姐小的时候，见家里总吃红高粱面，未免发怵，不爱吃，奶奶就哄她："嗓子眼儿是过道，吃下什么去都是一样的。吃饱了就行呗。"那时家里粮食少，晚饭便不吃干粮，熬一锅北瓜块儿，再下几根面条。因为面条太少，盛饭时总是盛不上来。有一回，我奶奶带我大姐去串门，人家请她们吃了一顿饭，主食是白面饼，菜是大葱炒肉，大姐一直忘不了那顿饭。

　　生活好转之后，我奶奶更是怜老惜贫，帮助孤苦。我们那儿粮食普遍不够吃，当时周围乡邻向我家借粮的不在少数，奶奶心地善良，从没有回绝过。她带我大姐临来天津时，对那些乡邻讲："我要去天津卫，到我儿子那里去住了，你们借的粮食，我都不要了。"乡亲们把她送了又送，难舍难离。

儿孙绕膝，儿媳端饭递汤，孙女给她洗脚，脸上绽开菊花瓣似的笑容的奶奶心满意足，幸福地活到了八十四岁。她最深情的一句话是："好儿不要多，一个顶十个。"她一生养育过七个孩子，却因贫困只养大我父亲这么一个儿子，她始终坚信："俺家振海，生下来就是有出息的。"

2002 年

摇曳秋风遗念长

一落黄泉两渺茫，魂魄当念旧家乡。

三沽烟水笼残梦，廿年嚣尘压素妆。

秀质曾同兰菊茂，慧心常映星月光。

老屋榆柳今尚在，摇曳秋风遗念长。

父亲这首旧体诗《题亡人遗照》（即《悼内子》），写于1970年10月26日下午，距我母亲去世仅半年时间。此诗充满赞美的怀念，寄托了父亲飞鸿失伴后的不尽哀思。

我的母亲叫王小丽，这个名字还是进城后，为上街道识字班父亲给她起的。她是与父亲同县的一个普通而又有着传统美德的农村妇女，二十一岁时嫁给了正在保定读书的父亲，六十一岁时悲惨地逝于血雨腥风的"文化大革命"之中。印象中的母亲,脸盘儿稍圆,双眼皮大眼睛,脑门儿宽,皮肤白净,中等个头儿,待人亲切,乡音极浓。她总是穿得素素净净的,衣服是家做的那种偏襟布衣,鞋也总是自己纳底。虽然没有上过学,可母亲的记忆力不错,语言特别丰富,民谣乡谚经她说出来,一串一串的,既押韵上口,又风趣生动,我到现在还能背出十来段,像"有爹有娘仙桃果,没爹没娘风落梨""有享不了的福,没受不了的罪""腰里揣着一文钱你想花十文,给你个老母猪也不够你胡打混"等。可以说,我的文化启蒙,很大一部分都是从这些带有警示性的"土言村语"中获得的。

我们几个孩子还在上学的时候,父亲就曾极其严肃地教育过我们:"从小我对你们没尽过什么责任,你娘把你们拉扯大可不容易,你们都要记着!"

父亲语重心长的话字字千钧。自从大哥小普不幸夭亡,我们四个孩子无论哪个头疼脑热,母亲都会将我们紧紧地抱在怀里。在农屋土炕上,点着用棉花捻成的自制小油灯,母亲走来走去,彻夜不眠,直到捂出汗、退了烧,她才会放下紧绷的心。母亲就是凭着这种执着、这种坚忍、这种无私的爱,在战乱离别中,在缺医少药的穷乡僻壤,将我们抚育长大。

在父亲写的《荷花淀》《嘱咐》《丈夫》中,我都看到了极其熟悉的身影。其中有些话,仿佛"原封不动"就是母亲讲的。我甚至这样觉得，如果没有我母亲这么善良质朴、柔婉多情、心灵美的妻子，也许就不会有《荷花淀》；如果没有我母亲对父亲无私的爱和倾力支持，父亲就不可能在延安的土窑洞里，使着劣质的笔，蘸着自制的墨水，在粗糙的草纸上，饱含激情、行云流水般地写出那些优美文字，就不可能连草稿也不打，自然而然"就那么写出来"诗样的文章。父亲的文字中，固然有对人民战争的颂扬，固然有自身情操的内涵，固然有对冀中英雄妇女五体投地的敬佩，可一定也有对千里之外遥遥相盼的妻子的思念，有对妻子绵绵的爱。

1942 年中秋夜晚，父亲在山地阜平一挥而就，创作了短篇小说《丈夫》，载于 12 月份的《晋察冀日报》。新中国成立后，父亲曾亲口对韩映山说，此文是以妻为"模特"的。1942 年，该短篇获晋察冀边区文联鲁迅文艺奖金第三、四季的季奖，那是抗战最残酷、最困难的阶段，冀中地区血与火的"五一大扫荡"就发生在这一时期。这也是父亲的作品第一次获奖，作为一名"抗战文艺老战士"，这次获奖让他印象很深刻。

1970 年 4 月 15 日，母亲带着无尽的牵挂离开了她挚爱的亲人，这给历经屈辱劫难的父亲以雪上加霜的打击。"昔日戏言身后事，今朝都到眼前来。"在几位好友的帮助下，办完丧事的父亲，独自一人躺在佟楼新闻里 14 排小南屋的铁床上，呆呆地望着低矮的屋顶，望着墙上带着铁棍的小窗，卧蚕眉紧锁，丹凤目含悲。他的嘴紧闭着，倔强地一言不发。往事历历，在脑海中闪现，妻关切的话语又响在耳边……在多伦道大院住时，因白日遭受当众"坐飞机"被揪斗的奇耻大辱，是夜，父亲愤然触电自杀，但被灯口弹了回来。事后他告诉妻，妻嘴唇颤抖，满眼是泪："咱不能死，咱还要活着，还看世界（世道的意思）呢！""这人啊，十年河东，十年河西，十年过来看高低！"是妻子的劝说、激励，帮助忍辱负重的他活了下来。

在这间与两个年轻疯子为邻的平房小屋，父亲与母亲见面的机会也不多。父亲偶尔回家取几件衣物、吃顿饭，就又得回去接受隔离审查，做那斯文扫地的"卫生"，写那写不出一行半句的"检讨"，交代那交代不出来的"反党"罪行，看那"触及灵魂"的"革命行动"升级。但他们无时无刻不在牵挂彼此。只要父亲回来，母亲马上就到对面砖搭的小厨房内，在煤球炉子上做挂面汤，端给满面霜侵的父亲。父亲暖暖肚肠，对嘘寒问暖的妻小声讲几句触目惊心的所见所闻，为老干部的遭遇愤愤不平，为国家民族的命运深深担忧。别看父亲身体瘦弱，可他是非分明、疾恶如仇，铜枝铁干无媚骨，不管形势多么复杂、多么混乱，他仍头脑清醒不盲从，更不做违背良心良知的事情。所以母亲常说："你这个人好拉横车。"意即不随大流。

在冰连地结的寒气"包围"中，在随处可见的鄙夷白眼"扫射"下，患难与共、情德交融的夫妻情，温暖着两颗沧桑的心。

那时，我大姐、二姐都已在父母的支持下，先后到外地支援建设，哥哥因家中狭小，只好住在厂里。我和母亲睡在一张稍大的木床上，父亲偶尔回来就睡在靠小窗的铁床上。父亲心爱的书，连柜子一块都被抄走了，剩余的几件家具在搬来前也低价处理了。即使这样，屋里还是挤得几乎没有走道的地方。吃饭就在铁床上摆张小桌，切菜做饭也全在这上面。

小南屋墙薄门陋，屋小炉大，里热外冷，母亲不幸患了肺炎。我和哥哥用三轮车把她拉到医院，央求了半天才住进去。记得父亲请了假，从郊区干校赶来看她。那是个白天，父亲穿得很旧，脸晒黑了，很瘦，脚蹬一双旧球鞋，看起来更像个农民。病房极大且嘈杂，挤着一圈十几个危重病人，父亲没地方坐，就一直贴着床边弯着腰和我母亲说话，宽慰她。看得出，父亲一直强忍着酸楚，可母亲苍白憔悴的脸上漾起了笑容。

这次探视后，父亲在小南屋痛心疾首地对我说："我都不愿看到她那痛苦的样子。"一脸凄然。他也曾伤感万分地对亲戚说："她是一位多么贤惠的妻子呀！对我真是太好了！盛在碗里，递在手里。这屋里的几件东西都是她操持置办的，我看见这些家具就难过，心里一阵阵翻个子……"可当着我们的面，父亲从不掉眼泪，怕我们难过。尤其令我难忘的是，我母亲去世的那个早晨，在医院里，父亲用胳膊使劲挡着我，不让号啕大哭的我冲向亡母。父亲知道我在病榻前服侍母亲好几年，怕我受刺激，怕我太伤心。父亲的爱护无处不在，即使细微之处，也是那样感人。

1972年夏天，我跟随父亲回了一趟老家。离村口还有一段距离时，父亲就让停车，轻声对我说："下来吧，走着回！"说着弯腰走出车门，踏上了令他魂牵梦萦的黄土地，脚步匆匆，神色凝重。红荆阡陌、绿树矮房、井台鸡羊，虽无苇堤、渔岸、淀水、荷塘，却也是一派田园风光。我们住在表哥家，中午，村支书来请父亲吃便饭，父亲去了。坐在农家小院低矮的木桌前，他低头默默吃了一碟饺子，没有回碗，便起身告辞了。

第二天清晨，顺着一溜儿钻天杨，父亲沉默地散步，思绪起伏，触景生情。又见桑梓故土地，不见灶旁起炊人。他忘不了妻"青春远离毫无怨言"，送夫上前线重担自己肩，叮嘱自己远走高飞早胜早还；忘不了公认的"贤大嫂"，拉风箱添秫秸，为过往的八路军友人灶上煮杂面；忘不了妻担惊受怕三更半夜挥锨铲土，埋下自己托战友骑马送回家的进步书刊；忘不了在妻的娘家柜中，被搜出一张自己在育德中学的"学生照"，让老岳母挨了日本鬼子几枪托子，差点出人命；忘不了鬼子"扫荡"，妻携幼扶老气喘吁吁丢鞋甩袜奔跑逃难；忘不了铁蹄压境，妻推机杼，手指变形，赶集换卖，为一家老小的吃穿操劳……

又过了一天，父亲特意让我去黄城镇看看，那里是母亲的娘家，他觉得我应当了解母亲从小生活的环境，在那儿，我受到舅舅、舅母的热情款待。与东辽城村感觉不同的是，那里的土更黄，枣树更绿。

荆钗布裙、善解人意的母亲，在父亲心中的分量始终是沉甸甸的。母亲就像父亲案上供奉的朴实无华的贞石，虽不名贵奇特，却悦目可人；就像窗台上清净淡雅的白菜花，虽无郁烈的香气，却耀眼光明。母亲的坚韧不拔、从一而终，以及种种细微照顾，都令父亲刻骨铭心，终生难忘。

母亲逝后五年间，父亲数次在《书衣文录》中记下对她的"不堪回首"之忆念；母亲逝世十年间，父亲连续写了《报纸的故事》《新年悬旧照》《三马》《亡人逸事》等具有自传性质的作品，可谓"十年生死两茫茫，不思量，自难忘"。在元旦春节前后，在清风明月的拂照下，父亲伏身南窗的写字台前，回首往事，再忆前尘，百感交集，用他那炉火纯青之笔，写下初建爱巢时少年夫妻的恩爱，写下分别多、欢聚少、贫贱夫妻的艰辛，写下"文化大革命"中患难夫妻的悲凉，写下他心海中对发妻永不枯竭的思念，其中有甜蜜的回忆，有幸福的对白，有悲欢离合的苦辣酸甜，有老年无情的自省自责，有难以为继的掷笔三叹。

在父亲的眼里，我母亲对他的照顾，真称得上是"无微不至"。父亲疗养时，她去看望；父亲下乡时，她前往相伴；父亲准备搬家，她去看房；父亲想买个书柜，她去挑选。母亲做在前头，吃在后面，心里总是放着老人、丈夫和孩子，是名副其实的贤妻良母、贤孝儿媳。面对"三起三落"的人生，母亲的乐观、宠辱不惊，尤其令父亲叹服。这段长达四十年的姻缘，被父亲称为"天作之合"。

据说，我姥爷是一个热心公益、挺能张罗的农民。一个闷热的雨天，他坐在西黄城自家梢门洞里乘凉，恰巧遇上前来避雨的两位媒人，她们要为东辽城村孙墨池的儿子孙振海（父亲在老家时的名字）保媒说亲，偏偏说的那位崔姓姑娘条件不太理想，恐怕难以成功。她们对父亲的一番介绍，倒让姥爷动了心。两位媒人知道王家二姑娘品貌超群、心灵手巧、楚楚动人，又是"女大三，抱金砖"，想来是配得上的，便马上改换目标，竭力撮合。我姥爷打心眼儿里喜欢读书人，便拜托两位媒人再仔细打听打听。不久后，我姥爷下地干活，正巧碰上我爷爷。两家的地离得挺近，彼此都心知肚明，便不约而同地坐在田边聊了起来，越说越对心思，越说越投缘。后来老哥俩儿一拍即合："干脆咱们做亲家吧！"这事就定了七八分。双方家长又给儿女创造了一次相亲的机会，两个人很快便定了亲。说实在的，那时"两小无猜亦无爱"，没有什么感情基础，不过是父母之命、媒妁之言。两年后，一顶花轿吹吹打打地把用白线绞过脸、红纸洇了唇，穿一身新布衣，手里拿块花手绢，蒙着红盖头的王家二姑娘送进了孙家门。

听母亲说，办喜事那天，两碗白面饺子上桌后，再上来的就全是黑面的了。和一般农户一样，婆家生活勤俭细省，自家晒酱饼子就大葱，常年不炒菜，过年才吃肉菜粉条子，不比娘家生活强多少，而且日日五更起床做饭，比做闺女时辛劳许多。高高瘦瘦的丈夫，整日不言不语，就爱抱着书本看，干农活不太在行，却矢志苦吟，志向高远。婚后，两人感情升华，恩爱日增，举案齐眉，琴瑟和谐。伴着妻晨炊的烟雾，丈夫走上奋发求学之路。父亲也曾流浪、失业，也曾订不起报纸，买不起书籍，也曾考不上邮局，捧不上铁饭碗，但母亲爱父亲，她是那种"跟了谁，就跟谁一心一意地过日子"的女人，绝不会"这山望着那山高"，这是她一生坚守的信条。

抗战全面爆发，父亲先国后家。他与母亲，一个在前方雁南塞北屡遭险难，一个在后方养老育幼倍显忠贞。待风尘仆仆的白洋淀游子，披着日本军呢大氅归来，妻已两鬓斑白，眉梢眼角添细纹。"生离死别，国难家难你我二人共承担！"这是父亲对母亲感慨万千的肺腑之言！

父亲进城时才三十六岁，风华正茂，已经成名，更兼面容俊朗，气质非凡，但他重情重义，只有感恩心，无有易妻念，糟糠之妻不下堂。他亲自坐着报社的大马车，把妻子和一双小儿女接到天津。

在天津这个喧嚣热闹的城市，喜欢闲云野鹤、南山东篱，生性疏放，厌烦灯红酒绿、车水马龙的父亲，有诸多不适应、不习惯，母亲的到来带来了乡音乡俗，令父亲倍感亲切，如沐春风。

正因如此，他从未嫌弃过母亲的"土气"，那淳朴的安静的生活方式，更接近父亲的心灵。

听亲戚讲，新中国刚成立时，父亲去北京开文联大会，还特别受到大会主席的表扬，因为他不与农村的妻子离婚，成了作家中的模范。回家后，他把这件事轻描淡写地讲给妻子听，一笑了之。母亲听了很感动，她对娘家人说："他这个人心软，实在，知道疼人。那么多都离了，他没把我们娘儿几个扔一边，那么不容易，把俺们全都接出来了。他要是想再找，什么样的找不着？"

记得上学时，八仙桌上常有家乡饭，"苦累（用玉米面和菜豆角蒸的小吃）""咸食（用鸡蛋和面加葱花摊的传统名点）""蔓菁白粥"和"鸡汤豆腐脑儿"，父亲最喜欢吃。他曾经一边背着手在屋里转悠，一边笑着对我和母亲说："搞写作这行，生活太好了不行，'文章憎命达'；生活太差，整天为衣食奔波吃不上饭也不行。"父亲很知足，从不为生活用品四处奔波，都是母亲张罗。可母亲出门买菜，他总是惦记着，下雨下雪天就叮嘱别滑着，天冷刮风就叮嘱穿暖和点儿别感冒。看见母亲头发长了，父亲就说："来，我给你铰铰。"他小心翼翼，剪得很齐。母亲要是有个"不耐烦儿（家乡话，有病的意思）"，他就急着请名医诊治，亲自端水递饭，并请娘家人来照顾，一切安排得仔仔细细、妥妥当当。我母亲爱说："鱼帮水，水帮鱼，俩好换一好，有福同享，有难同当。"我想，这也是他们生活祥和宁静的原因吧。

母亲对父亲的好是一言难尽的。孩童时，我留着齐眉穗儿，梳着独角辫儿。父亲在山西路宿舍小木桌前吃饭的时候，我专爱站在他身后给他"梳小辫儿"。父亲虽没生气，母亲却总是急忙哄我到外面去玩儿，生怕影响父亲吃饭。最让人感动的是，有时母亲干脆在一边歪着头看着父亲吃，她知道"他爹"一天到晚用脑写作，看稿伤神费力，又经常失眠，生怕他累出病来。

由于几年连续不断地艰苦创作，有一天，父亲突然晕倒摔伤，母亲心痛焦急，求医问药，焙制偏方，体贴入微地陪父亲做他喜欢的事情。从少年时代，父亲就喜欢买书，进城后，这个爱好有增无减。有一回，父亲与母亲到大院后面的南市北大关逛旧书摊，一下子买了好多旧书，厚的、薄的、完整的、残损的都有，他们雇了一辆三轮车拉书，自己跟着车走回家来。母亲深知父亲的脾气禀性，知道他对书一片痴情，所以总是使屋内窗明几净、温馨舒适，给他创造了一个看书、取书、拾掇书的良好环境。父亲高兴，她就高兴。

父亲对妻真诚如一。他不摆身为名作家的架子，关心她、尊重她、体贴她、帮助她，从没虚的、假的，工资、稿酬都一分不剩地交给她。他们性格互补，又能相互宽容。父亲对母亲不仅从无挑剔指责，也从未因文化上的巨大差距而生轻视之意。有时，父亲像个和蔼的老师，教母亲认简单的字，给她讲有关夫妻情分的古诗，或文学名著中的典故。母亲笑吟吟地听着，有时我也跟着一块听。父亲视发妻如知音，给她讲创作中的甘苦，讲别人对他的评价，讲自己创作上的不足，讲古人"著作等身"的成就。

我还清楚地记得，父亲给母亲讲过鲁迅先生的两段话，一段是他像一头牛，吃的是草，挤出的是奶；一段是他受到了伤害，便像一种动物，不嚎叫，挣扎着到树林中舔伤养伤。一提到鲁迅先生，父亲的神情中便充满了仰慕与崇敬，双眼闪烁着钦敬的光彩。若是提起我们老家，他俩更是有了共同语言，你一句我一句地有来有去。从"饶阳"到"深泽"，从"伍仁桥"到"子文集"，从"楞起叔叔"到"立增爷爷"，从"芒种"到"振国"，从"大丑姑姑"到"大嘴奶奶"……有说不完的话题。

母亲去世后的每年清明节，父亲都是在郁郁寡欢、心情沉重中度过的。母亲的死是我们全家人心中永远的痛，大家平日都尽量避免提及。可父亲还是情不自禁地提起过几次，让我铭记在心。父亲住到学湖里后，与我家仅一路之隔。知道父亲吃饭爱凑合，不让我们多炒菜，我便常给他送些自己在家炖好的营养食物，尽身为女儿的孝心。父亲问完两个孩子和我爱人的情况后，总是让我在沙发或床边坐一会儿，说几句家常话。有一回，父亲坐在卧室的藤椅上，两手抚着椅圈，伤感地说："你娘把你们带大多么不容易呀，我那时不在家，你大哥哥没了，你娘她多难过啊！"说毕，他遥望窗外，斯人已去，黯然神伤，沉思良久。

半个世纪都快过去了，父亲对母亲当年所受的痛苦记忆犹新，设身处地地替她着想，却将自己的难过埋在心灵深处，融化在文字之中。

1981年国庆期间，在多伦道大院的老屋，年近古稀的父亲为了一张1946年在蠡县县委门前所摄的失而复得的旧照片，记下了这样情透纸背的文字：

> ……所穿棉袄为到家后妻拆毁余在北平时所穿褐色夹袍缝制而成……今日犹冬季之视红花绿叶等，非草木可贵，乃时不再来，旧影遂珍，并隐约可见亡人之针线，在小油灯下赶制冬装情景如在眼前。

征人衣，离人泪。母亲把绵绵情意，*丝丝缕缕*地缝进了棉衣之内。冬日暖，情堪贵。离家八载的父亲，仅在家住了四五天，便穿着它奔向新的文化战场，写出新的佳作。

"新三年，旧三年，缝缝补补又三年"，是父母共同的生活习惯。一直到现在，在从未装修的住处，父亲睡了多年的已开裂的木板床上，铺的仍是我母亲给他缝制的两床厚厚实实的棉布褥子，中间夹着一条我送给他的新褥子，这些伴着他度过了自甘寂寞、冷清孤寂的衰暮之年。我母亲亲手纺织的紫花布，父亲在战争年代给我母亲买的日本丝头巾（后来做了包袱皮儿），父亲都一直细心保存，不忍丢弃。

1946年孙犁在河北省蠡县，时年三十三岁

1994年春节，我照例去看望父亲。一进门，父亲就递给我一张当天的《天津日报》，很激动地大声说："晓玲，你看看这个！是你葛文阿姨写的，写得好啊！这些年来写我的人很多，可没有人写写她。写得好！我看了，不但没难过，还高兴哪！"有人写了妻子，父亲感到宽慰。大病初愈、清癯瘦弱的父亲拄着拐杖，立在屋中，一口气说了那么多话，这在平日并不多见。

　　回家后，我仔细读了副刊上的《抓髻夫妻情》，当我读到在那个人妖颠倒的年代，父亲每月仅发十五元生活费，还时时想着"玲子和她娘得吃饭呀"时，泪水夺眶而出。父亲呀父亲，无论在什么情况下，您总是惦记着我们，您是一个责任感多么强的丈夫，又是一位多么慈爱的父亲啊！

　　直到父亲安详从容地闭上眼睛，也未忘记我的母亲。这些年平平淡淡、真真切切的生活经历告诉我，在我失去母亲后的三十二年里，父亲把对妻子真挚的情感，又只增不减地带给儿女，传给孙辈。

　　出于对老闺女的疼爱，父亲不忘妻的临终叮嘱，对我好上加好，倍加关怀。我也尽最大的可能，把对双亲的爱一并回报给亲爱的父亲，母亲如若地下有知，亦当感到欣慰吧。

2003 年

逝不去的彩云

我二十三岁时，母亲就离开了人世，临终前她眼角的一串清泪，她对亲人的依依不舍，至今回想起来仍令我痛彻心扉。因为母亲去世得早，父爱对于我来说更为珍贵无价，他是这个世界上最疼爱我的人。我们在天津共同生活了五十三年，除了结婚后有几年住得离父亲远了些，其余时间不是近在咫尺，就是距离几百米。我们相互关心，相互照顾，感情极深。他的离去，是对我最沉痛的打击。

父亲带给了我那么多的幸福、快乐与感动，一件件小事如斧凿刀刻般令我难以忘怀。

在平淡的生活中，我感受过父亲给的温暖；在遇到难关时，父亲又给我雪中送炭的帮助。历经时光的磨砺，我愈发体会到这份亲情的可贵与父爱的光华。

那简短的、朴实的，带有乡音，甚至有些重复的话语，是那样熟悉，而且难以忘记，它们是留在耳畔永远的莺歌。

那慈爱的舐犊情深的音容笑貌和叮嘱关怀，无数次浮现在儿女的心头，那是逝不去的人间最美丽的彩云。

自小至大，父亲都是非常疼爱我的。

且不说他领着上幼儿园的被罚站的五六岁的我，小心翼翼地走在多伦道的边道上，或紧张万分地带我过马路……

且不说他放下手头工作，亲自带着发烧呕吐的我，上总医院排队检查、取药，一脸愁容与心痛……

且不说在安国县长仕村的某个清晨，他带着如小鸟一般雀跃的我在村边散步，以身护住我，令我躲开恶狠狠的野猪的威胁……

且不说他从苏联给我带回心爱的套娃，黑白、彩色两台小电影机，让我从此再不因与邻家小姑娘争玩具而哭泣……

且不说在风景宜人的青岛疗养院，他拿来黑色的橡皮救生圈和大浴巾，让我在海边玩耍，把玻璃瓶装的海菊花拿给我观赏……

且不说在天津水上公园荷塘边，他拢住我的细胳膊，留下永恒的父女瞬间……

且不说他曾用国文教员的胸有成竹，给我讲解谢道韫改"撒盐空中差可拟"为"未若柳絮因风起"，那真是既通俗又有吸引力的文学启蒙课……

且不说他风趣幽默地给我讲，农村吝啬的土财主临死不瞑目，举着两根手指头，心疼灯草点得有些多，最好点一根……

且不说他生动形象地告诉我蒲松龄笔下一个美丽的小狐仙婴宁多么爱花……

且不说他如何把泰戈尔充满人道主义和优美辞章的小说取给我看，在我小小的心上种下"勿以善小而不为，勿以恶小而为之"的种子……

且不说他把对鲁迅先生的无限仰慕和热爱感染给了我，热情鼓励我写作《唐弢与鲁迅》这样的习文，教我爱憎分明，是非分清，"横眉冷对千夫指，俯首甘为孺子牛"……

父亲，您的言传身教，您的一言一行，对于我来说多么重要。您教我为人要善良；您教我不慕虚荣；您教我热爱文学要"千里之行，始于足下""不积跬步，无以至千里"；您教我踏踏实实过平凡的生活，热爱平凡的劳动；您教我为人不要势利、"看人下菜碟"；您教我"雪中送炭"胜过"锦上添花"；您教我生活与百姓不要拉开太大的差距，"人食一升，己食一升"……

忘不了您曾为女儿的终身大事巧系红绳。您的老战友田间伯伯的遗孀葛文阿姨告诉我："当初你父亲因为你的婚事夜里睡不着觉，这可是千真万确的。""因为你个子高，选择范围小，你爸爸可操心呢，托了这个托那个。"林浦伯伯的女儿小华告诉我："玲姐，当年你爸爸戴着个大草帽从干校回来，家都没有回，直接就上我们家来了，跟我爸爸说你的婚事，跟我爸爸谈《风云初记》。你爸爸跟我父母说，'我这个闺女，不爱说话，有点闷，可心里对人最有感情'。"

还记得我们刚搬到新闻里时，母亲对我的婚事还是挺有信心的，因为大院传达室苗大爷找到她，说要给我介绍个军人，他儿子好像就在部队。母亲欣喜地对我说："好女百家求。"可渐渐地，这事就没信儿了。她总说："俺家玲没有修下，没有个婆家……"母亲临去世前一再嘱咐父亲与我姨要为我找一个合适的婆家，父亲牢记在心上。为此，他简直不遗余力。他与我母亲四十年相濡以沫、风雨共度，感情之深，常人难以理解。他们的婚姻虽是父母包办，却是"天作之合"，虽然文化上有巨大的差异，却同样纯朴，一样热爱家乡。安平县那间风雨飘摇，中间顶着一根木棍，像是一棵树的小土屋，曾是他们幸福的"窝巢"，留下了《报纸的故事》等诸多美好回忆。母亲的悲惨离世让父亲无限哀痛，"昔日戏言身后事，今朝都到眼前来"。愈是思念妻对自己"做在前头，吃在后头"无微不至的照顾、关怀，愈是想要实现对妻临终前的承诺，让她安心于九泉之下。在婚姻大事上，父亲对我的重要教育：一是，穷不是缺点，不讲门当户对；二是，别人介绍的不要多见，那样不好。

记得住在新闻里时，梁斌伯伯的夫人散阿姨给我介绍了一个年轻的大学生，刚参加工作不久，长得很英俊。父亲是在和他谈过话后才把我叫进小南屋的。屋里亮着15瓦的小灯泡，点着从多伦道216号带过来的大铁炉子，很暖和。父亲挺兴奋的，和那个年轻人面对面地坐在小板凳上。我进屋后便坐在床沿上，低头瞅着脚上的条绒鞋。父亲问了那人几句话，比如："你在哪儿工作？""干什么活儿？"我记得最清楚的一句是，父亲问他爱不爱看书。那人红着脸说："爱看！"父亲便高兴地哈哈笑了起来。我只在小屋内待了不到十分钟，甚至没有看清楚那个人的模样，父亲便按老理儿和蔼地吩咐，让我先出去。这人条件应该是不错的，家庭文化素养很高，但我没同意，原因是他有个后妈。过了些日子父亲告诉我，这个年轻人到单位打听信儿，被一个女编辑看上了，介绍给了她的亲戚。父亲好像有点遗憾，可一点都没有埋怨我。

　　1974年，介绍人何林中、李声玉带着一个高个头、身形好，在历史博物馆保管部负责摄影工作的男青年来到父亲住处（父亲后又托住在同院的报社办公室主任，同院的张启明伯伯详细打听过他家的情况），让他亲眼看一看她俩给介绍的这位男青年。我只听到在《天津日报》做群众工作的李声玉阿姨，声音响亮地说了这么一句令我难忘的话："我们知道晓玲是孙犁同志的掌上明珠！"父亲听后笑了起来，忙着给她俩倒茶水喝，我则躲到了里间屋，心怦怦跳，脸红耳热。

父亲对我格外地疼爱与偏怜，一方面因为我是家里最小的孩子，老人一般疼爱老小多一点；另一方面是因为我连续好几年照顾病重卧床的母亲，父亲心中有一份感动。那时，我大姐去了石家庄支援棉纺建设，二姐离开北京又往重庆支援大三线建设，哥哥在罐头厂上班，因家里太小，有时就住在厂里。父亲住牛棚，在干校劳动。我们娘俩苦凄凄相依为命，靠一点"生活费"，住在不向阳的十三平方米的小南屋，每天"通脚儿"睡。

　　后来，父亲对我的婚事也特别上心，害怕我精神上出什么问题。邻居大马、二马就是活生生的例子，他俩因为父亲的历史问题找不到对象，全得了精神病。当何林中、李声玉介绍的这个退伍军人终于成了我的男朋友后，父亲是打心底里高兴。由于爱好相同，彼此真诚，我们相处一年便结婚了。

　　我爱人家里弟兄三个，只有工人新村两间屋顶糊棚的小平房，他也没有给我买过什么礼物，他母亲给过我见面钱，我父亲也给他了。我不图他什么，只因他对我真心实意，处处体贴、照顾，而这份体贴照顾，在历经几十年的岁月之旅后，依然如故。当我俩向父亲告辞要去石家庄我大姐家旅行结婚时，坐在椅子上的父亲又激动又兴奋地对我说："我不希望你大富大贵，只希望你平平安安！"这个没有一点功利考虑、大爱无私、不求回报的祝福让我终生铭记。父亲只求对方感情真挚，不讲门第背景。他抽了一支烟，一件大事尘埃落定，久悬的心放了下来。

在《书衣文录》中，父亲专门写了一段有关我去石家庄结婚的文字，那本书是《清史旧闻》。事先，父亲给了我一个存折，是出书的稿费，上面有六百三十五元，等于陪送了我一套中等家具，我并没有买家具。嫂子送我一件那会儿时兴的黑毛料马甲，做了一桌饭菜，从此我便离开了新闻里。父亲那时已搬回了大院。我把父亲留给我的新闻里的一间平房留给了小惠姥姥，穿上新买的衬衣、毛料裤、鹿皮鞋，只背了一个旧书包，就与我爱人去赶火车了。婚后，我俩借住在小海地我爱人战友的一间小屋内，只添了一个请人打造的立柜、一张从北京买回的饭桌。我骑一辆又旧又重的二八车去市内马场道上班，生活虽然艰苦，却从不感觉苦。后来我们又借住在我爱人表哥在常德道的一间房子，二楼，更小。

1976年唐山大地震，房子裂了。当天清晨，我推着挎斗车，带着女儿去了厂里，后来又到我哥哥家住了一段时间，睡在床铺底下，以躲余震。我去大院看望父亲，见他住在假山山腰的一小块平地上，这不是长久之事。我们担心父亲房屋老旧，余震时再从房顶往下掉东西，我爱人便急忙运了几根粗大的旧钢管到大院，并动手焊了一个大钢架，把父亲的床整个罩了起来，父亲得以回到屋内。我爱人因为电焊光刺激了眼睛，一直双眼红肿流泪，用了偏方才慢慢治好。

"有人不是写字是画字，还有人拿大墩布写字，简直成了杂耍。再大也要有一定的规格!"有一回我听父亲在书房说了这样的话。当时的他有些严肃,甚至有些气愤,可是把我给听笑了。原来,他在电视里看到了某个人的书法表演,很是看不惯这种在大庭广众之下近似杂技的举动。每当看见父亲站在桌边工整有法地写毛笔字,我都不敢惊动他,安静地看几眼便蹑手蹑脚地到独单那个简易书架下面找杂志看去了。

有一天,我看见父亲蹲在洋灰地上整理几张刚写好晾干的字,便说:"爸爸,我也要一张字。""你想要什么样的?"父亲侧过脸和蔼地问我。我想了想,说:"我要字多的,跟佛教有点关系的。""你愿意要这样的?"父亲显然有点惊奇。后来,他果然找了两张给我。一张字特别多,宽宽的;一张是赞美北京团城玉佛的诗句,长长的。我都喜欢。

我很少跟父亲提要求,一般提出来,他也不会拒绝我,但如果涉及工作调动或改善住房之类的事,他都不会管,也不帮忙,态度很坚决。

仁义老人、忠厚长者、慈爱父亲,父亲在生活上对我的关爱更是道不尽的。一回忆起来,思绪便如潮水般涌来,一波又一波……结婚、生孩子、生病、生活中遇到困难,多少次多少回,我首先想到的,一定是父亲。失去母亲后,父亲的关怀更如人间又一个太阳,时时温暖着我,精神上的、物质上的,无所不包。一身正气、两袖清风的父亲虽然不能给我多么宽裕的生活,但他给予我雪中送炭的亲情，又当爹又当娘的无微不至的关怀，并且从不嫌弃、厌烦无能又拙笨的我，这都让我心底有寸草春晖难报答的感慨。

我住在东风里坐月子时，父亲托人请了专人来照顾我。当他把这个信息告诉我时，我真的吃了一惊。他想得太周到了！他还请老朋友杨循的爱人贾凡阿姨到我住的常德道来看望我。那时，生完女儿的我一个人躺在表哥家八平方米的小屋里，静静地等待爱人下班回来。一个白白胖胖的妇女突然登门，原来是在医院工作的贾凡阿姨。她千寻百问找到了我住的小屋，给我送来几根当时非常难买的细长白山药，她告诉我："晓玲，这可是好东西，特别有营养。"她给我带来了父亲的一片牵挂。

当我的女儿总要跑到对门家看电视，我怎么叫她，她也不回来时，不知为什么那么巧，父亲给了我五百元，让我买了一台日本的红色外壳的黑白电视机；当我搬到多伦道208号，每天要洗很多衣服，用水又很不方便时，父亲给了我四百元，让我买了洗衣机……可父亲自己并不添置电视机、洗衣机、抽油烟机、电扇等。一台国产电冰箱，还是经多少人劝说后，才让我哥哥买的；夏天也不添空调，就用大蒲扇、毛巾解暑。

1995年，中国广播电视出版社出版了三卷本的《孙犁选集》。父亲好友吕剑伯伯的儿媳就在这家出版社供职，她做了很多联系工作，书很漂亮，封面分橙、绿、蓝三种颜色。父亲把稿酬的一半——七千多块钱分给了我，说："我的书不畅销，以后出版的机会也不多了，这些钱你拿去花吧。"我忙说："爸爸，您留着花吧。"父亲说："我花不着什么钱。"那时我的两个孩子正在上学，这笔钱帮助他们完成了大学学业。

父亲病重手术前后，我爱人经常睡在父亲卧室旁的独单，他与我哥哥，还有小赵，是值班主力。我大姐在时，大姐也常住独单。二姐也住过。领导的关怀和儿女的尽心，让父亲很感动。我值班不多，但经常给父亲送菜，送一些吃的东西，偶尔值过几回班，还出过一次差错。

1995年12月9日上午，父亲特意为稿费的事，交代了我一些重要的话："以后这些事就归你管，地址写你的地址，名字写你的名字，告诉他们，我病得很重，就不管这些了，寄到你那儿，有的已经告诉他们寄到你哥哥那儿了……"说着，他有些感慨，"咱们已有很多收不到了。"

父亲写作也是希望改善家人的生活，对家人的生活有所帮助，他希望通过自己的劳动，给家人带来衣食无忧的生活。他总觉得自己在战争年代抛妻别子对不住家人老小，革命胜利后想尽量补偿，这样心里才能好受些。那时候稿费很低，选中一篇文章才给几十元；一本小集子，写一年，出版才给八百元。有时我去看望他，他会给我一个信封，里面或有三五百，他总是惦记着我的两个孩子，是一位非常慈爱的姥爷。

一天，他听见小小年龄的外孙女璇璇上楼的脚步声很有力，便对我预言道："璇璇上楼噔噔的，将来是要干大事的！"他亲手给外孙帆帆做铁环，给他找木棍玩儿，要是看到我儿子和其他小朋友"混战"，他就站在台阶上"督战"，以免发生事故。他还给帆帆剪指甲、洗手、擦脸，送帆帆童话书、儿童书籍，还给帆帆看过一回作文。有好几次，我从父亲那里出来，眼中都噙满泪水，因为他对我和孩子的疼爱，因为他的关怀。

父亲为什么会对我说这段涉及著作权继承的话呢？因为那段时间，我帮助父亲处理了一些信件，其中有几封是关于出版合同的。记得一封是出版刘绍棠主编的《乡土文学丛书》的出版社寄给父亲的，一封是姜德明先生给父亲的，谈想为他编集子的事。我都在床头小心翼翼地问了父亲，告诉他信的内容，征求他的意见。父亲说"出吧"，我就写信告诉人家"同意"；父亲说"因身体原因暂不出"，我就告诉人家"父亲病重，以后再说"。可能见我对此类信件处理得还不错，又考虑到我退休早，工资低，身体又不好，得吃营养品，而他自己也不想再管这些钱上的事了，所以就交给我哥，也交给我办了。

父亲非常细心，在向我交代身后事时，不仅极端信任，而且仔细地一一细说分明。由于"文化大革命"中父亲已将大部分稿酬作为党费上交给了国家，所以他一辈子写了三百多万字的书，省吃俭用只攒下三万元稿费。他留了一张五千块的存单用作自己的丧葬费（剩下的给我），将剩下的分给了四个子女，还特别叮嘱我——因为我在天津，我分到的钱可以先拿走。他还自备下几件衣服，放在了小皮箱内，准备到时候穿用。那个很小的皮箱，我小的时候就见过，里面装的是鲁迅先生主持过的《译文》杂志，满满一箱，父亲给我介绍过。"文化大革命"中，这些杂志被悉数抄走，再没有要回来。父亲说他死后不发讣告，不开追悼会，不惊动别人，就这样安安静静地离开人世，去往另一个世界。他告诉我，他去世以后来的人不会多（因为别人的追悼会他都没去参加），心理要有准备，到时候不要难过。另外，他还给我背过鲁迅先生的一段名言："文人的遭殃，不在生前的被攻击和被冷落，一瞑之后，言行两亡，于是无聊之徒，谬托知己，是非蜂起，既以自炫，又以卖钱，连死尸也成了他们的沽名获利之具，这倒是值得悲哀的。"此话出自鲁迅先生怀着沉痛心情于1934年7月16日夜所作的《忆韦素园君》一文。父亲这是给我打预防针，让我提高警惕，擦亮眼睛，头脑保持清醒，以应对鲁迅先生斥责过的文人遭殃的行为。

时至今日，我常常感叹，父亲的预见性多么强，爱憎又是多么分明，鲁迅先生的文字又是多么犀利如剑！

父亲去世已有十一年之久，生死两茫茫，怀思痛断肠，可他细心叮嘱我、设身处地考虑我、体贴入微关怀我的模样，令我难以忘怀。

心香一缕遥祭云空，但愿慈父审视谛听：彩云即使随风流散，也会化作春雨润物细无声；飘落的黄叶，即使归入泥土，也会化作春泥护花红；父亲的无价亲情将永留女儿心中，父亲的慈爱厚德将被子孙后代永铭。

2012 年

一个木画框

住在多伦道天津日报社宿舍大院时，出了大铁门左拐往前走，再从新华社大院那个路口拐进去，就到了菜市场。菜市场尽头靠右侧的副食店旁，有家私人开的书铺，花花绿绿的小人书塞满了简陋的木架。小时候的我就爱看小人书，多少次花光了母亲塞给我的零花钱，耽误了家里等用的醋或盐，脑袋里装满了银娘娘、长发妹、七仙女、田螺姑娘……

父亲是一个极其热爱书籍的人，读了一辈子的书，也经常把适合别人读的书送人，希望有益于他人的生活事业。仁心慧性，让人心怀感激。我从六七岁头上歪着一根独角辫开始，便爱在纸上乱涂乱抹，且专爱画古装的"小美女"。直到现在，已过花甲之年，我依然喜欢涂涂抹抹。绘画与戏曲、写作一样，能带给生活不少乐趣，这个兴趣的起源与培养、坚持与跋涉，跟父亲的赠书与鼓励、引导与助力也有点点滴滴的关系呢！

起初，父亲对我的这一爱好并没有太明显的支持，也没有给我请先生拜师学艺的打算。当我把一团团画坏的纸疙瘩不断地丢进床头木箱，或纸疙瘩顺着鼓起的床肚往地下滚时，父亲还觉得这习惯不好，不甚卫生，很严肃地批评过我。批评归批评，令我万万没想到的是，父亲竟在自己书桌的抽屉里保存过我的几张"作品"。我画的小人儿，千人一面，都长一个模样：瓜子脸、齐眉穗儿、大眼小嘴、挽发髻、穿汉服。有几回，同院的画家林浦伯伯的二女儿小华上我家来玩，父亲除了送给她一把我用剩下的用皮筋绑好的削尖的铅笔头、一本用从报纸上裁下的白边缝制的小本，还给她讲了一段聊斋故事，通俗易懂，并拿出几张我的"小美女"给她看。父亲的启蒙教育，给这个聪明、活泼、快乐的女孩留下了深刻的印象。回家后，小华兴趣不减，翻看了自家全套的《聊斋志异》连环画，并也开始学画画。对于我画小姑娘的几个"基本点"，她照学不误，还记得特别清楚呢！

上中学后，各门功课增多，我把古装小人画到了我最不喜爱的学科的作业本上，让极为古板严肃的物理老师生气地写下了"不要在作业本上乱画！"的批示。父亲送给我一套晋祠人物图片，告诉我："上面人物衣纹好。"那时的我不懂"曹衣出水，吴带当风"，悟不出父亲话里沉重的分量，不知道画衣纹的功力对于画人物的重要性，也不知道画衣纹是画好人物的基本功，只是觉得图片上面的人物个个低眉顺眼、娴静可爱，就细心保存了起来。

很多年后，出于对《晋祠彩塑》这套特种邮票的特殊喜爱，我专门买了一套首日封，这才了解到位于山西省太原市西南悬瓮山麓的晋祠圣母殿内的四十余尊宋代宫娥侍女彩塑，是中国古代女性雕塑的集大成者，也是闻名世界的杰作。父亲虽不精于绘画，但绘画与文学异曲同工，他读过不少有关绘画的古代书籍，也买过好几本画册，对美的鉴赏能力是很高超的。

父亲虽然忙于写作，对我的小小爱好却是看在眼里，记在心中。1980年，父亲送了我一本《紫禁城》双月刊。这本杂志印制精美，内容丰富，是北京故宫博物院编辑的，上面有许多我喜欢的内容。其中有一篇是天秀写的《维摩说法，天女散花》，配图为北宋李公麟所绘《维摩演教图》一幅。这幅画人物繁多，神采各异，人物衣履线条讲究，尤其是维摩身后的散花仕女，宽袖美髻，飘逸灵动；另有五位天女，个个容貌端丽，神情肃然。这本杂志太吸引我了，可是父亲只给过我一次。因居地狭小，我卖过许多杂志，唯独这一本，怎么也舍不得丢掉，一直保存至今，算来已有三十年的光景。

也是20世纪80年代，那时我在天津市电信器材厂上班。有一天我去看父亲，他正在屋里踱步。父亲拿了一本百花文艺出版社新出的《新凤霞回忆录》给我，说："看看这个，写得好啊！受过苦。"父亲平时话不多，三言两语的，这几句话说得语重心长，我记得很深。我本来就喜欢听新凤霞的评剧，一看这本书就特别喜欢，书的封面上还有她女儿吴霜画的旦角人物头像。新凤霞不仅评剧唱得好，还善于观察揣摩，她写出了新旧社会强烈对比的人生大舞台，让我爱不释手，看了不知多少遍。

20世纪80年代，父亲还先后送了我两个淡黄色的木镜框，一长一方，或许是因为他觉得这东西对于发展我的爱好能有一些用处。我在这个四方形、不太沉的带镜画框里衬了天蓝色的绒纸，镶了五张尼龙彩笔小画，又在右角装饰了一簇花鸟图案，起了一个"古典名作插图选"的名字，送局里参加了画展。展览结束后，我便提着这个镜框，宝贝似的往父亲那里赶，送给他看。

父亲穿着一身蓝布制服，正在外间屋忙活着，像是在鼓捣阴面阳台上的花盆。瞅见镜框，他便俯身细细地看了一会儿，然后欣喜异常、满面笑容地惊叹道："嚯，你能办画展了！"我当然很激动，不过马上说明："这花鸟不是我画的，是剪下来贴上的。"父亲马上遗憾地说："那就不行了。"父亲实事求是。也许是因为镜框是父亲特意送给我的，当倍加珍惜；也许是因为几帧小画是父亲亲眼看过的，且有鼓励之言，这么多年过去了，虽经生活变迁、心境改变，可对于这个淡黄色木料做边的镜框，我始终妥善保管。那回眸一笑的杨贵妃、多情美丽的杜丽娘、与红娘并肩款款而行的崔莺莺、绕绿堤拂柳丝悲泣葬花的林黛玉、足踏水浪翩若惊鸿的洛神，都是我因陋就简，用尼龙彩笔所绘，虽技艺不高不入流，但私心认为，我用心血赋予了她们曼妙的姿容、顾盼的神采、摇曳的步履、聪慧的灵性、飘逸的仙袂。她们都是闪烁奇光异彩的文学女性，她们都是我心中最可爱的朋友。

我想，我如此喜爱仕女画，是因为我从小适时地阅读了《红楼梦》《西厢记》《牡丹亭》《聊斋志异》，以及宋人白话小说等文学名著。感谢父亲让我看了那么多好书，丰盛的传统文化精神食粮，让我内心充实、爱憎分明、触类旁通，并使我在不知不觉间迷恋上了与其相关的艺术门类，使原本呆板、平淡、不轻松的生活变得丰富多彩。我的一个中学同学有次来我家，见到我的生活环境，很有感触地说："晓玲，你的物质生活、住房条件一般，但你的精神生活很丰富。"虽然自小到大画了不计其数的画，但我从未拜师，加之为家庭负担所累，多年来画技提高甚微，一直是自娱自乐，完全用于消遣。画到兴头时，神思集中，寒暖不觉，饥饱不知，耳边如有仙乐飘荡，眼前似有繁花如锦，如痴如醉，物我两忘，妙不可言。

1991年，细心的父亲还送了我一本曹正文著的《文学女性与女性文学》。此书以漫话的形式介绍了中国女作家与文学作品中的女性形象，让我与原本十分陌生的十几位女性有了第一次的文学碰撞和近距离接触。这本小书的作者是上海《新民晚报·读书乐》的专刊主编，他特别爱书，家中有一座书山，有包括巴金、柯灵、廖沫沙、冰心、叶君健、楼适夷、施蛰存、赵家璧等在内的1800册作者签名本，独缺我父亲的。他给我父亲写了一封约稿信，请父亲写一些理书小品文，并想求得签名本一册，顺便寄来了《文学女性与女性文学》这本小书。那时的他已出版了32本小书。这本小书真是开卷有益，让我长了不少见识。

过了些日子，父亲又高兴又郑重地送给我一本中国唱片总公司出版的压缩版的声音书籍——《红楼梦》文字书。父亲说："你看看这个，这本书挺好，挺有意思。"原来此书配有姚锡娟主播的十二个盒带，有声有色、有血有肉、有情有泪，还有红学家、书法家、历史学家及画家诸名家的题词、题字，其中"黛玉进府""黛玉葬花""金麒麟""读西厢""刘姥姥"等名家插图更是让我大饱眼福，见识了董淑嫔、黄均、蒋采萍、刘福芳、王雁、陈谋等人高超的画艺。父亲的老朋友陈乔伯伯还在书上题了字："让《红楼梦》音影艺术向书界生辉。"父亲与陈伯伯素有联系，我估计这本书是曾任中国历史博物馆馆长的陈伯伯送给他的。获赠图书的我尽情吮吸着名著精华，陶醉于艺术享受，百看不厌，爱不释手。

父亲还送过我一个玲珑精致，绘有浮世绘风格人物图案的日本小花瓶，非常漂亮；一架能当摆设的微型工艺屏风，正面是四帧红楼人物图画，背面是四季风景，我也很喜欢。

父亲从没专门给我讲过有关《红楼梦》的诗词，我也不知道在太行山区的抗战学院，他给学生讲过《红楼梦》，但我知道他为学生、友人写过《红楼梦》中的《枉凝眉》。有个青年作家在收到他的书法作品后，将其悬挂屋，朝暮相伴，拍成照片，如宝藏之。父亲倒是给我讲过曹雪芹晚年举家食粥，以绳结床，坚持写作的境况；讲过像曹雪芹、司马迁这样伟大的作家，生前历尽贫困艰辛、受尽冤枉屈辱，并未享受过作品带给他们美誉、荣耀和富足的景况。

　　父亲曾在文章中写道："我确实相信曹雪芹的话，女孩子们的心中，埋藏着人类原始的多种美德！"在日常生活中，父亲也曾问过我贾宝玉身边某个小丫头的名字这样的问题，给过我有关《红楼梦》研究的书籍。读过这些书后，我就更喜欢林黛玉、晴雯了，而不太喜欢薛宝钗、花袭人。我觉得薛宝钗和花袭人，一个是野心太大，一个爱打小报告。有一次父亲对我讲，自古求医分为"上、中、下"三种情况：如遇到好大夫，则为上；有病不看，相当于遇上一个中等水平的大夫，不好也不坏，此为中；若是像晴雯那样，遇到一个虎狼医，越治越坏，便为下，最糟糕。

　　父亲还接连送过我十几本《名作欣赏》杂志，纸黑且厚。虽然家里杂志很多，但父亲很看重它，称赞过它。有一期里面有曹子建《洛神赋》的插图，充满了神话的魅力；有一期里面有陈老莲画的《西厢记》插图，崔莺莺别具一格、风姿绰约，身后四扇屏风、四季花卉，让我养心养眼，反复揣摩，受益匪浅。

父亲一直认为《红楼梦》是一本入世的书，不是出世的书，能给人以艺术的享受和向上的力量，所以他愿意孩子早些读这本书。我十几岁的时候便读了人民文学出版社出版的淡藕色精装本《红楼梦》，那是父亲送给我的。"文化大革命"前不久，我把它借给同院一个美丽的女孩——石坚伯伯的二女儿枫叶。方纪夫人黄人晓阿姨曾在她家门口连声赞叹红楼几姐妹："个个像仙女一样！"即使那时不借出去，这书也不一定能保存下来。记得1966年，在仓促地以低廉之价卖掉了几件古香古色的旧家具之后，我们一家连夜搬迁至佟楼新闻里。家里只有一个盛劈柴的粗糙的破木箱子里还余下十来本哲学、社科书，仅有的几本文艺书籍，后又被人全借走了。

绘画是异常艰难的艺术跋涉，笔成冢，墨成池，除了天赋，还非得有超凡的吃苦精神。我虽然也尝试过、努力过，但年轻时一间屋子半间炕，工作繁忙，家务繁重，终究还是知难而退，放弃了个人爱好。

20世纪70年代后期，我住在历博宿舍四楼，五家一单元，共用一个十多平方米的小厨房，一个小公厕，条件很简陋，日子却过得有滋有味。夫妻恩爱，老爹健在。我家对面住着一户知青，她家一甩门帘子就会碰到我家木门。过道尤其狭窄，又被住户放了很多米罐、杂物，人们常常侧着身子互相让路。到了做饭的时候，谁家炒什么菜，各家都知晓。在那间仅有十二平方米，夏天像蒸笼一样闷热的房间里，我绘画的兴趣和热情丝毫未减。我爱人还请近邻刘老师（他的同事，现为大学教授）为我讲过仕女画中几种线条的运用。听后，我兴致勃勃地在宣纸上用毛笔涂抹了七八个画中人，有立身的，有抱琵琶的，画好后全挂在了晾衣绳上，那是我的第一次，也是最后一次室内个人画展。恰巧楼下温超藩的女儿来屋收水电费，兴冲冲要走了一张，我还挺兴奋。那时，我们单元还住着云希正夫妇，他们待人十分客气礼貌，现在云希正已是鉴宝专家了。

在绘画上，我到底是缺乏求索精神、坚韧毅力，不能坚持，一无所成。但年轻时，绘画有助于我的工作，出黑板报、策划宣传栏都得心应手，常引人驻足；年老后亦能自娱自乐，排遣忧烦，有益养生。伴着画册，伴着这些仕女们，我慢慢地变老，发苍苍，视茫茫，但心灵依然年轻、单纯、不世故，这也不失为一种人生乐趣。难得的是，通过绘画，我了解了纯真善良、有追求、有民族气节、有美德的文学女性、巾帼英雄，了解了一点点父亲对《红楼梦》的由衷热爱，得到过父亲的支持与鼓励，开阔了眼界，升华了境界，并由此与戏剧结缘，爱看中央电视台戏曲频道，爱上了京剧荀派、张派，爱上了越剧尹派、王派，得到了美的享受，开阔了心胸，乐悠悠。

有一回，因装修屋子临时搬家，家人把这个木镜框随手丢弃了，我知道后急忙把它寻了回来。如今，它就静静地立在五斗柜上，画中五个美丽的人物仿佛在深情地凝视我，与我朝夕相伴，不离不弃，与我共同经历生活的苦辣酸甜，度过寒暑四季的一天又一天。

2011 年

蕴含亲情的笔名

我在阅读父亲作品时，发现他有几个笔名竟与家人有关系，有的跟死去的我大哥小普的名字有关，有的跟我二哥孙晓达有关，有的跟我大姐孙香平有关……

情系棉纺

很多作家都有笔名，父亲也不例外。新中国成立初期，父亲曾用过"石纺"这个笔名，让我一下子联想到了大姐。

父亲上学前叫孙振海，上学后叫孙树勋。1937年冬参加革命以后以笔为枪，1938年开始用孙犁作笔名。父亲属牛，出生在五月春深（农历四月初六），"犁"字正合他砚田耕耘、春种秋收之志向，所以"孙犁"就成了他正式的名字。在六十多年的创作生涯中，父亲用过的笔名还有力编、纵耕、余而立、土豹、原平、林冬苹、林冬平、芸夫、孙芸夫、耕堂、芸斋、姜化、庸庐、时限等十几个。此外，在20世纪四五十年代创作的十几篇文章中，他还用过纪普、少达、石纺这三个笔名。这三个具有特殊含义、与儿女有关的笔名，蕴含着浓浓的父爱。"无情未必真豪杰，怜子如何不丈夫"，绵绵的骨肉亲情与民族情、爱国情，在父亲的作品里水乳交融、难以分割。

1955年，四十二岁的父亲在《天津日报》上发表了论文、评论、散文，共计六篇，其中有三篇散文用了"石纺"这一笔名。1956年，他的另一篇散文在《天津日报》上发表，署名也是"石纺"。20世纪50年代中期，父亲用过四次的"石纺"这一笔名，是石家庄棉纺厂的简称。父亲为什么要用这样一个笔名呢？

1949年随军入城时，父亲三十六岁，英气逼人，风华正茂。这一年，他文思如涌，创作出包括《山地回忆》《吴召儿》《采蒲台》《村歌》（部分）在内的大量优秀作品，势如井喷。刚进城的那段时间，父亲经常在多伦道216号对过儿——报社放置印刷机器与印刷纸的那个院子，进门右侧二楼上的一间小屋里写作，《风云初记》就是在那儿写出来的。在继续书写抗战题材的同时，他把创作的主题一度转向津门工人阶级。虽然时间很短，却也是一次饱含激情的尝试。

1950年7月至9月，父亲在津郊白塘口村、小刘庄村、挂甲寺一带，在海河长长的两岸边不停地奔波观察，体验纺纱女工的劳动生活，一日能成一或两篇。在散文集《津门小集》中，这类作品占一半之多。

父亲的出生地——河北省安平县东辽城村，是一个经常闹春荒的小村庄，发乌了的织布机陪伴着一代又一代妇女艰难度日。父亲就是伴着乡土里的棉苞、棉蕾，听着土坯房里古老而沉重的机杼声长大的，对给他温暖、给他亲情的土粗布——紫花布，有着难以割舍的感情。

搬入楼房后，在父亲吃饭的独单里，有一张十分简易的小木床，是用搬家时临时找来的四个木头箱子反扣在水泥地上搭成的，完全是废物利用。这个床有点高又有些窄，坐着总不太得劲儿，上面铺着从我们老家带来的紫花布（紫花布不是紫色的花布，而是用我们家乡的特产紫花棉花纺织而成的，这种棉花比白色深比黄色浅，带着黄土的本色）旧褥子。棉褥上还铺着一件日本军呢大氅，这就是1945年日本投降后，父亲从宣化步行半个月，风尘仆仆地回到冀中，在场院与亲人久别重逢时披的那件。床上还铺有一条在他的作品中出现过的军用毛毯，也是一件战利品。

1993年前后，父亲病重时家属轮流值班，全都在这张小床上睡过。当第一次掀开洗得发白、变薄的旧床单，冷不丁地摸到这两件又旧又糙、带着抗战烽烟的东西时，我被吓了一跳，恍然间竟有一种穿越时空隧道的感觉。那絮得厚厚的旧褥子上的经纬针线，闪现着我奶奶"儿行千里母担忧"的慈母春晖。

带着这浓厚的乡土情结，当父亲在纺织厂车间，发现从冀中大平原运来的一包包白白的棉絮，"经过新奇的机器"竟变成了细细的棉纱，旋转在数不清的纱锭上，自然有种新奇的感觉。织布机轰鸣作响，飞梭走线，霓霞飘飞，一匹匹五颜六色的布匹上，留下了女工的汗水，留下了父亲对家乡的眷恋，更留下了他对纺织女工的敬重与礼赞之情。

后来，我大姐十七八岁时，就到天津国棉六厂当了纺织工，一方面减轻了家庭负担，一方面从事了父亲认为很光荣的工作，这让父亲挺高兴。

只缘真情

在父亲的抗战小说中，曾几次出现过我大姐活脱脱的身影。

在名篇《嘱咐》中，多年抗战未回家的水生与家人久别重逢。水生见到了那个他不知几岁的女孩，便问她叫什么。她说："叫小平。"水生又问她："几岁了？"孩子回答："八岁。""想我吗？""想你。想你，你也不来。"孩子笑着说。我想，尽管在年龄上稍有出入，但这场景应来自父亲真实的生活。有关水生夫妻的生动描写，尤其是有关"公公"的那一大段对话，我有把握是我母亲说过的。

在短篇小说《丈夫》中，不仅有我母亲的身影，也有我大姐——一个七八岁女孩的身影。作品中那个"儿媳妇"领着七岁的孩子，一边走一边说着关于"爹"的话，不是以我母亲与大姐为原型创作的，又能是以谁为原型？很多时候，父亲都是从平凡、真实的现实生活中，信手拈来一些情节、语言，不加修饰地写进作品里，这是他独到的艺术功力，这使他的作品意趣天成，也使他的作品充满浓郁的乡土气息，展现了冀中平原的风俗民情。

20世纪60年代，我们住到佟楼以后，大姐来过天津。那时因经济状况，已不能添置新衣服了。天气转凉，为了给我找一件厚一点的衣服，大姐和母亲一块在狭小的小南屋，翻找被逼迁来时带过来的几个旧包袱，找出一件红花蓝底的布夹袄，这是母亲做姑娘时缝制的。大姐一边让我穿上试试，一边告诉我说："咱娘年轻的时候，梳着大辫子站在井台上打水，可好看啦！"衣服我穿着有点紧，只好又收起来了，可是大姐的话我却怎么也忘不了。

听二姐说，母亲的名字是父亲给起的。进城后不久，母亲想参加山西路街道办的扫盲班，但她没有正式的名字，没法报名。

父亲对我二姐说："你母亲很美丽呀，就叫王小丽吧！"在娘家时，她叫"二妞"；嫁到婆家，她叫"振海家的"；生了孩子，父亲叫她"小平她娘"，直到20世纪50年代初，母亲才有了正式的名字。

我们三姐妹，论个头、长相，最像母亲的当属我大姐。她从小受了不少苦，做得一手好针线；知道家里早先一些事的，也是我大姐。一提起当年家里的穷苦艰难，大姐总是忍不住心酸落泪，说起奶奶干活不要命，说起母亲独自拉扯孩子艰难不易，说起小普、爷爷的接连离世，更是哽咽难言……

我很喜欢听大姐讲家里的旧事，比如，大姐知道我小名叫"小丑"，也叫"三多儿"，家里人干活时，就用旧套子把我包住，放到门口席子上，在"日头爷儿"底下晒着；比如，大姐知道小普哥是门口当街的孩子头儿，知道他管妹妹很严，不让她们到水坑里去洗澡；比如，她知道爷爷除了会写毛笔字，还会给村里小孩治病——用毛笔画痄腮，一画准好；比如，她知道谁是"芹姑姑"，谁是"泽姑姑"，我娘愿意让她和这两个姑姑说话……芹姑姑小的时候就没了爹娘，是奶奶把她带大的；结婚后，她常年带着孩子住在我们家，她男人在外边做买卖，很少回来。芹姑姑和我娘挺好，管我奶奶叫妗子，是我爷爷的妹妹的闺女，我爸管她叫姐。芹姑姑在生第三个孩子时，难产死了。

在大姐的记忆里，有一个救过她命的"大个儿奶奶"。大姐十来岁时，得了一场很重的病，那时叫"瘟病"，现在叫"伤寒"。由于请不起大夫，大姐已水米不进，人事不省，快不行了，把我母亲急得要命。恰好同村的大个儿奶奶来串门，见此危急情景，先用手摸了摸大姐的胸口，发现还有点热乎，便用小匙一滴一滴地喂大姐温水。过了一会儿，大姐竟慢慢苏醒过来。大个儿奶奶高兴地对我母亲说："小平她娘，你别难过了，你看小平活过来了。"我母亲连连道谢。大个儿奶奶是父亲笔下那位爱坐在村街门墩上说评书的德胜大伯的妻子，在《童年漫忆——听说书》一文中，可以看到她挎着柳条篮、敲着小铜锣，在村里卖烧饼馃子的身影。

在大姐眼里，奶奶是一个能干、有本事的农村妇女，是个强人，地里的种植、管理、收割，家里的活计，大多都是奶奶说了算。大姐七八岁时便开始纺线，奶奶叫大姐每纺一斤线便拿到集市上去卖，卖的钱拿一部分出来买一斤棉花，回来再纺成线。将棉花纺成线赚来的那点钱，有时用来给大姐买块花布做衣服，余下来的钱则由奶奶分配。

奶奶对孩子、对家人的要求是很严格的。她每天起得特别早，那时也没有钟表，鸡一叫就起，孩子们也一样，一块起来去干活。奶奶个头高、壮实、嗓门大，还有一双在娘家裹了也不标准的脚，她一下花轿就挨了婆家三笤帚疙瘩，嫌她脚大。可奶奶就是迈着这双脚自由自在地走来走去，地里的活计样样会干，不辞辛劳，尤其麦收、秋收时，在地里忘昼夜、忘寝餐地抢收庄稼，就怕一年的汗水赶上下雨白流了。

"石纺"笔名

1954年，大姐十九岁。这年春天，她从天津国棉六厂调到了石家庄一个棉纺厂，原因非常奇特且偶然。

当时大姐已在天津国棉六厂上了一年多的班，由于上手快、眼睛灵、操作技术好，还当上了工段长。纺纱女工三班倒，累得有时都站不住；赶上下雨，家里人就让我哥打伞去接她。她干得很辛苦，也很出色。

有一天大姐上早班，吃饭时见一个一起干活的女工闷闷不乐，一个劲儿地哭，大姐就关心地问她："你难过什么？"那女工说："要调我去石家庄呢！"她不愿意去那个地方。大姐是刚从农村来的孩子，质朴单纯，为劝同事吃饭，她想都没想，顺口就说："别难过，快吃饭吧，你不愿意去我去。"不料，下午车间值班长就找大姐谈话，改调她去石家庄了。一句很关爱、很仗义的话，改变了大姐的人生轨迹，让她与一个八百里之遥的陌生城市结缘。

我大姐头发蒙，什么也说不出来了。回到家，她扑到床上就哭了起来，好不容易一家人才团聚，如今又要分开，叫她如何割舍得下？孤零零地去一个人生地不熟的地方，有什么意思？

母亲见状急忙走过去问："小平，你哭什么？"这一问不要紧，大姐哭得更厉害了。她抽抽搭搭地委屈地说："把我调到石家庄去了。"父亲问明情况后，既没生气也没着急，更没有跟厂子理论一番的想法，而是很坦然地安慰劝导女儿说："平，去吧！支援国家建设。那里不错，那里都是咱们那儿的人，锻炼锻炼也不错。"他说的"咱们那儿"，指的是我们老家河北省安平县。当时纺织局的局长就是父亲报社的领导、朋友王亢之同志的爱人许明，这对伉俪就住在多伦道大院前院，和父亲非常熟，母亲总是亲热地称许明为"大许"。父亲白天在大院最后一排的一间小屋子里，既当编辑培育新苗，又忘我写作辛勤笔耕，只有中午和晚上，才回山西路宿舍吃饭睡觉。当时，只要父亲跟许明同志说一声，这事就解决了，可是父亲没有这样做。应当说，姐姐的调动多少会给家里的生活带来影响，毕竟她是母亲的得力帮手，是奶奶最疼爱的大孙女，是年幼弟妹的大姐，可是父亲没有考虑这些。

1948年，父亲曾代表冀中地区参加华北文艺工作会议，去过石家庄。他知道这是一座重要的新兴城市，新中国成立初期更是百废待兴，要发展纺织业就需要大量的技术人才与熟练女工。父亲对女儿的调动是支持的，虽然他不慷慨激昂地讲什么大道理，可他对执行组织上的决定不打折扣，对家乡更是情深意长。

十多年后，我二姐又从北京调到山城重庆，支援国家三线城市建设。父亲仍是一如既往地支持，别无二话。

我大姐历来尊重父亲的意见，也特别钦佩父亲的为人，当即破涕为笑。我母亲马上忙着为大姐准备行装。大姐在家待了三天，临动身时，细心的父亲特意给她写好了信封，并塞进空白信纸，叫她到了石家庄就给家里写封信报平安；还给她出了题目让她写篇作文——从天津到石家庄，督促她多学多写，提高文化水平。大姐书念得少不会写，寄回了白卷，这让她一直很后悔。

时隔不久，父亲于1955年创作了《刘桂兰》《青春的热力》《一天日记》，于1956年创作了《积肥和择菜》，这四篇散文均以"津郊小集"为副题，署名均为"石纺"——这显然是我大姐工作的工厂的简称。而在我大姐调走的当年冬季，1954年11月，父亲写了《〈红楼梦〉的现实主义成就》一文，载于同年第十二期的《人民文学》，署名林冬平。"平"是我大姐的名字，这样的笔名无疑包含着他对女儿的牵挂与思念。

大姐在石家庄棉纺厂积极肯干，克服了许多困难，与伙伴一起遇到过惊险的事件，幸亏她们智勇双全，才转危为安。日出日落，时光荏苒，大姐入了党，嫁给了工厂的一位英俊有才的山东籍技术员，生儿育女，一直干到退休。她每年都回津探望父母，在父亲的晚年，她也几次来津常住，陪伴照顾老父亲，尽心竭力，体贴入微。大姐给父亲缝棉衣、做棉被、织毛衣、油书柜、买电视、添新防寒服，一片女儿心，时时惦记着慈父。父亲生病时，我的两个外甥都曾来天津陪伴过他，搀扶过他，帮着照顾过他。我记得为住在天津市第一中心医院的父亲送饭时，每次蒸饭，大姐总让我看着墙上的大表，差几分钟她也不关火，怕不够烂软，有损父亲的肠胃；菜更是细细地切，父亲多吃一口，她能欢喜半天。平日大姐常嘱咐我们："什么叫孝顺？顺为孝，顺着就是孝顺。"有一回父亲对我说："你看你大姐，住在这儿照顾我，家里还有一大家子人呢。"看得出父亲心里的感动与不安，他怕影响女儿的生活。

大姐退休前休了几个月的假，利用这段时间，她写了一些关于爷爷、奶奶、母亲的回忆文字，抄在稿纸上恭恭敬敬地寄给了父亲。"在我写往事的时候，思想很激动，拿起笔来几分钟就能把往事写出来，是自己经历过的事情的缘故吧！"她在信中这样告诉父亲。父亲见到这些真实、质朴的文字十分高兴。1985年6月，在"乡里旧闻系列"散文《大嘴哥》一文中，父亲还特意引用了我大姐写的一段日本鬼子持枪到家里搜查"孙振海"时令人惊心动魄的往事。我写的《戏梦悠悠》《游子吟》中，也选用过她写的内容。

大姐退休后喜爱画些牡丹、荷花、竹子、小鸟，这让父亲特别高兴，认为这也是一种精神寄托，生活可以不单调。有一回，我在父亲的书柜上看到一本关于画菊花的美术书，上面还有许多咏菊的诗词，很喜爱，便拿起来翻阅。坐在小沙发上的父亲，马上转过身来和蔼地告诉我："这本书是给你大姐的。"父亲知道我大姐喜欢这类画花鸟的工具书，一有合适的书便想着她。父亲的书房里，还挂过我大姐送他的"牡丹图"，一对大牡丹魏紫姚黄、国色天香，为芸斋平添了几分洛阳美景。大姐能这么刻苦地坚持练习国画，与父亲的热情鼓励、支持是分不开的。

父亲去世后，大姐几次含泪对我们说："咱爹这一辈子多么不容易！""咱爹这个人最真诚了，有什么说什么。他让谁都过得去，处处替别人着想，惦记着这个，惦记着那个，随咱爷爷。"她常常怀思住在独单照顾慈父的日子，怀念慈爱的老父亲。有一次，她在电话里深情地对我说："要是咱爹能再多活几年，那该有多好！"说完，电话线那端便是长长的沉默……我知道她又难过了。

在爱父亲的亲人的心目中，永远会保留着一个最尊敬、最怀念的位置，任寒暑更迭，世事变幻，永远都不会改变。

2008 年

牵挂，慈爱永铭

"咱爸疼孩子，随咱爷爷。"大姐曾这么对我们说。

和爷爷一样，父亲也那么疼爱孩子，特别是对隔辈人，父亲那叫一个挂念。

父亲一子三女，有一个孙子、一个孙女、四个外孙、两个外孙女，共八个孙男娣女，他都非常疼爱。父亲晚年虽然有时看上去很严肃，不怒而威，让人敬畏，可他的心是最柔软的，跟家人很亲很亲。

父亲住总医院时，我带着从外地专程而来的大外甥赵宏前去看望。父亲见到他很激动，头一句就问："你有钱花吗？"赵宏说："有。"姥爷的关爱，让赵宏的眼圈马上红了。出了病房，赵宏跟我说，姥爷送过他好多外国名著。

大姐带小女儿瑾瑾从石家庄来天津，小姑娘笑眉笑眼，嘴角上翘，古典小美人一般，父亲十分喜欢。他觉得跟小孩子相处，听他们说话如闻天籁、地籁，顿觉室内一片光明。

　　对唯一的孙子、孙女，父亲更是疼爱有加。父亲于1997年住到河西区我哥哥家养病，孙子孙瑜把母亲炒熟的菜，灵活地端到爷爷的屋里，跑前跑后。子孙绕膝承欢，父亲得享天伦之乐。"家惠"这个名字，是父亲起的，写名字的那张纸虽然不大，但上面写了好几个，供我哥哥选择。孙子的名字，也是他起的。我总觉得"家惠"这两个字，跟《红楼梦》里某个小丫头的名字相仿，而孙子名字中的"瑜"则出自《三国演义》吧！

　　对于我的两个孩子，父亲关爱有加，心里有无限的牵挂。他曾语重心长地对我说："你有这两个孩子，比什么都好。"

　　在父亲住总医院近五年的时间里，我最难忘的是第一次去看望他的情景。那天早晨，我和爱人先到我哥哥家去看望他，到了才知他住院了，他有一周没解大便，在家里没办法解决，所以不得已住进了医院。那是1997年，天气已经有些冷了，我穿了一件薄款灰绿色男式防寒服，跟我爱人急匆匆地赶到总医院旧楼住院部。刚住进医院少不了检查这儿化验那儿，父亲有些紧张，但见到我俩特别高兴，问了我们几句话。我俩准备回去时，他特别大声地嘱咐我们要注意身体。过了一段时间，父亲转到新十楼的高干病房，也是一个单间。进门处，左边有一个柜子，可盛杂物，右边有一个小厕所。这栋楼的一楼是门诊大厅，二楼是取药化验层。父亲开始住在1033房，后改住1039房，离电梯很近。

2001年1月24日，正月初一，父亲那天搜寻我的目光，令我一世难忘。上午10点多，父亲的病房门口挤满了记者和市里来慰问的人。我去医院迟了些，见人多，便停在了门口。我看见天津日报社的张建星总编坐在父亲床头，对父亲说："最近刊登了关于您的文章，知道了吗？"护工代答道："知道。"张总还说了一些关切的话。同来的市领导刘峰岩同志从屋内出来时，与护工和家属一一握手，直说"谢谢，谢谢"。罗家林主任也在门口与我握了手。他常来医院给父亲送支票。我爱人也未进去，挤在门口。这时我发现，躺在病床上的父亲，远远地看到了我，目光停留了一会儿。因为我戴着口罩还未摘下，父亲在努力辨认。人群离开时，护工向刘峰岩同志介绍："这是闺女。"

人走尽后，父亲休息了一下，问我："《金光大道》是谁写的？"我赶紧回答："浩然。""现在在北京呢！"我又补充了一句。这时，一护士进来采血，父亲让我去告诉大夫，他贫血，少抽点血吧！我跑去告诉刘大夫，刘大夫说："钾低，挺危险的，才二十三，顺着他说得了，不抽或少抽。"我回屋告诉父亲："给您少抽。"父亲便不言语了。父亲不愿意老抽血，老输液，为此他烦躁却无奈。

每次我与爱人去看望他，他总是先问起孩子，直到去世前不久，仍是这样。这点让我特别难忘。我简要地记了一些日记，摘录部分（所摘内容，仅仅是与我两个孩子有关的部分，远不是我探视的全部记录）如下：

2月23日

父问："两个孩子呢？"

纲答："帆在家，还没开学。"

"璇上班。"

"身体都挺好的，别惦念。"

玲问："尿尿还疼吗？"

护工答："换了尿管，王主任给换的。"

问："晚上吃多少？"

贾答："一个包子。"

2月25日

父在输液。帆、璇去。

父右眼角流泪。玲亦哭。

璇问："姥爷好点儿了吗？您好好休息。"

纲："孩子都长大了！"

帆："我是张帆。"

葛、范说，这几天孙老挺好的。

3月11日

璇、帆跟姥爷说话："我是张璇。""我是张帆。"

父问："晓玲呢?""我在这儿。"我往前站了站。

纲："帆帆长高了,让姥爷看看。"

父仔细看了两个孩子,玲哭。

4月28日

纲、玲、璇去,送八十五元花一盆,买鸡蛋等。

答话好,父看璇二回,玲告给他买了橘子。

胖子(孙瑜)去,送蛋糕一个,带对象小阎去。

父连声说："很好,很好。"高兴。

7月15日

璇、帆、纲、玲同去。

父清楚,输脂肪乳一大袋。

璇："我是张璇。"父使劲看。

帆："我是张帆。"父眼圈儿红。

纲告："帆上二年级了(大学)。"

玲告："璇工作了,工作不错,挣得不少。"

孙犁与本书作者孙晓玲及外孙、外孙女
在一起

父亲去世后，我侄子孙瑜写了一篇《我陪爷爷最后的日子》，记述了亲爱的爷爷生前对他的关心与病逝前他看到的一些情景，以及内心的悲痛。我女儿也连夜写了一篇《与姥爷一起的日子》，发表在2002年7月13日的《今晚报》上。正如文章中所写，姥爷对孙辈的爱，并不像多数老人那样排山倒海，他的爱如涓涓清泉，静静流淌；如丝丝细雨，润物无声，悠远长久，绵绵不绝。姥爷在病床上对她与弟弟的教诲，虽然只有极简练的八个字，"好好上学，好好工作"，却值得终生牢记。现在，他们都在自己的工作岗位上努力地、忘我地、投入地工作着，尽力发挥着自己的聪明才智。我相信，两个孩子都没有忘怀疼爱他们的姥爷临终前叮嘱的这分量极重的八个字。

在父亲百年诞辰到来之际，百花文艺出版社出版了《百年孙犁》纪念集，收入了我女儿的几篇文章。自2012年12月以来，她已写出"耕堂忆趣系列"之《小小"快递员"》《大作家的小板凳》《不一样的祖孙情》《拐棍敲响梦中人》《过年》等多篇散文，将对姥爷的思念寄于文字中，得到了领导的热情支持与鼓励。

父亲住总医院，请四个护工分早晚两班照顾，是由天津日报社的领导拍板决定的，这大大减轻了家属负担，也使父亲得到了更好的照顾。

现在看来，这些记在几个旧练习本上的潦草简要的文字，真的很宝贵。年老后，记忆力严重下降，有些往事如烟如雾，单凭记忆搜索还真是相当吃力。现在写回忆文章，这些珍贵的资料大大帮助了我。但当初记下这些东西也是事出有因。

我从2000年开始记日记。起初是为了将要送的鸡蛋、蛋糕、水果、果汁、白糖、挂面、鸡汤、菜酱等十几种食品，和肥皂、衣服、毛巾等生活用品，以及留给特护订奶买早点的钱记清楚些。送得太勤、太多，父亲会说；送得少了，断了档，护工会没得用，所以每次去医院探视后我都会记下这次送的是什么、送了多少，并把下次要送的日期写在本上，以免遗忘、弄乱。

后来因为给《天津日报·文艺周刊》写稿，我便把与父亲每次对话的要点也顺便记下，包括当天的病情、治疗情况。在这几年中，有许多次探视是令我永世难忘的，即使是父亲的只言片语，也令我难忘。比如父亲问我："你头发怎么全白了？""你有房子住吗？""你的肾没有事吧？""你还有衣服穿吗？穿好了。""跟你哥哥一块回家！"……它记下了父亲的慈爱，父亲的深情，父亲对我和孩子最后的关爱与叮嘱。我现在抄录数段于上，作为我对慈爱的父亲的一份永恒的纪念。

父亲住总医院十楼病房时，我和几个护工的关系一直不错。我尽量满足她们的需求，按月发给她们香皂、肥皂、卫生纸，送父亲用的热水袋、春秋被以及她们盖的铺的被褥，定期留下给父亲订牛奶及杂用的钱，买米、挂面、鸡蛋，送鸡汤、排骨汤，父亲爱吃的蛋糕、水果也没断过。过春节、中秋节，对她们也有所表示。

有一回，一位护工当班时血压升高，头晕，我马上带她下楼看病，并帮她付了医药费。我们之间偶尔也有些小小的摩擦，但都是为了父亲。比如有一回我发现在超市给父亲买的刚上市的鲜桃，被人吃掉了，就有些着急。一位年轻的护工说："老姑，我们自己也带水果，回头让孙老吃我们的好了。"她茫然无辜地望着我。想想她们平日的诸多不易，我一句话没说。每次我去医院，她们都热情招呼，接篮子让座。有两位护工还表扬过我，说："老姑该买的都买，该送的也送最好的，送来的东西也都用上了，老姑夫来得也不少，我要是有这么一个闺女就好了！"护工还说："大舅天天早上来。要是来晚一点，孙老就让我们出去迎。"说完，当班的两个护工都笑了，也不知道父亲听没听见。我觉得这几个护工挺负责的，从心底感激她们。有一位刘姓的护工年岁大了一些，干的时间不太长，就生了急病，怀疑是脑子里长了东西。我知道后马上买了营养品送到她的病房，向她表示了慰问。我身体不太好，能力有限，但我确实尽了120%的努力，绝不让父亲受委屈。为了让父亲吃最新鲜的桃，我曾冒着下午2点的酷暑出去寻找；为了让他吃新鲜的鸡蛋，我挤公共汽车费力地上下车，用手紧紧地护着篮子，生怕磕碰；为了使他不取下鼻饲，我把大虾剁成泥，西红柿做成酱，把胡萝卜和木耳剁成碎末，把排骨熬成浓汤……有一回我给父亲做吃的，将菜丝切得很细、很细，我爱人大为惊讶，说："你居然能切成这样?!"因为平时我们自己吃的菜，我切的块儿都特别大。记得有一回一个年轻的护工跟另一个护工说："有什么事跟她（指我）说，她当回事办!"我不是一个凡事都认真的人，但为父亲做事，我都小心翼翼，格外用心。

2000 年冬，有一回我去探视，见外屋一个护工进来欲说什么，我便很不自在。对于这样的事情，父亲只管睡觉，偶尔见到也不说一句话。倒是我管过两回，不要让外边人随便进屋，开门关门容易带进风，病人虚弱怕感冒。葛姓护工解释说，这屋离热饭的地方近，就有人爱进来说个话。我说："你们就说闺女说的，不让随便进! 我爸爸就喜欢安静，怕乱!"

12 月的一天，我在病房，正赶上隔壁男家属进屋拉人去帮忙。出于对正输液的父亲的关切，我立刻加以制止拒绝。我觉得这是父亲最需要我的时刻，我责无旁贷。我大声说了一句至今难忘的话："孙犁在中国只有一个，就像梅兰芳在中国只有一个一样。不能谁想进来就进来!"说这话也许会得罪人，但我必须说，因为我太清楚父亲的生活习惯了。

父亲就是这样，因为病房太枯燥、太沉闷，护工趁他睡着看电视，他也不言语，对她们很客气、很宽厚，把自己当成普通的病人。

2001 年夏，护工小范接到哥哥打来的电话立时哭了。躺在病床上的父亲发现她在哭泣，便问："小范，你怎么了？"小范说："孙老，我妈妈病了。"父亲一听马上说："那你回去吧！"接着便催她走，小范犹豫了一下，并没走，她想如果请假还要去找护士长，还是坚持一会儿吧。不料等她回到家，母亲已经离开了人世，这让她特别内疚，特别难受。她特别后悔，当初要是听了孙老的话马上回去，就能见上母亲最后一面，也就不会遗憾终生了。

很多年过去了，她还记得我父亲当时很坚决地连声催促她的情景。她跟我说这事时，眼睛里一直含着泪。她下岗多年，生活上有困难，一直在外打拼，说孙老对她们几个下岗的护工都非常关心、体谅。小范她们一看到报纸上有关于父亲的文章，就想念给他听，父亲却阻拦说"不用念了"，淡泊依旧。过年时在病房，两个护工和我父亲一起守岁吃饺子，护工问："孙老，以后咱们还一块过年好不好？"我父亲很干脆地回答："好！"

2002年除夕，父亲随着升降床缓缓坐起来，吃了嫂子送来的饺子。当班的护工给他拜年，父亲还给护工拜年呢！护工问："孙老，今年是什么年？"父亲说："是马年。"护工说："会写'马'字吗？写写看。"说着，伸出手凑到他眼前。父亲用食指比画着，在护工手掌心写了个"马"字。两个护工都笑了，父亲也笑了。

4月28日（父亲去世前两个多月），父亲虚弱地躺着，眼睛显小了，也有些浑浊，一直张着嘴，看着天花板。像往日一样，护工接过篮子，把里面的东西一一收好，让我坐在父亲跟前。父亲先问了问我爱人及两个孩子，后来他要坐起来，护工缓缓地把床摇了起来，在后背处给他垫上枕头，问："行吗？"父亲说："行。"

我约莫坐了半个小时，这算是时间比较长的。

父亲说："晓玲，你回去吧！"

"哎。"我答应了一声。

正当我要离去时，父亲忽然看着我问："你的肾没事吧？"

我说："爸，您的肾没事，我的肾也没事，挺好的。"

父亲问："你有房子住吗？"

"我有房子住。"我一边回答，同时心里一激灵。

以前不论父亲如何疼我，也从来没问过我房子的问题。我们全家四口人住在三十六平方米的两间房里，儿女长期在九平方米的小屋睡上下铺。结婚时，我借房到小海地住，父亲细致地写在《书衣文录》上。我结婚后住在全市有名的危旧陋房——五家一个单元、十二平方米的小屋，父亲都未问过我住房的事。作为一名老党员，他不向组织开口，不向利益伸手。

父亲又问："你还有衣服吗？"（怕我冷。）

我赶紧说："还有。"（其实没有了。）

父亲叮嘱说："穿好了！"

我强忍住涌上来的泪水，出门上了电梯，坐公交车回家，一路上泪水都没干。

父亲最后一个生日，2002 年 5 月 17 日，父亲八十九岁，生日前两天，护工告诉我们："孙老夜里叫你们一家子，大纲、晓玲、帆帆、璇璇轮着叫！"所以我心里很是惦记。这天，我早早地起来，先去买了鲜花，然后赶去病房看他。一进病房，孩子们就上前说："祝姥爷生日快乐！"父亲怜爱地点点头，瞅了瞅他们。记得父亲还问了一句："晓玲呢？"我赶紧往前站了站，说："爸爸，我在这儿。您好点了吗？""好点了。"自从有一次我问完此话，他说"不好"，我哭了（虽然极力忍住抽泣，可能还是被父亲知道了），之后每次问他，他都说"好点了"。父亲是不会说谎话的人，他的心细如发、他的良苦用心、他的替别人着想，让我刻骨铭心。那天早晨，哥哥也送来一大盆鲜花。自父亲入院，他每天早上 8 点半都来医院，让父亲宽心，给父亲安慰。父慈子孝，其乐融融。

父亲住院期间，天津日报社办公室的罗主任不辞辛劳，每周都要来医院交费，领导更是一路亮绿灯，家属甚为感动。父亲被抢救时，报社领导和子女家属都守在医院，专家、主任、大夫、护士、护工加班加点，同心协力，全力以赴，给他最好的治疗与护理……

父亲病危，从 2002 年 7 月 4 日至 7 月 11 日挣扎了八天时间，那几天我过得如此沉重，胆战心惊，暗暗祈盼能有奇迹发生。

7月4日下午4点多，父亲病情急剧恶化，由感染、高烧导致心源性休克。5点紧急抢救一次。1039病房的抢救监护仪器骤然增多，双侧输液、戴氧气罩、头抬高位、吸痰、用药物维持血压、腹股注射针剂……医护人员进进出出，测体温、问尿量、取血样、换药液、监测血压心跳次数，忙个不停。到晚上9点30分，血压尚好；10点20分，体温恢复正常。

7月5日早晨，父亲对我说了最后的话。当时的我紧紧地按着父亲的右胳膊，因为他总想用手去摘脸上的氧气罩，他觉得不得劲儿。他胳膊劲儿真大。哥哥按着他左边的胳膊，这个胳膊上有测血压的仪器。可能父亲觉得头天晚上我们走得很晚，所以对我们说："回去吧，两人一块走！"很坚决，很清醒，说话也能听得懂。我哀求地说："爸爸，我走了谁给您按胳膊呀？"父亲说："跟你哥一块回去！"这是一种关怀、一种爱护。怕父亲着急，我只好搬了把椅子，坐到病房门口。

中午，嫂子送来午饭。这时，父亲吃饭已相当困难。下午，侄儿和我女儿都来了，父亲还跟他们说了话，还很明白。5点多，我爱人和我哥哥又都来了。

父亲最后跟我说的这两句话，我一辈子也忘不了。

7月6日清晨，父亲吞咽不好，呛了一下，呼吸一度停止。专家主任又紧急抢救一次，做心脏按压、人工呼吸，父亲才恢复了心跳。但他已不能自主呼吸，需要依靠呼吸机，夜间循环差，他出现末梢紫绀。

此后五天，病房主任连续加班加点，想方设法地用最佳药物尽力抢救父亲。可是7月11日清晨，父亲还是走了。那悲，那痛，不堪回首。

临送父亲去太平间前，我们几个孩子围在父亲身边大放悲声，一串串的泪，一声声的唤，父亲再也不能听见。

从此天上人间，再也不能相见。

这是一个让人无法接受，又不得不接受的残酷现实。

父亲去世后，报社张建星等领导、医护人员、家属、护工一齐向他的遗体告别，都流下了发自内心的难舍难离的哀痛的泪水。

父亲在文艺界、新闻界、出版界的新老朋友，他的同窗同学，他在大院和学湖里的老邻居，他的学生，他的读者，在7月酷暑为他送行，祝他一路走好。

从北京专程赶来的七十多岁的康濯和田间伯伯的遗孀——王勉思和葛文阿姨，望着父亲的遗像，感慨良多。两位老人回忆起我父亲与康濯、田间伯伯的战友情谊，挥笔写下《唱孙犁》——

　　生死与共老战友

　　宽怀豁达为师表

　　朗朗笑声留人间

　　丰硕华章嵌大地

冀中大平原
赞美你辗转争战
太行山河
细听你说《红楼梦》
一生系笔生光彩
图绘了一个文艺战士憎与爱

仿佛那爽朗笑声还留在人间，仿佛他——一个身背背包、腰系墨水瓶的文艺战士，还昂首大步行进在冀中平原。王勉思老人说："文如其人，他为人如文章般纯朴，他是一个高尚的人、纯洁的人。"葛文阿姨说："不哀不挽应该唱，唱孙犁。"

著名书法家王学仲手拄拐杖，亲送挽联。他年高体弱，头上沁汗，双眼滴泪，泣不成声，读不成句。他说："因为下雨，我写了荷风荷雨荷花淀。"

老剧作家赵大民和妻子、女儿赵玫一同前来吊唁，对我们说："他是我们两代人的老师。"

社科院邢广域同志提着一个篮子，里面装着九个鲜桃，颤着声音说："孙老，咱家乡人民给您选了九个大久保桃，留在路上吃吧！"

一个普通读者，读父亲的文集达八年之久，很敬重父亲，冒着烈日，骑了一个多小时的自行车赶到灵前，说柳溪同志在河间养病，打电话让他来，说："他的死，绝对是中国文学界一大损失。"

风尘仆仆从山西沁源赶来的青年作家杨栋说："我在家设了灵堂……"说着，眼圈红了。

三个很精神的文学青年（两名编辑、一名律师），站在父亲的遗像前恭恭敬敬地行了个礼，转身对家属说："从小我们就读《荷花淀》，读孙犁的作品已有十几年，每一本小册子都让我们感受到了美，他的作品写得真好！我们永远怀念他。以前没有机会见到他，但今天了却了一个心愿，在他的灵前表达了我们对他的热爱。"

灵堂前，父亲的作品紧贴着他的遗像，紧贴着持心爱书卷的手。那是一双一生紧握着笔，风里也来得雨里也去得，倾情播撒真善美的手；那是一双在风雨烈日中扶犁执耰，辛劳换得五谷丰的手；那是一双秉锄育苗，心泉润得小树青的手……

遗体告别的那天上午，家属们坐着报社安排好的车辆到总医院"起灵"，亲属再一次一一下跪。8点半，人们从总医院赶往北仓公墓殡仪馆。告别仪式前，市领导接见了家属。我看到从安新县赶来的人们，正在父亲遗体周围安置大朵大朵的荷花、荷叶。一下子，我仿佛进入了一片净土荷花的淀塘，进入了神仙世界。

这些来自安新县政府、政协的工作人员及老乡，满怀深情，连夜从白洋淀采摘了几百朵新鲜的荷花、荷叶，开了三个多小时的车赶到市里，将美丽摇曳的荷花莲叶和翠绿的松枝柏叶摆放在身覆鲜红党旗的父亲四周，苍松品格、菡萏精神，更增添了人们对他的无限哀悼、敬仰与情思。

我无法描述当时生离死别、泪如雨下、撕心裂肺的心情，那悲、那痛不堪回首，与慈父从此阴阳相隔，天上人间，再也不能相见，除非相逢在梦中……

父亲，您对儿女的无微不至的牵挂，今生今世带给我们的父爱春晖、人间真情，化作鲜红的血液，渗透于我们的心田，给我们以温暖，给我们以力量，给我们以永恒的感动……

人淡如菊，大道低回；

烽火走来，一生颠沛；

素朴刚正，晚华不辍；

耕堂扶犁，独鹤与飞。

辛勤育苗，桃李芳菲；

谦谨一生，不吹不擂；

亲情如金，慈爱如晖；

瓣香心忆，荷露如泪。

2022 年修订

辑 四

耕堂故交

同窗之谊寄飞鸿

在父亲友人写给他的信中有这样一句话："您就是因为总是为别人想得太多，为自己想得太少才生病的。"我觉得这话说得一点也不过分。我大姐也曾跟我们说过："咱爸这人最真诚了，让谁都过得去！"父亲格外善良，凡事总是替别人着想，让别人过得去。跟他处事，他总是宁愿自己吃亏，也要让人温暖，让人快乐。善意真诚，近之若春。

在与老同学邢海潮长达几年的通信交往中，父亲始终以平等的地位真诚相待。邢伯伯历经坎坷，比我父亲小几岁，晚年妻、子皆丧，孑然一身。他有一胞弟名邢江潮，退休家居；有两个妹妹均为庶母所生，一居台北，一在贵阳，数年才得一聚。自古是"穷在闹市无人问，富在深山有远亲"，邢伯伯经济条件不好，孤单得很。属弱势群体的他，时常自惭事业无成，愧对学友，但父亲告诉他，自己会的也不过是雕虫小技，为衣食谋生，意在打消他的顾虑。父亲还回赠邢伯伯一幅字，其中有"大味必淡"四字。邢伯伯误将"大"字认成"六"字，后来查了资料才知道自己认错了字。在给父亲的信中，他埋怨自己"读书不多，故成笑柄"。父亲马上回信说，"因为我写的那个'大'字很像'六'了，所以兄才认为是'六'字，不足异也"，主动"承担责任"。对于邢伯伯为友人向父亲提出的要求，父亲能帮尽量帮。对父亲而言，那来自县城的粗糙简易的信封信纸，丝毫不会影响他们同窗情谊在衰暮之年的承续。他将所有来信按时间顺序捆扎平整，仔细保存，数量为他与友人通信之最，他十分珍惜与这位普普通通的孤独的老同学的情谊，而许多名气甚大的作家、编辑的约稿信，他并不保存。冬天点炉火用了，一捆捆的。

1988年，邢伯伯诗兴大发，曾写《偶成》一绝，寄至天津。诗云："少年意气何足论？蹭蹬中原怨宿根。三十七年浑一梦，茶香片片慰惊魂。"

1989年6月27日，邢伯伯在给父亲的信中写道：

6月23日明信片于6月26日到。吾兄眷念故友，情意深挚。弟铭刻难忘。所说从事一些业余工作，弟有此心意，也有余暇，惟吾兄代弟筹划为是。

1992年5月23日，邢伯伯复信父亲：

　　自1989年初与兄恢复联系，以迄今兹，兄惠赠书札凡45通，弟均妥善保存珍藏，视同拱璧……数年以来，蒙兄不以庸樗见弃。多方诱掖慰勉，奖饰荐拔，并惠寄书册现金，抬爱优渥，感激莫名。兄实乃弟晚年之最大支柱也。

表达了自己内心对学友的感激之情。

1992年7月13日，邢伯伯又在信中写道：

　　7月9日大札昨日奉到。弟意志薄弱，思想上殊欠坚定，每接奉兄函，便悚然得以振作，兄已成为弟之精神支柱，兄之教导足可奉为圭臬，所以炎夏过后，仍盼针对弟弟庸陋，多赐教言，俾资遵循，切毋见弃，是幸是感！

1993年2月，父亲给老同学寄去一套《孙犁文集》，邢伯伯10月复信：

　　此间亲友皆表示敬羡……弟亦深感荣幸。

邢伯伯曾在给父亲的一封信中这样评价自己：

孙中山先生将世人分为圣、贤、才、智、平、庸、愚、劣八等，弟属于庸愚之列，浮沉一生，毫无建树，消耗粮食一百吨之谱，言之滋愧。现已垂老，壮志消尽，唯有与故交通信谈叙心曲或翻阅一下书报，以慰寂寥而已。……弟近数年来，亦曾几次萌发轻生念头，想赴杭州自沉于西子湖中，了却残生。但此种念头常在脑际自行辩争，认为屈原于公元前278年自沉汨罗江系忧愤国事，进行尸谏。王国维于1927年自沉昆明湖，乃为了效忠满廷，殊失民族身份。老舍于1966年自沉太平湖则是受到迫害，感到生不如死，寻求解脱。我如自沉而死，则说明意志薄弱，徒然惹人耻笑，所以没有草率从事。在兄之督责之下，仍应坚强地生活下去……

这都是邢伯伯向自己老同学倾诉的心声。为了帮助他摆脱生活中的苦恼和经济上的困境，又了解到他文笔相当好，父亲把自己熟悉的朋友、编辑一一介绍给他，鼓励他老有所为，振奋精神多投稿，让精神上有所寄托，改善现状。

1993年4月25日，邢伯伯写了一封信寄父亲，告诉学友：

因事外出十五天，4月23日下午返回邢村，弟江潮告诉我，天津孙犁汇来人民币一百六十元，从汇款单附言栏中知悉乃孙兄在《长城》杂志发表书简稿费之半数。弟深感兄之惠受，但有"踧踖不安"的心情。

邢伯伯曾给父亲的同人、朋友郑法清、张金池、达生，还有《今晚报》《天津日报》等投过稿，张爱乡女士曾给他写过信，嘱为《人民文学》副刊写稿。后邢伯伯写成《回忆与孙犁同班学习的岁月》一文，挂号寄张女士转投。父亲知道了很高兴。

1995年3月，邢伯伯在《河北日报》上发表了短文《回忆岳父冯国锠》，文中写道："与爱妻冯女士的白净俊逸、纤丽文雅相对比，岳父却是魁梧挺拔、威仪棣棣的一副军人风采。他虎背熊腰，方面大耳，发音敞亮，声若洪钟，两目炯炯放光，威武逼人。"文字简练，却形象、生动，引人关注。

有一次，父亲在书房很高兴地跟我说："邢海潮的文笔很好呀，他是旧北大毕业的，写东西有底子，编辑们都夸他写得好呢！"

经父介绍，邢伯伯越战越勇，愈写愈出彩，多篇稿件寄往《今晚报》，像《费祎之死》《论孙权其人》均在《今晚报》上刊发。

1992年7月27日，《今晚报》刊载了邢伯伯写的与戏剧历史知识有关的稿件《项羽与吕布》。8月19日，邢伯伯将这一喜讯写信告诉了父亲。

1993年5月10日，邢伯伯写信告诉父亲：

弟已于昨日（5月9日）移居赵县西关，系租住檀姓征君家一间大东屋，自炊而食。这样比寄住邢村舍弟家较宁静，寄信购物也方便，读书写文均可安心。张爱乡女士受郑法清君之托，曾送来书籍数种。嘱为校正讹字，即可动手办理。

　　邢伯伯后获邀为百花文艺出版社审校古籍数种，曾得七百多元酬金，对他的生活不无小补。

　　父亲住到我哥哥家后，我去看望他时，曾带去邢伯伯与徐光耀伯伯的信件。邢伯伯与徐光耀伯伯非常挂念我父亲的身体，日夜悬心。我也带过《新民晚报·夜光杯》送给父亲的报庆纪念品——紫砂壶，很小，但很精美。

　　如果让我用两个字来评价家里人，那爷爷就是"忠厚"，奶奶就是"刚毅"，母亲就是"贤惠"，父亲肯定就是"善良"……

　　父亲是我至今见过的最善良的人，在他去世后，这种感觉更为强烈了……

　　力所能及地帮助身边的人，在他是屡见不鲜的事情。有很长一段时间，父亲的工资都是二百一十六元。虽然在报社只是编委，可他的工资比总编、社长还高。因为家里人口多，负担重，父亲生活很俭朴，也没有买房置产，一直住在单位宿舍。小同窗受诬落难，流放新疆时，他赠书赠币；朋友因政治、历史问题落魄潦倒时，他多次借钱资助；友人因病去世，家庭生活有困难时，他寄钱给友人遗孀、家属。他捐款给天津市少年儿童基金会，捐款给安平县办学；他接济乡下亲戚，帮助四个子女。他将辛辛苦苦用心血脑力挣来的为数不多的稿费，大部分上交国家作为党费，少部分存在银行几十年不取。不理财、不投资、不享受，把能买房子的钱存成了买电视机的钱。但他也舍不得给自己添一台电视机，两千多一台，他嫌贵，后来还是我大姐给他买了一台彩色电视机。他的存款大部分也相当于支援了国家建设。

2012 年

父亲与梁斌伯伯

1995 年夏天，父亲病重，住进市内一所有名的医院。早晨，我提着篮子前去看望，送一些生活用品。一进病房，父亲就很郑重地对我说："刚才你梁斌伯伯坐着轮椅来了，你代我去看望看望他吧！他很关心我。他和你方纪伯伯的病房挨着，住在二楼。"

推开一扇白色的门，有一条极小的过道，里面房间不大，却洁净明亮。一位四十多岁的女特护坐在靠墙的椅子上，聚精会神地注视着吊瓶。梁伯伯正躺在床上输液，身上搭着一条旧毛巾被。

我向梁伯伯说明来意，转达了父亲对他的问候和挂念。老人眼睛有些潮润，半晌无语。心有灵犀，一切尽在不言中。过了一会儿，梁伯伯招呼我坐到他床边，关切地问起我父亲的病情。我一一告诉他。他略有沉思，将四楼病房的一位主任介绍给我，说："这个人医术不错，也负责任，有事可找他。"接着，他又询问我父亲吃饭的情况，介绍了自己平日喜欢吃的几种食物，其中特别提到海参，说海参高蛋白低胆固醇，有营养，吃了长劲儿，他常用海参炖肉吃，让我学着给父亲做。他又指着床边木桌上的一瓶药，让我记住药名，说让我父亲也吃一些试试，他服用过一段时间，胃口很不错。"得溜达，得活动，光躺着不行。我每天在阳台上来回走十几趟，在屋里就用健身器。"梁伯伯指指特护身边那个纸箱，说那里面就是他健身的器械。他还跟我说他每天都写毛笔字，练书法也是修身养性。

虽然是躺着，可梁伯伯说话时底气很足，双目炯炯有神。我注意到他的头发虽然极短，也很稀疏，但黑发还不少，两颊微微红润，牙齿也不太残缺。特别是呼吸顺畅、精神健旺，身体情况比上次我见他，要好得多呢！

几年前，也是在这家医院，我和爱人带着营养品去监护室看望过梁伯伯。不是探视时间，也不敢多待。老人气喘得厉害，四周围着监测仪器，左一根管子，右一条塞绳，我很紧张，可老人弯着腰低着头一个劲儿地说："我不要紧，我不要紧。"还一直问我："你爸爸怎么样？你爸爸怎么样？"弄得我心里酸酸的。这是一位多么坚强的老人啊！想着、关心着的都是旁人。梁伯伯十几岁就参加革命了，历经千辛万苦写就《红旗谱》，教育了几代人。他身上体现出的革命者风范，让我由衷钦佩。

接着，梁伯伯又说方纪伯伯的病房就在旁边，方伯伯腿不好，他常过去看望。我已经很多年没见过方伯伯了，但知道他在"风沙摧毁了花树，粪便污染了河流，鹰枭吞噬了飞鸟"的"文化大革命"中九死一生，知道父亲曾为方伯伯的文集慨然作序，也知道父亲在"文化大革命"后的集会上，见到行走不便的方伯伯忍不住流下了眼泪。我也知道母亲曾对父亲和方伯伯说过："你们就像兄弟一样。"我善良贤惠、兰心蕙质的母亲，虽是不识字的农村妇女，可她的话语和我奶奶的一样，是父亲创作的源泉之一。想到"文化大革命"前，父亲、母亲对梁伯伯、方伯伯热情款待，"文化大革命"后，母亲离世，方纪伯伯残疾，便觉往事不堪回首。现在梁伯伯和方伯伯能紧挨着住在一起，倒令我在难过之余有几分安慰，两位患难与共的老战友，可以"以文常会友，唯德自成邻"了，也如同杜甫诗云"行色秋将晚，交情老更亲"了。

我怕影响老人休息与治疗，起身告辞时，还在想过些日子再来看他老人家，顺便去看看方伯伯。谁承想，这竟是我们最后一次会面！一年后，八十二岁的梁伯伯走完了他不平凡的人生历程。

父亲与梁伯伯的友情，可以追溯到20世纪30年代。1938年春，他们在烽烟战火的冀中相识。那时，父亲刚刚参加革命，到河北蠡县组织人民武装自卫会。梁伯伯是蠡县小刘庄人，当时已在县里冀中区新世纪剧社任社长。1941年，父亲从阜平——这块号称"穷山恶水"但给他留下许多美好记忆，写下《山地回忆》

的地方，回到冀中平原，参与编辑《冀中一日》。从那时起，父亲与梁伯伯的接触逐渐多了起来。1943年，父亲在繁峙县境内坚持了三个多月的"反扫荡"，在战争的间隙，曾翻越了几个山头去看望梁伯伯。1946年，父亲又到蠡县，那时梁伯伯已为县委宣传部长。梁伯伯愿意父亲下到蠡县的刘村，还特别让村干部在生活上照顾我父亲。这些在郭志刚、章无忌教授夫妻合著的《孙犁传》和父亲1978年8月所写《善暗室纪年》中都有记述。

1994年4月18日，正值梁伯伯八十诞辰之际，天津市隆重举行了庆祝梁斌同志从事革命文学活动六十周年学术研讨会。父亲满怀激情地向老战友发出贺电，对他半个多世纪以来在文学事业上取得的辉煌成就，表达了衷心的祝贺："亲爱的老战友，请接受我对您的祝贺吧！"

漫漫人生路，悠悠战友情，父亲和梁伯伯都是"为革命而文学，也可以说是为文学而革命"的"同时代的人"，一个笔势健举、黄钟大吕，一个如诗如画、清新俊逸；一个红旗漫卷谱壮歌，一个荷花映日奏雅曲。虽然写作风格不同，性格也有差异，但他们同从冀中平原走出，同怀对民族的炽热之情和对文学的赤子之心，又都恪守古人"友直，友谅，友多闻，益矣"的交友之道。他们半个多世纪的友情，经受住了时间的考验，得到了历史的证明。

关于和梁伯伯的友情，父亲在《书衣文录》中也有记载。在一个冰天雪地的冬日，父亲持杖"谨步慢行"一个小时，应邀与梁斌伯伯共进午餐，"所陪客皆1938年所识，抚今思昔，不胜感慨"。由此，我想到了1993年《长城》杂志上刊登过的一张梁斌伯伯的近照。梁伯伯身穿蓝色中山服，一手拄拐杖，一手扶桌角，坐在父亲的藤椅上，笑容可掬，神清气爽。这是他在父亲前前后后居住了三十七年之久的大院老屋留下的珍贵瞬间。经历了"文化大革命"，离开大院三年的父亲，在政策落实后重回故地，已是物人皆非。梁伯伯腿脚虽大不如前，仍常来找父亲，或围炉促膝交流感情，或阳台乘凉回首往事，安抚、慰藉彼此的心灵。

我印象最深的一次是1994年夏天，父亲手术后在家中静养。梁伯伯和杨循伯伯相约来家看望。这时父亲已搬至楼房，听到楼下的招呼声，我急忙和做饭的杨阿姨跑下楼，一人一个把他们搀上来。梁伯伯一边费力地脚踏楼梯，一边问长问短聊家常，简朴得如同乡间的老农，平易得如同慈祥的父亲。

回想起来，在我很小的时候，就见过梁伯伯。不高的个子，结实的身体，常常面带笑容。隐隐约约记得，父亲牵着我的手，坐上三轮车来到一排青灰砖瓦陈旧的二层楼，那房间又小又简朴，是梁伯伯在天津最初的居所吧？记得父亲带着我和哥哥，应邀参加《红旗谱》庆功宴，几家人谈笑风生，小孩子们则解了嘴馋；记得父亲把刚印好的《红旗谱》给我看，我躺在床上连夜一口气读完，后又陆续看过《播火记》《战寇图》……

父亲曾在《夜思》一文中，写过这样一段文字：

古人说，一死一生，乃见交情。其实，这是不够的。又说，使生者死，死者复生，大家相见，能无愧于心，能不脸红就好了。朋友之道，此似近之。我对朋友，能做到这一点吗？我相信，我的大多数朋友，对我是这样做了。

其实父亲和梁伯伯都做到了。父亲为人真诚，但不善交际，有时甚至"憨愚"，可熟悉他的人都知道，他是一个"心比嘴热乎"的实诚人、忠厚人。更可贵者，他从不在朋友危难之际落井下石，反在朋友落魄之时给予雪中送炭式的帮助。

父亲的文学故友，近年来已痛失十几位之多。噩耗传来时，我从不敢告知病中的父亲。一转眼，梁斌伯伯已去世五载，写到此处，忆及老人的音容笑貌，依然令我哀思无限，泪眼迷离。

有时我想，卧床五年之久的父亲，已不能像从前那样清晨即起，"面壁南窗，展吐余丝，织补过往"地写下《远的怀念》《回忆沙可夫》等情真意切的怀人之篇，也不能如过去一样手握心爱之笔，坐在藤椅上，伏身案头"借抒悲怀"，记下《大星陨落——悼念茅盾同志》的铿锵韵语。这多么令人心痛！但我知道父亲不会忘记青春伙伴，他的心弦永远弹奏着真诚的礼赞。

我也为自己曾传送过"把青春献给了祖国和人民的解放事业"的两位老作家——"红旗"与"荷花"的战友情，感到自豪和宽慰。

2001 年

父亲与刘绍棠

　　我从来没有见过作家刘绍棠，只见过他的信，见过他送给我父亲的书，见过报上发表的他写我父亲的文章。他对我父亲写的《远的怀念》印象极深刻，在生命最后的日子里，他还渴望恢复行走能力，能健步如飞到天津与我父亲相聚畅谈⋯⋯

　　又是5月春深，阳台上的太阳花又盈盈地绽放生机。蓦地，父亲与著名乡土作家刘绍棠以文相交的情景，又浮现在我的眼前，牵动着我的思绪⋯⋯

　　记得父亲在耕堂书桌前曾这样对我说："都说我培养过谁谁谁，其实，人家的稿子一来就能用，就挺好，怎么能说是我培养的呢?!"

　　说这话时，他刚搬入楼房一两年，写作的间隙，他坐在南窗桌前的藤椅上，吸着烟，微笑着回忆久远的往事。

说这话是因为我当时工作的单位新创办了一份小报，我兴冲冲地要改行当编辑了。考虑到我的实际情况，父亲不太愿意我半路出家，他劝了劝我，见我主意还挺正，就没再坚持。他知道我工作还是很努力的，干得也不错；又是在带着两个孩子的情况下，上完了人大函授新闻专业，一直喜欢写写画画。他特别细心地教给我："不要给人家乱删乱改。"还告诉我，"我就不怎么给人家改！"

父亲坐在藤椅上循循善诱地说着，我就坐在一旁静静地听。他的呵护、他的关心、他的牵挂、他的教诲，温暖着我的心。我没有多问，所以一直不知道这"谁谁谁"到底指的是"谁"，也不了解为什么父亲当编辑，却不怎么给人家改稿。直到写这几篇关于父亲的稿件，我感到了压力，感到了责任，仔细阅读了父亲的有关作品后，我才发现，其实父亲和我说过的许多话都被他写在了文章里。我知道了"成活的树苗"，当然也就知道了"谁谁谁"指的是刘绍棠与从维熙"刘、从二君"。更重要的是，我从中真切地感受到了父亲"不贪天功，掠人之美"的求实本色，不以师长自居、不以园丁自诩的谦虚态度。

至于为什么"我就不怎么给人家改"，那是因为父亲进城后一边当编辑一边搞写作，更能设身处地地为作者考虑，更能理解作者"敝帚自珍"的心理。他视作者如家人，视他们的稿件如远方兄弟的信件，他是能不删尽量不删，能不改尽量不改，不削足适履，也不越俎代庖，更不因除草而错拔苗，尽量保持作品原貌。他能做到即使删除一个字或添改一个字都反复斟酌，照顾文情，力求与作者文心相印。

关于刘绍棠，父亲最难忘1951年那个不寻常的夏季。虽然在《〈刘绍棠小说选〉序》中，父亲很自然地将他们最初的文字之交"从略"了，但我仍从《大运河之子刘绍棠》一书中，了解到丝丝缕缕如烟往事。

从河北文联大院接受了正规培训的"神童作家"刘绍棠回到家乡，等着通县潞河中学开学，他先后给父亲寄来短篇小说《暑伏》与《完秋》。1951年9月、10月，两文先后在《文艺周刊》上发表，他很快就收到了急等的够交开学后饭费的两笔稿酬。父亲编刊物只看稿子不看人，很少向名人约稿，总是守株待兔，等候青年人来稿，而稿件的质量是取舍的唯一标准。刘绍棠虽小小年纪，稿子写得却不一般，乡俗、人物、景色，描摹得相当生动，词汇丰富，下笔汪洋恣肆，俨然田园牧歌。父亲不仅立即刊登，而且连续刊登，并给刚刚十五岁的小绍棠寄去充满鼓励与期望的信。后来，刘绍棠陆续在《文艺周刊》上发表了十万字以上的文学作品，直到1957年那场政治风暴骤然而降才终止。

"没有孙犁同志作品的熏陶，没有孙犁同志对我的扶持，我是不会写，更写不好的。"若干年后，从1949年3月24日创刊的《文艺周刊》这块苗圃成长起来的从天津走向全国的刘绍棠，满怀深情地如是说。

诚如刘绍棠所言，他与我父亲并无太深的交往，他们是君子之交淡如水。他非常喜欢我父亲的作品，常常给自己的孩子诵读《风云初记》《铁木前传》中的精彩篇章。他一生只见过我父亲四次，交谈时间也非常短，一共不过四十分钟。他们没在一起吃过一顿饭，没有一次倾心长谈，也没留下一张成功的合影。这在刘绍棠心中留下了深深的遗憾。

　　父亲与刘绍棠最难忘的一次会面，是1978年初冬的那个夜晚。"文化大革命"后，父亲应好友、诗人李季之邀，到北京开会。在虎坊桥旅社，他见到了由于历史原因二十多年未见的"刘、从二君"。他们都经历了凄风苦雨，乍一相见，如在梦中。见刘、从二君历经人生磨难、风雨锤炼，依然俊秀挺拔、沉着深思，父亲高兴得不得了。他很激动，出于爱才、惜才、护才的好意，他向刘绍棠提出了简要而率直的三点意见，刘绍棠刻骨铭心，视之为创作指南。他们走后，父亲前思后想，辗转难眠。

　　对刘绍棠，父亲自称是"有求必应""有催必动"的。他为刘绍棠的小说写过序，为他的《蒲柳人家》写过《读作品记（一）》，还因他写过《关于"乡土文学"》。父亲对刘绍棠有赞誉，有商榷，有讨论，有告诫，有期望，还有中肯的批评。他们之间的交往平淡而真诚。

　　1993年5月，刘绍棠特作《喜寿》与《一个有风格的作家》，分别发表在《天津日报·散文园》与《光明日报》副刊上。父亲的好几位友人亦在报刊上撰文赋诗，以示庆贺，为父亲简朴的八十寿诞增添了喜庆氛围。刘绍棠虽因病不能亲自来天津，但他请郑恩波与段华两位同志转达了他对父亲的敬忱。父亲桌上那本大红封面的《古寿千幅》书法集，寄托着他的盛情与良好祝愿。我细读了他的文章，为他"敦于旧谊"的多情重义深深感动；翻看了他送给父亲的四册作品，为他的才华与高产暗暗称奇；对他在蹉跎岁月中的坚韧不拔，与家乡人民结下的鱼水之情深感敬佩。

从 1976 年开始重操旧业的父亲，已经写作并出版了九本小书，封笔之作《曲终集》却因一场重病不得不推迟。1993 年 6 月 24 日，父亲是以一名战士的姿态和勇气，迎接随之而来的生死搏斗的。记得术前那个早上，父亲衰弱地躺在病床上，对报社领导高声地讲了这句话："今天天气很好，大家车也很顺，我很有信心打胜这一仗！"

在我眼里，父亲书生模样，拥有文人气质、战士情怀。"希望总是在我的前面"，他曾在诗中写过这样的话，也在生活中实践着这句话。6 月 28 日，父亲握力渐强，精神很好，还关心地问起家中的龟背竹与小盆景，告诉我应怎样养。8 月，父亲回家调养，稍能握笔，便写信给关心他的友人，以解"不胜系念"之牵挂。刘绍棠便是其中之一。

1993 年 9 月 25 日，刘绍棠从北京前门西大街寄给我父亲一封信，全文如下：

刘绍棠给孙犁寄来的信件

孙犁同志：

收读您的来信，看到您的字写得还像过去一样坚实有力，心情激动而又欣慰。八十老人，大病手术之后，几百字竟无一处颤笔，说明您的身体恢复得极好。主治名医说您将跨世纪长寿，绝非诳语。

我半身不遂已经五年多，目前继续小有改善。不过，仍然行动不便。外出开会或参加活动，必须老伴儿伴随，还得有服务人员"前呼后拥"照顾。给人添麻烦，我于心不忍。今生我不大可能到天津看您去了。另信挂号寄呈我今年出版的长篇小说《孤村》和随笔集《如是我人》。还有一本《红帽子随笔》已经付印，明年见书。每本书的扉页上，都有我的近照，就算我见到您，您看见我了。您多次托人给我捎话，叫我不要激动，我在创作上已知注意节奏。但是，最近接连出席反腐败斗争会议和座谈会，发言又慷慨激昂，怒发冲冠，散会后身心十分倦乏，今后定要调节情绪。

敬祝

大安！

绍棠

1993.9.25

鲁迅先生112周年诞辰

1997年3月，刘绍棠先生英年早逝。我立即代父亲给他患难与共、相濡以沫的贤惠妻子曾彩美女士寄去慰问信，对刘绍棠先生的不幸离世，表示了最沉痛的哀悼，希望她与家人节哀并多加保重。刘绍棠去世的噩耗，我是一直瞒着父亲的，怕他知道后难过。这年的5月，忆及往事，有感于刘绍棠多年来恪守师生之礼，对我父亲情深义重，有感于他"我以发愤和愤发，表现我的'死不了'（野花）的生命力和乐观进取精神"，我写了《五月太阳花》，记叙了他与我父亲的可贵情谊和他在创作上的成就，作为对这位大运河之子苦难与辉煌并重、奋斗与硕果共存的曲折人生的祭奠与怀念。

太阳花是"死不了"的又一名称，激昂、坚忍、奋争、灿然。父亲很喜欢它，在阳台上用一个大瓦盆一年四季种着它。

1999年，在又一个5月到来之前，父亲又见到了从维熙、房树民二人，见到了他们的文集，见到了他们金秋季节的丰硕果实，见到了那束由于历史的原因，迟开了近四十二年的鲜花。看到他们从昔日的好苗，历经风霜雨雪，长成了参天大树，看到年轻人从自己这"低栏"跳过，在文坛上载歌载舞，父亲由衷欣喜，倍感慰藉。

从与刘绍棠、从维熙、房树民以文相交之始，慧眼识珠的父亲便对他们这一代青年作家怀有一种热烈的感情与希望。这种感情与希望是以鲁迅先生为楷模，具有强烈的民族责任感的，是以

维护、珍视、捍卫现实主义文学的战斗传统为基础的。父亲对他
们的培养与扶植是没有私心杂念，不求回报的。这一感情与希望
是父亲心中的一块芳草地，他愿从心泉流出的澄明纯净没有污染
的小小尺泽，能滋润一片浅草、几株小树，能为四时路过的春燕
秋雁、山羊野鹿解渴供饮。为了这个真诚、善良、美好的愿望，
父亲默默地付出了许多。桃李不言，下自成蹊。这种感情与希望
将牢固地伴他一生一世，永不更改，历尽征程。

2001年

父亲与侯军的一段忘年交

报界才子——"纪荃"

1987年以前，我住在多伦道208号，离父亲家很近。后来单位分房，我交了这间不向阳、四家共用水管的条状房屋，搬到了王顶堤邮电宿舍一楼。为了离父亲近点，我又通过报社换到了报社宿舍府湖里一个小中单，面积五十多平方米。

我家楼上住着一位年轻的新闻工作者，时任政教部主任，专写新闻要闻，三十多岁，他就是侯军。他常骑辆旧二八车，穿衣不怎么讲究，为人低调。开始时，我们见面也不说话，后来我听说这个年轻人特别能写，便主动向他约稿，希望他能为我负责的《天津邮电报》副刊写点东西。没想到他一口答应了。1991年，他以"纪荃"为笔名在副刊连载《书信见大千》，在邮电系统轰动一时，广受好评，后来还在全国邮电报评比中获得了专栏奖。那一篇篇逻辑严谨、富于哲理的千字文，显示了作者通晓古今、挥洒自如的敏捷文思。他还为我们邮电报撰写过《青鸟颂》与《鸿雁情》两篇散文，感情真挚，文采斐然。

那时候，我一边编副刊一边练写稿，写了十来篇。由于向侯军赠报，侯军还给予过我热情的鼓励，在工作上给了我很大的帮助与支持。那时为了工作，除了联系本系统的基层作者们，我曾不揣冒昧，向许多熟悉或不熟悉的作者约稿，其中不乏一些名家，张雪杉、姜维群、陶家元、陈新、耿文专、宋安娜、孙秀华、彭莱、石磅等前辈与友人都热情地给我责编的副刊写过稿件，画过插图，帮过忙。那时一篇千字文或一幅插图，我们报社给的稿费仅十五至三十元。我知道这些出手不凡的作者，之所以写这些精美的大大提升了副刊质量的小短文，除了有对企业报社的热情支持，也有对父亲的一份敬慕之情，对于这点，我十分清楚，且永远都不会忘记。

"报人孙犁"之研究

侯军与父亲的文缘，始于他对父亲早期的两篇报告文学作品的研究以及他对"记者孙犁"的研究。侯军十八岁进日报当记者，二十多岁时便得到父亲的肯定与支持。

1984年，主编《天津日报·报告文学》专版的侯军写了一篇《试论孙犁早期报告文学中的阳刚之美》，想请父亲过目，就给父亲写了一封信。父亲非常重视他的研究成果，而且"非常感动"，对他的孜孜探索、对他发现的新的风格要素，给予了超乎作者预料的肯定，认为这是一篇"使人快意的文章"，并将亲笔签名的《老荒集》赠予他。正是父亲的热情肯定，让侯军立下了当一名学者型记者的志愿，让他摒弃干扰，潜心笔耕，心无旁骛地"读书做学问"。

1986年，在首届孙犁作品研讨会上，基于自己的研究成果，年轻的侯军率先提出了一个全新而又大胆的观点："孙犁先生不仅是一位卓有成就的作家，而且是一位卓有成就的记者和报人。如果评论界只专注作家孙犁的研究，而忽略了作为记者和报人的孙犁，那就难以窥得孙犁艺术之全貌……"在反映不一的情况下，父亲当即给侯军写了一封信，公开表示支持与鼓励，认为侯军发现了他人没有注意到的方面，自己的文学创作与新闻工作确实不能分开。

后来，侯军在父亲书信的帮助下，解决了写作中亟须破解的几个疑问，又顺利地写出了《报人孙犁及其新闻理论的再发现》这一重要论文，刊发在《新闻史料》上。父亲阅读后当即又写信给他，给予热情鼓励。

之后意外发生的一件事情为侯军的新研究带来了良好的机遇。

1990年，有一件喜事让父亲既高兴又激动，那就是他在"周围是炮火连天的，生活是衣食不继的"条件下，认真写作的一本小书《论通讯员及通讯写作诸问题》被重新发现。

　　1939年，父亲从冀中平原调到阜平山区，分配到新成立的晋察冀通讯社。10月，在阜平县的大镇城南庄——通讯社所在地，二十六岁的父亲在院墙残破、油灯微弱的条件下，激情满怀、热血沸腾、广征博引、纵论中外，写下了被称为是他"真正的青春遗响"的供通讯员学习的小书。该书出版于1940年4月，32开，55页，是晋察冀边区《抗敌战报》最早铅印的图书之一。此书现存于北京图书馆（新）善本书室，书号sc6006。虽第7、12、17、19、25、39各页字迹不清，但弥足珍贵。此书名义上由晋察冀通讯社集体讨论而成，实际上完全由父亲一人所写，共分四章，并有前记和后记。

　　1990年5月27日，飞鸿入芸斋，喜鹊报喜来。曾任故宫博物院副院长的父亲的老朋友陈肇伯伯，给年近八十的父亲寄来一封短信，告诉给他一个天大的好消息：

　　　犁公：

　　　　报告你一个好消息，几十年来未曾找到的你在通讯社写的那本《论通讯员及通讯写作诸问题》，今天在北京图书馆找到了（不是原本，是翻印本）。他们可供复

制，可供抄写。你考虑一下，用什么办法复制下来？祝
健康！

陈肇伯伯的信，带给父亲巨大的惊喜。父亲与陈肇伯伯自抗
战伊始，便结下了深厚友情，他们朝夕相处，患难与共，这是陈
肇伯伯在生命的最后阶段又一次对老战友倾尽心力的帮助。他和
我父亲都是晋察冀通讯社的最初成员，也参加过这本小书的集体
讨论。来信时，陈肇伯伯已是"久病之人"。几个月后，他就离
开了人世。1990年11月22日，父亲"闻君之讣，老泪纵横"，写
下《记陈肇》，说他"从不伸手，更不邀功"，"辛勤从政，默默
一生"，由衷赞美了这位多才多艺又与世无争的老战友。《记陈
肇》成为父亲回忆友人文章中重要的一篇。

据我二姐在写给父亲的信中介绍，小书的发现，很大程度上
还归功于一位名叫曹国辉的老同志，是他在参加晋察冀文艺研究
会查阅其他资料时，偶然发现了这本小书。当时他六十出头，早
年在晋察冀日报社做校对工作，与陈伯伯一起，临退休前在盲人
印刷厂任厂长，后从事一些晋察冀文艺研究的工作。

我二姐为了此书的复制不辞辛苦，经过各种各样的繁杂手
续，从查阅到拍照、复印，共计填写了七次申请。当她终于见到
这本被放置在一个长方形小木盒中，底下衬垫着红丝绒的小书
时，心脏不禁一阵狂跳。几番奔波、忙碌，二姐于6月26日赶乘

火车把复制品亲自送到了父亲手中。父亲心中充满了对女儿的感激。这本小书的回归，在父亲看来，就像找回了失散多年在外流浪的孩子。1990年7月2日，父亲写的《一本小书的发现》发表在《大地》副刊上。在文中，父亲表达了他喜出望外的心情，表达了他对善本书室、曹同志、肇公和女儿的感激之情。

有关此书的文章发表后，北京现代文学馆负责人杨犁同志即托刘慧英带信给父亲，告知北京现代文学馆中亦有此书，这真是无独有偶之喜讯。后刘慧英女士又为我父亲复印了一本，较之北图本更清楚一些，父亲很感动。他收到书的日子是1990年7月12日晚，天气炎热，可他抑制不住内心的喜悦，即刻装订好，反复翻阅。1990年7月26日下午，父亲又写了《〈论通讯员及通讯写作诸问题〉校读后记》一文，特别指出："它是我在写作《文艺学习》一书之前，对我的文艺思想和文艺理论的一次初步的系统的检阅。"对此书梦寐以求之情，溢于言表。

对于这本诞生于抗战烽火中的"新闻理论"著作，《天津日报》的领导也非常重视，总编辑亲自点将，要求曾提出"记者孙犁"这一论点的侯军，担当起研究这本重要著作的使命，在短期内写出一篇专题论文。侯军愉快地接受了这个任务，他认真梳理研读了全书，做了详细的读书笔记，并就研讨过程中的几个关键性问题，向父亲写信求教。父亲写了一封长达六页稿纸的回信，一一解答了侯军的问题。

经过一个多月的挥毫奋战，侯军写出了《报人孙犁及其新闻理论的再发现——兼评失而复得的新闻专著〈论通讯员及通讯写作诸问题〉》这篇一万字长文，发表在1991年12月《天津日报》新闻研究室出版的《新闻史料》上。侯军下大气力，反复查阅资料，了解历史背景、相关作品，以精到的眼光、多方的论述、丰富的素材、深厚的笔力高度评价了这本早期新闻理论的"开山之作"在党的新闻事业中所占的特殊位置，以及它至今难以估量的新闻理论价值和新闻史料价值，扭转了长期以来对"记者孙犁"研究的薄弱局面。时至今日，侯军的研究成果仍处领先地位。

芸斋的会面

1992年5月，父亲过生日时，侯军撰写了一副寿联，请我转送给父亲。上联是"兰为伴、菊为伴，欣清气盈窗增鹤寿"，下联是"笔有情、墨有情，化书香满室慰文宗"。起初他用素宣书写这副寿联，字大、联长，他很不满意。后来他大概是想更吉庆一些，便又请书法家陈连羲用大红洒金纸写就。父亲很高兴，还写了一封信让我转交给侯军，以表谢意。

芸斋，这简朴而又雅致的房间，这并未装修的书房兼会客室，靠墙的是一对又小又旧的沙发，沙发后的对联是这样的："文章耐寂寞，点点疏星映碧海；白发计耕耘，丝丝春雨润青山。"（王昌定先生书）书柜上的兰花，靠窗半旧的写字台，尤其是书柜上面父亲亲自书写的"大道低回"，墙上悬挂的古香古色的"耕"字匾，竹子图案的蓝布窗帘，室外那一簇簇气势雄伟如瀑布般倾泻、充满生机的绿色爬山虎，无一不给侯军留下深刻的印象。在他心中，这就是一处"圣地"。他来此，有种"朝圣"的感觉。老人的文学成就，侯军了如指掌；老人的文品、人品，他由衷敬仰。"孙犁六十年的道路，是光辉的业绩，是无可取代的。他的出现，实在是我们一代人的幸运"，他曾在文章中，这样表达自己的感受。他不仅自己来过芸斋，还陪着报社同人来过好几次。父亲对青年后进倾注的无私的热情与关怀，侯军亲身切实体验过；父亲孤独寂寞的生存状态，他无比关切，亲眼看见过。他觉得在天津这座码头城市，他的心与这位晚年创作力旺盛、身体又那么瘦弱的老人离得那么近，在精神上永远不能分开。"春风化雨，广泽文苑"，令侯军深有感触，亲有体会。

1993年1月，侯军赶赴深圳。他怕行李太重，毅然放下了一些生活用品，却带走了多年来苦心购置的父亲的大部分作品。他觉得见书如见面，鼓励就在身边耳畔，且方便随时研读，如有心得，也能及时向父亲汇报。父亲在芸斋语重心长的教诲——"年轻时多留下一些文字的东西"，也就如同刀刻斧凿一般留在了他的心田。这些金玉良言，如同春天的种子，经历时间的风雨，终是开花结果。

孙犁书写的"大道低回"横幅，
下面是他的书柜

1993 年 8 月 3 日，在深圳的侯军又致父亲一封信，告诉他自己在津期间参加了天津日报社组织的"孙犁研讨会"，并略陈管见。那天正是父亲的手术日，当晚从我爱人处探知手术十分成功，侯军与妻儿禁不住额手相庆。"自南下深城，日日悬念于您，于您的病况，电霍静同志探究，得知恢复良好，实感欣慰，正所谓吉人天佑，中国文坛之幸事也"，他表达了自己对父亲的不尽牵挂之情，但愿父亲善自珍摄、精心调养、早日康复，期待父亲在自己主持的副刊上，发表病后新作。

1994 年，看望过父亲后，侯军写了《大道低回独步文山——老作家孙犁探访记》，一是向南方的读者报一下父亲平安的消息，二是转达父亲对岭南老友的问候，当然也写出了父亲为人为文的精神境界。1996 年春节前后，侯军曾给父亲写过一信：

孙犁先生：

您好！

我从深圳回津，想去看望您，因为很久没有听到您的音讯了，甚是惦念。听晓玲大姐讲，您近来身体不太好，很少见客，我就不去打扰您了，只要您知道有一个远方的学生时刻关注着您、为您的健康祈祷，也就够了。

父亲也很赏识侯军的文学才华及他的自学精神，因为父亲自小也是从"圣处一灯传，工夫萤雪边"过来的。父亲曾跟我说，侯军二十三岁时便在全国新闻系统的职称统考中一举夺魁，翌年被评为全国自学成才先进个人。据说当时试题中有一个问题是《芙蓉诔》中贾宝玉在祭谁，很多人答不上来。对于熟读《红楼梦》的侯军而言，这篇寄托了曹雪芹无尽愤恨与哀伤的祭文，许多句子他都背诵得出，所以很轻松地写出了答案——晴雯。父亲也很喜爱曹公笔下晴雯这一美丽、刚烈、正直、清纯的形象，同情她如一盆才出嫩箭的兰花被断送在猪圈里，怡红院挑灯补裘的情节父亲能全段背诵。《山地回忆》中的"妞"、《铁木前传》中的"小满儿"，吵架时伶牙俐齿，性格有些泼辣刚烈，不禁让我想到曹雪芹笔下的女性。这一老一少，皆有"红楼情结"。

　　一个普通工人家庭出身的孩子却有那么好的古文功底，精茶艺，懂绘画，并对摄影、书法、音乐等艺术均有涉猎，写过不少艺苑名人，真真难得。我和侯军的母亲很熟，有次在楼外碰到，我忍不住问她："您的两个儿子都这么有出息，您是怎么教育他们的？"老人自豪地告诉我："从小爱学习呗。"听说侯军小时候就写过小说，有"神童"之称。

　　记得二十多年前，我在天津人大函授新闻班不脱产学习。同时参加函授的侯军，三年间只来过一次，好像是取学习材料。他专注地坐在前排听了一会儿课，一字不记便悄然离去，而他的学习成绩门门是"优",真叫人啧啧称奇。有一回班里公布古代汉语的成绩,有四个人得"优",有侯军,有班长刘树功,再仔细一看,我竟然也得了"优"。能和自学成才的状元考出一样的成绩,让我这个一开始连"导语"都不知为何物,纯业余通讯报道员的自卑情绪顿时减少了不少,兴奋了好几天。

父亲去世时,侯军身滞南粤,工作难以分身,便嘱其母向我表示慰问,他和妻子又分别打来电话吊唁。侯军在电话中追忆了我父亲对他的教诲与期望,说到深情处哽咽难言,泣不成声;后又作《遥寄文星》一文,把埋藏在肺腑的尊崇、敬仰、感恩之情倾诉给驾鹤西行的老人家,与友人共送"平生德义人间颂,终身文章举世吟"的挽联,并写挽诗一首:"报海失灵槎,文坛陨巨星。曲终人不见,万古仰高风。"他还盼望有机缘多写一些纪念文章、书籍,以报答父亲对他的栽培与厚爱。

直到现在我还能接到侯军和他妻子及其爱女乐乐的贺年卡片。

晓玲大姐:时常怀念相聚的时光,新年将至,请接受我们从远方发出的真诚祝福!

虽是简短的几句话,也让我心里暖意融融。

不忘教诲之情

多年来，侯军一直未忘记父亲对他的"教诲之情"，坚持读书、做学问、办报纸。到深圳不久，他便写了大量有独特感受的散文，如《体味离别》《祖母的拐杖》等；还陆续出版了《收藏记忆》《读画随笔》等二十多部作品。如今他身份多元，是深圳报业集团副总编、高级记者，深圳大学兼职教授，也是著名的文艺评论家、散文作家。他是从《天津日报》走出的文化精英，一直不忘故土，勤于耕耘，在《天津日报》上发表过《大贤门下立雪迟》等文章。2010年，他被《天津日报》评为年度最佳撰稿人。

2011年11月5日上午，在静海县团泊新村，我又见到了侯军，这里恰巧是他的原籍。在百忙之中，他作为嘉宾专程从深圳赶来参加"2011孙犁报纸副刊编辑奖"颁奖大会。天津日报报业集团、中国报纸副刊研究会诸位领导和十几位全国政协委员、报业老总、作家以及周海婴先生都是"孙犁报纸副刊编辑奖"的发起者和倡导者。侯军作为中国报纸副刊研究会副会长，多年来，每逢有会必侃侃而谈设立此奖项之迫切性和重要性。得知这一奖项获上级认可批准设立后，他难掩兴奋激动之情。2011年7月19日，在接到我寄给他的《布衣：我的父亲孙犁》新书后，他写了一封信给我，特别提到"这件事意义深远，以作家姓名命名的奖项，属全国性的只有鲁迅、茅盾、曹禺、冰心等三五人而已，新闻类奖项亦仅有邹韬奋、范长江两个。孙老一辈子编副刊编杂志，堪称楷模的典范。以他命名文艺编辑大奖实至而名归，也是天津文艺界、新闻界的一份荣光也。我为此而深感骄傲，并为曾鼓呼一阵而倍感荣幸，相信大姐及全家也会高兴的"。

至今我还记得，十八年前侯军离开津门远赴南粤时，托我送给父亲的那首充满深情的《留别孙犁老人》中的诗句："大贤门下立雪迟，老树参天护幼枝。遥望文星悬皓夜，恭聆泰斗启神思。高洁常作兰竹伴，淡泊堪称后世师。辞行未敢惊白鹤，临窗三叩青衫湿。"

我想，寂寂芸斋的父亲看到这首诗时，是伤感的。如今，九天之外的他若得知多才多艺的同行侯军在写文章、办报纸的同时，还一直在做学问，笔耕不辍，硕果累累，一定会倍感欣慰，由衷高兴。

2012 年

书写"大医精诚"

父亲爱看报，爱剪报，一天也离不了报。

除了自己的作品，他也会将报刊上喜欢的诗句、文章剪下，如瞿秋白烈士的《狱中诗七首》，吴小如先生的《〈西洲曲〉臆解》，等等。"如果人有灵魂的话，何必要这个躯壳！但是，如果没有的话，这个躯壳又有什么用处？"民族脊梁、革命英烈瞿秋白在狱中题在照片上的话，想必是父亲极为看重并作为格言与警句的。

鲁迅先生肝胆照人的诗句，更是父亲一生之最爱。父亲老年时，仍像小学生那样从报纸上恭恭敬敬地剪下先生的诗句，写成书法，赠给友人和热爱文学的年轻人。

20世纪80年代末，父亲那儿有赠阅的《开卷有益》这本医学杂志。有剪报习惯的父亲，曾将其中之首页加以剪存。这页上有唐朝名医孙思邈《备急千金要方》中的要言，并用"大医精诚"四个字做题目，其内容为：

> 凡大医治病，必当安神定志，无欲无求，先发大慈恻隐之心，誓愿普救含灵之苦。若有疾厄来求救者，不得问其贵贱贫富，长幼妍蚩，怨亲善友，华夷愚智，普同一等，皆如至亲之想。亦不得瞻前顾后，自虑吉凶，护惜身命。见彼苦恼，若己有之。深心凄怆，勿避峻巇、昼夜、寒暑、饥渴、疲劳，一心赴救，无作功夫形迹之心。如此可为苍生大医，反此则是含灵巨贼。

在医著中专门辟出一个章节讲医德仁术，孙思邈可算是第一人。父亲曾给我看过这段内容，并说："'大医精诚'这几个字派上了用场。"他写下这四字，送给了哈荔田先生以示谢意。

哈荔田老先生是天津名医，出身中医世家，师承施今墨。自小侍医于父亲哈振冈，当地人称"小哈先生"，20世纪30年代即悬壶津门，50年代任天津市卫生局副局长和天津中医学院院长，医术精湛，博采众长，热心教学。至今天津中医药大学第一附属医院二楼的门诊大厅中还挂着他的照片及简历。他是中医界楷模，风范长存。

哈荔田老先生的一个女婿和我是同事，我在党办，他在局办，很熟。

有一天，他在图书馆见我面露疲惫，人很憔悴，便热心介绍我去哈老的寓所看病，说他岳丈每周三在家有义诊。机关的一位老大姐，还有办公室的打字员也去那儿看病！我找了个不太忙的上午，寻到一宫后面那座三层小楼，在二楼见到男女老少坐了满满一屋子人。

哈老先生是回族，自幼喜读经书，身躯魁梧，相貌堂堂，双目如炬，声如洪钟，待人亲切。他坐在一个上铺台布的圆桌前，亲自诊脉，由坐在一旁的儿媳——妇科名中医开方。我只喝了十来服汤药，不贵也不苦，身体就大为见好，两个月后验血，指标就都正常了，我很高兴。再去他家时，我给老先生买了些时令鲜果示谢，老先生连连推辞，反而又送我一瓶人参酒让我带给父亲。我知道父亲已多年不喝酒，但他的心意我难以推却。我告诉父亲后，坐在写字台前的他马上让我送哈老一本他亲笔题签的作品。这薄薄的一本书，让哈老爱不释手，他谈笑风生，并请我转告父亲给他写幅字。他的屋子里挂着几幅名人字画，有孙其峰先生的花鸟，还有梁斌伯伯的墨宝。

父亲得知后，很快便攒足了精神，用大毛笔饱蘸浓墨，一气呵成写下"大医精诚"四个大字。我对书法一窍不通，不懂柳骨颜筋、颠张狂素。我常见父亲在屋子里小学生般临帖、练字，极为认真。写废的纸塞在纸篓里，一团一团的。这四个字之大在父亲的书法中很少见，毫锋所至，遒劲朴茂，端庄大气，哈老见了极为高兴。父亲告诉我，在准备为哈老写条幅时，他思考了半天，不知究竟写些什么好，恰好手头有孙思邈这段话，觉得很合适，便写了这四个字。遗憾的是，哈老请人裱糊时字洇了，他让我转告父亲，请他重写一幅，并用天津中医学院专用的信笺写了一封信：

孙老：

前承赐字非常感谢，因裱功不慎有辱尊幅，殊歉，希再渎清神重赐条幅，不胜感激，再烦。

祝安吉。

哈荔田上　八九年三月四号

父亲知道书法被裱洇了，连连自责道："我使的墨不太好。"父亲有几块好墨，要不就送朋友了，要不总是存着舍不得用。原想重写一幅，但父亲的身体明显已不如先，手抖，即使倾心竭力也很难再写成那么大的字了；加上他赶写稿件，超负荷工作，精力不够，就耽搁了一些日子。真是天有不测风云，人有旦夕祸福，一向身体不错的哈老先生，竟因拔牙引发心脏病骤逝。他的去世，让我们和敬仰、爱戴他的许多病患，极其震惊与哀痛。我和爱人急备祭礼前去吊唁，家属婉言谢绝了，说哈老临终前特意嘱咐子女不收病人礼品。后来我读了哈老孙女哈悦写的《不老的人间——写给我的爷爷哈荔田》才知，哈老发病的前一天还为二十六名病患进行了义诊，耐心而细致，为他们送去希望。

事情虽然过去了很多年，但哈老先生在坐得满满的自己洁净的房间里为普通老百姓义诊的情景；在自己吃饭的圆饭桌上铺一块桌布，为病人细心诊脉开方的情景；在自己睡觉的大铜床上为病人认真做检查，一点不嫌弃病人的情景，实在让人难以忘怀。他对病人满腔热忱，视如亲人，处处为病人着想，为众多老人、妇女、儿童解除病痛之苦，却分文不取，有时还向他们赠药，真是可歌可泣，已成津门绝唱。

哈老先生在天津有几十位"铁杆粉丝"，他的家搬到哪儿，病人就追到哪儿，对他的医德医术赞不绝口。哈老尤擅妇科、儿科，曾几次进京为中央首长的家属治病。在海河边的独门小院，我亲眼见到年轻的患不孕症的妇女，满面羞红地给他送喜糖，向他报喜讯。哈老只是拈须微微一笑，很是谦和。真乃大医也！我也曾亲眼见他为行动不便的患儿诊治，极其怜爱，那心痛的感觉就如亲爷爷一般。

有一次天气特别炎热，哈老在小院里临时摆上桌子开诊，病人都在地下室候诊。院子里有一葡萄架，成熟了的紫红色玛瑙葡萄挂了数串，引人垂涎。哈老诚心诚意地问我："你爸爸吃不吃葡萄？要吃我送给他！"说着就要动手摘果，我连忙道谢阻止了。

1987年8月20日，哈老先生还为我父亲诊过脉，并开了十天的中药。他让父亲每天上午吃半剂附子理中丸，每天下午吃三分之二的藿香正气丸，均用白开水送下。宜服用，又平和。

哈老和父亲相互敬慕，心有灵犀。他们待人一视同仁，不分贫富贵贱，都有仁爱之心。

因为同住天津，父亲没有给我写过信。我因生病了两回，一个多星期未能去看望他老人家，所以给他写过两封信，让他别惦记。父亲倒是给我写过一张字条，让我帮他办点事情。长不过半尺、宽不过几寸的一张纸片，犹如一通尺牍，令我珍藏。

晓玲：

　　北京有人捎给我一块砚台，交给《八小时以外》编辑部。杨香桥的女儿哈悦在《八小时以外》工作，你给她打个电话，看她知道不知道这件事，叫她给问问，在谁的手中，我们想法去取一下。

父

杨香桥是杨循伯伯的二女儿，也是哈荔田老先生的儿媳妇，还是我二姐孙晓森在天津实验小学时一同住校的同学，跟我姐很要好。香桥姐曾对我说："我公公特别喜欢你们两口子。"按照父亲的要求，我去找了香桥姐。香桥姐非常热情地将找来的包着报纸的砚台给了我，还送给我两本《八小时以外》杂志，我即刻送到父亲那里。父亲在这方砚台的包装盒上题了字。原来此砚系《南方日报》的卢昆先生所赠，先被送到北京，搁置两个月后捎到天津，在1994年年底到了父亲手里。卢昆先生系《南方周末》的副主编，后调《南方日报》文艺部工作。《南方日报》拟于1994年年底在广州举办"当代中国学人书画展览"，故卢昆先生于9月份寄信家父，恳请赐字。父亲便寄去一张条幅，不想意外得到此砚。砚台为新红木，上有黎铿题"端溪砚"字样，砚形上窄下宽，顶端雕梅花五朵，枝头跃有一鹊，父亲取名为"鹊梅砚"。

　　大约是"文化大革命"前不久，哈老也给住在大院的母亲看过病。因为这件事，父亲特意请天津日报社一位特别能办事的搞后勤的同志帮忙买了一份礼物送去，以表谢意。送去前，这位绰号"万事能"的同志特意将礼物拿到我家让父亲过目。只见年轻力壮、身手麻利的他，蹲在木板地上打开一个草编蒲包，里面是几十个个头很小，颜色鲜丽，在当时十分名贵的四川小贡橘。这种橘子个头虽小，但皮薄、汁多、核少、味甜，价格不菲。现在这种橘子到了深秋时节在市面上多能见到，但在五十多年前的北方却十分罕见。父亲、母亲双双站在外屋，仔细观看包蜜橘的情景，他们脸上露出满意笑容的样子，回忆起来，似乎很远，又仿佛很近。杏林春暖，岐黄济世，父母对哈老先生的那份情意，深深地刻在了我的脑海之中，父亲对老伴儿的关怀与呵护同样让我难以忘怀。

父亲还特别感谢1993年夏指导弟子为自己精心手术的中西医结合治疗急腹症的专家、中科院院士吴咸中教授，送给他自己的签名作品，还曾向我称赞吴咸中教授配制的中药特别管用，感谢他的医德医术使自己能于手术后复出，顺利地跨越2000年，进入新世纪，又为读者奉献出新的作品。

"年逢八旬动刀兵，心腹顽疾一朝清。养精漫步跨世纪，蓄锐争当百岁翁"，这是吴咸中教授于1993年端午送给父亲的诗，喜贺父亲手术成功，并祝他健康长寿。父亲的学生陈季衡曾将此诗恭恭敬敬地抄录成楷书，镶入镜框，置于父亲书房。

父亲在天津市第一中心医院做胃部手术前后，大姐、二姐、玉珍姨轮流在医院值班，照顾父亲饮食起居，哥哥则负责与大夫们交流确定治疗方案，嫂子管送饭，我看家，也管送饭。有一次，我坐在套间外屋的沙发上，恰巧桌上有纸与笔，就将该院上报市里的两份报告抄写下来。内容如下：

一、6月28日报告

治疗小组认为：（1）孙犁同志术后恢复尚好，遵照昨日的专家会诊意见，今日给予"大承气冲剂"，辅新斯的明穴位注射，促进排气。（2）在胃管给药后可试行闭管，为早日拔管做好准备。（3）心电监护改为定时，每日不少于四次监护，以利孙犁同志床上活动及夜间睡眠充分，并加强特护观察，以防意外情况。（4）静脉高营养治疗过程顺利，无并发症发生。

特此呈报

天津市第一中心医院

1993. 6. 28

二、术后第五、六日病情报告

T36℃，R17次/分，P60次/分，BP120/70mmHg，一般情况良好，生命体征平稳。仍有轻咳，痰量不多。手术伤口平燥，愈合尚好。昨日术后已排气，腹部不胀，拔除胃管，试饮水后无不适。

今日专家会诊之见，孙犁同志今日开始进流质（稀释无糖牛奶、豆浆、米汁、果汁、水等），密切观察进食情况。同时继续使用抗生素和静脉高营养治疗。

上述意见已落实，特此呈报。

上报：建国同志、市卫生局、天津日报社

天津市第一中心医院

1993. 6. 30

由此可见，不论市里、卫生局，还是天津日报社的领导，对父亲的病情都极为重视。

记得市领导李建国副书记、肖怀远部长及报社领导邱允盛等，在父亲手术前后都来病房看望过他。有几次父亲精神很好，正值我去看望，就跟我说："听说把一位八十岁的老人治好了，北京有两位，一位画家，一位水电部副部长也要到天津做手术。你说这社会效益有多大。"说完，他笑了。父亲还不知道，这位新进病房的病人就是天津著名山水画家赵松涛先生，他也不知道我是见过这位先生的。大约是1987年，由于我要为《人民邮电报》写一篇《天津十二位著名文艺工作者联名赞绿衣使者》的稿件，曾专程去科艺楼采访，访问了著名京剧演员丁至云女士，著名山水画、人物画画家赵松涛先生，那时他的夫人还健在。

因为同守病人，在医院休息室，我还见到了吴素秋女士——我小时候看过她的演出。赵松涛先生的儿子告诉我，吴素秋女士是他父亲的后老伴儿。

手术后，排气非常重要，这关系着胃肠是否通畅。卧于病床的父亲特别高兴地告诉我："昨天排了气，吴大夫配了大承气汤，这儿的大夫又给了两支开塞露，很解决问题。"我听了高兴极了。父亲又说："导管脱落后，我这么侧、那么转的，居然自己排出来了，解决了一个大难题。今天已经到椅子上活动了！"他还告诉我："我是怎么同意动手术的呢？当时吴大夫告诉我，我要是不做手术也会很痛苦，要呕吐，那很痛苦。"父亲特别欣喜地说："邱允盛社长跟他说'吴大夫第一步让您跨世纪，第二步到百岁，说您的肝像六十岁的，肾、胰都很好'。"听了这话，父亲心情可好了，说话也多了。那些日子，他的精神状态就像一名时刻准备上战场的战士，手术前他告诉报社的同志："今天天气很好，大家车也很顺，我很有信心打胜这一仗！"手术后则说："回去告诉同志们我很好！"与在家时的精神面貌大不相同，对战胜疾患充满了信心。

父亲出院后，在儿女陪伴中静静休养了一段时间，就又慢慢开始写作了。在《天津日报》上发表的长篇文字，令他的友人们非常高兴，甚至有点出乎他们的意料。正如徐光耀先生在给他的信中写的那样：

……您看上去并不算很强健的身体，生命活力竟如此强劲，无以名之，只能叫作天意吧。很好很好，以后我们又可以每年看到您一本集子了。

2012 年修订

谢晋来访

　　我住的地方与父亲的住所相距不远，过一条马路，再穿过一片楼群就到了。在这条小路上来去数回，熟悉得不能再熟悉了。途中那几树碧桃、几株海棠，开了又谢，谢了又开，是我往返奔波途中必看的风景。

　　1992年，一个阳光灿烂的夏日，给父亲做饭的杨姨有事请假了，我就比往日去得早了一些，先给父亲弄好早点，待他吃过后，我又到旁边的独单去准备中午饭。

　　10点多的时候，我听到一阵杂乱的脚步声，似是有人进了偏单。我轻轻推开偏单的门，一个意想不到的场景映入眼帘，我又惊又喜。我看见谢晋导演坐在离父亲很近的一张旧式木凳上，父亲则背对南窗，坐在写字台前的藤椅上，正精神饱满、声音洪亮地与客人侃侃而谈，像是在发表自己的见解，从容而富有激情。谢晋导演一边望着他凝神细听，一边在放置于膝盖的笔记本上做着记录。他身后的小沙发上，坐着陪同前来的一位工作人员，此外还有两位摄影记者或蹲或站，不时地摁下快门，闪光灯噼里啪啦地响。见他们谈兴正浓，我不便打扰，便退了出来。

我在独单一边择菜，一边琢磨谢晋导演为什么到我家来。当时我还不知道他是来天津赶拍反映智障儿童生活的电影《启明星》的，更不知道他是在紧张的拍摄间隙，专程来拜访他所敬重的老作家的。我当时想，是不是因为父亲的作品要改编成电影？可是父亲说过，他的作品不适合改编成电影，情节简单，戏剧矛盾冲突少，很难弄好。前几年，也曾有几拨电影界人士来商谈，父亲均兴趣不大。而且他一直认为原著与电影相比，后者属于二度创作，与原著已是"各行其是"了。

在我印象中，父亲极少出门看电影。20世纪50年代，家里有了电影票，都是我和二姐去看。父亲在多伦道大院住时，倒是对我说过年轻时喜欢阮玲玉演的进步电影，还剪过她的剧照加以保存。他还称赞过电影《红旗谱》中朱老忠的扮演者崔嵬（他也是这部戏的导演），说起过自己的学生潘文展曾主演《翠岗红旗》。比起看书，父亲看过的电影真是屈指可数，寥寥无几。他觉得《安娜·卡列尼娜》这部电影倒还忠于原著，再现了列夫·托尔斯泰的小说以心理描写取胜的风格。父亲对肖洛霍夫的小说

《静静的顿河》相当喜欢，可电影中虚假的布景，令他大失所望。那几棵向日葵孤孤单单、东倒西歪，不像是长出来的，倒像是插上去的。我想，一贯强调艺术必须真实才有感染力的父亲，一定不愿看到当时已几近干涸的白洋淀，再现并不茂盛的苇丛荷花。至于改编电影脚本，父亲更不感兴趣，他自知这是自己的"弱项"，他有过不成功的经历。

我一边想着，一边做饭。

父亲与谢晋谈话的时间不算短，看来聊得挺融洽的。大约11点多了，听到偏单有开门声，我急忙走了出去，只见谢晋导演笑容满面，正用双手拦着父亲，执意不让他往外送自己。一方面出于对客人的礼貌，一方面想让父亲回屋休息（也怕他感冒了），我立即上前寒暄几句，代父送客。

那天我穿得很旧，又是白发添双鬓，谢晋导演没准儿把我当成了保姆，便问身边的记者："这是他什么人？"背摄影包的年轻小伙子介绍说："是闺女。"谢晋导演脸上立即漾起笑容："我很崇拜您的父亲！"他面对着我，真诚而又率直地说了这句话，我十分感动，立马回答道："我也很爱看您拍的电影。"谢晋又笑了。近在咫尺，我真真切切地看清了这位蜚声中外的名导演。他虽然年近七旬，却毫无古稀之人的老态龙钟，黑边眼镜的后面是透着睿智、机敏的双眸，略弯的乌发不驯地散落在前额，白色T恤洋溢着不老的活力。我送他们下到二楼，他们拦住不让再送，说还有别的事情就告辞了。令我吃惊的是，谢晋导演不是一步一步走下楼的，而是像那几位年轻人一样，"噔噔噔"地一阵风似的跑下楼的，一眨眼工夫就不见了。由此可以想见，他的工作安排是何等紧凑，工作效率又是何等之高！

虽时隔多年，我仍记得那天我送客回屋时父亲高兴的样子。过了几天，父亲把已经看过的有谢晋签名的《谢晋谈艺录》和《我对导演艺术的追求》这两本书送给了我。

父亲送给谢晋导演的两本书，也签了名，一本是《芸斋小说》，另一本是《耕堂读书记》。前者是回首往事，以切身经历书写情感体验，目的是"助于反思，教育后代"；后者是四十篇读书记的结集，深入浅出，别具一格。

读了谢晋导演的两本书，我才知道原来他也很爱看书，而且尤其喜爱文学名著《水浒传》《聊斋志异》，对《红楼梦》更是很有研究。

这三部文学巨著也是父亲喜爱的。《耕堂读书记》中便有《〈红楼梦〉杂说》一文。在我十几岁的时候，父亲便将人民文学出版社出版的精装《红楼梦》拿给我看，后来又把《红楼梦问题评论集》（三集）拿给我。他指着目录中林冬平的名字一点而过，告诉我："这是我写的。"题目是《红楼梦的现实主义成就》，林冬平是他的笔名。正是父亲的热情引导，我对《红楼梦》百读不厌，并有了用尼龙彩笔画金陵十二钗的业余爱好。

孙犁向谢晋导演赠送
自己的新作

孙犁带领谢晋导演
参观自己的书房

父亲与谢晋导演谈话时我并不在场，内容不得而知。我想，尽管他们从事的艺术门类不同，一位是用笔杆写作、与时代同呼吸共命运的作家，一位是用镜头写戏、写人、写人生的导演，但他们都是真善美的追求者、捍卫者、传播者，他们都是慧眼独具、善于发现新苗的当代伯乐，都有一颗炽烈的爱国忧民的赤子心，都是有真知灼见、有良知、有道德情操的优秀文艺工作者。他们的作品都给人以教育，给人以启迪，给人以警示。艺术是相通的，艺术创作的规律是不可违背的，所以他们会有共同语言，会有许多一致的见解，会谈得很愉快，很尽兴。

后来我见到的照片证实了我的猜测。父亲不仅和谢晋导演一见如故，谈了很多，还带他参观了自己的芸斋，合影留念。

回顾以往，父亲与谢晋导演，还真有那么一点缘分。20世纪50年代，父亲废寝忘食地创作出大量文学精品，但身体也受到了严重损害。他在北京一家医院治病时，正好赶上有摄制组在此拍电影。关在病房里的父亲闷得慌，好奇地走到拍摄现场，观看了一会儿拍摄过程。这一转悠不要紧，他立时下了这么一个结论：当演员要不厌其烦地听导演指挥，实在不如写文章自由啊！父亲还是"干一行，爱一行"的。他当时看到的正是谢晋执导经典影片《女篮五号》时的拍摄现场。我想，父亲一定会说起这次难得的晤面的，谢晋导演听了也许会哈哈大笑。

谢晋来访后，著名电影艺术家于蓝女士，也曾来父亲的寓所谈作品改编电影的事宜。父亲将此事告诉我，并说于蓝现在是儿童电影制片厂的厂长。我听后深感遗憾，因为我很想亲眼见见心目中的"江姐"。著名戏剧家、作家汪曾祺先生，在去世前不久，曾把自己关在屋子里三个月，改编父亲的作品，题目叫《战火中的荷花》，并定下由北京一位著名女导演执导拍摄。父亲生前与汪老先生并未见过面，也没有过文字交往。汪老先生去世后，这个电影就没有了音讯。我想尽管父亲小说写得诗情画意，但正如他生前预料的那样"不好弄"，他的作品很难拍得喜闻乐见，倒是汪老先生的一番努力，令人难忘。

2004 年

铁凝探视

2001年10月16日是晴朗的一天，阳光明丽。下午，离约定的时间还有20多分钟，我徘徊在总医院住院部的楼下，仔细打量过往的人。我没见过铁凝，只在刊物上见过她的照片。突然，鲜花店里的一位女同志吸引了我的目光，她正左右端详，仔细打量一盆花卉。穿着咖啡色上衣的她，看上去很年轻，留着齐耳短发，容貌清秀，气质文雅，我暗暗猜测：这应该是铁凝了。

她对花有很高的鉴赏能力，目光有些挑剔，似乎希望眼前这盆鲜花能更丰美艳丽。我立刻走进花店，一询问，果然是铁凝。

铁凝一边往外走，一边轻声细语地说："我不会忘记孙犁先生在写作上对我的帮助，自他生病，我一直想来看看，这次有机会到天津来，我一定要见见老师，了一个心愿。"

正说着，两位背包的男同志大步向我们走来，他们是《天津日报》文艺部的宋曙光和一位年轻的摄影记者。

事先，宋编辑将铁凝来天津并希望到医院看望我父亲的事，打电话告知了我，请我领她前往。要知道，在这以前，我从没带任何人去过医院。对于铁凝，我心里是熟悉的，她和我父亲早有书信往来。多年前，父亲曾送给我一张贺年卡，是铁凝亲手绘制的。贺卡上画的是一只引吭高歌的雄鸡，红冠、粉脖、灰身、紫爪、孔雀蓝尾羽，神气活现，生气勃勃，成为那年元旦我收集的贺卡中最有特色的一张。此外，父亲还曾将铁凝送他的《草戒指》《玫瑰门》等新作转赠给我。1993年，父亲病重时，我还去邮局取过铁凝从保定汇来的八十元稿酬，是《河北日报》请她转寄的。铁凝的《秀水》获奖后，我很为她高兴。对于铁凝想来医院看望父亲的事，我几乎没有犹豫，就答应了。

电梯停在十楼。一进病房，我就看见父亲已醒，面朝外侧着身子，一只手抓着床边不锈钢护栏，一只手握着一卷小毛巾（这是医院要求的，可以锻炼握力）。父亲穿的病号服的袖子显然有些短。当时我就想，今天穿的要是我给他买的那件薄绒蓝格新睡衣就好了，会显得儒雅文气。

前前后后，我给父亲送过好几件新衣服，还有新夹被、春秋被、枕巾、毛巾等。写作态度决定了生活方式，父亲与节俭为伴，朴素地生活了那么多年，毛衣袖子破了，还改过坎肩，住天津市第一中心医院时，我要给他买一条新毛巾，他都不愿意；如今他病势沉沉，我一定要让他里里外外换新。要是在家里，父亲没准儿会说我，有旧的他不爱用新的。现在是在医院，加上病重，父亲便没有说什么。穿上新睡衣的他还像孩子似的，用手指捻捻衣袖边儿，摸摸挺软和，穿上很舒服，还挺高兴。家里送来的两床小花棉被，他一年四季替换着盖在身上，不离胸前左右，时不时还用手摸一摸。

在他身上，盖有一床蓝底儿小红花的薄棉被，这不是医院的寝具，一定是家人为他缝制的吧，真的棉布里絮着真的棉花。仿佛孙犁先生仍然亲近着人间的烟火，也使呆板的病房变得温暖。

这是铁凝看望过我父亲之后，于2002年11月发表在《人民文学》上的《怀念孙犁先生》中的一段文字，一段令我读后难忘的文字，一段令我读过落泪的文字。

我们家乡有一句俗语："爹的恩情还好报，娘的恩情报不清。"对于我来说，爹娘的恩情都报不清，报不完。

我二十三岁时，母亲就离开了人世。因为与父亲相处的时间，比跟母亲生活的时间长一倍多，除了结婚后有几年离父亲的住处远了些，其余时间不是近在咫尺，就是仅隔百米。我们相互照顾，相互关心，感情极深。父爱无涯，他是这个世界上最疼爱我的人，我也是这个世界上最惦记他的人。他对我说过的每一句话，我都不会忘记，因为在每一句话的后面，都有令人感动的亲情。父亲不爱说教，言语不多，看似冷峻严肃，内心却是滚烫的，感情是真挚深厚的。

那天上午我刚来过医院，下午又来，父亲定会有所不安与担心。为了让父亲思想上有准备，下了电梯，我三步并作两步，抢先走近父亲床头，缓声告诉他："爸爸，铁凝看您来了。"

话音落地，铁凝已站到父亲的病床前。父亲看到铁凝，并一眼认出了她。"你好吗？我们很久没有见面了。"父亲神态平和地说。

他们已有二十年未见。二十年前，铁凝为给韩映山带一封信，与李克明第一次走进我父亲居住的大院。之后的一两年，她或与友人一起，或单独拜访，又见过我父亲两次。前三次会面，她见到的都是戴着套袖，温厚、俭朴、待人亲切的老人；而今第四次见面，却是在病房里。

铁凝觉得老人一定用尽了全身力气，才从瘦弱的胸膛里，发出这样洪亮的声音——这真挚而又艰难的问候，令她永生难忘。父亲与铁凝握了手，他的另一只手，始终放在护栏上。这不锈钢护栏，展现了父亲骨子里的与生俱来的坚强，他常常利用护栏顽强地锻炼臂力。

"我一直想来看老师。河北的老同志，徐光耀等都问您好！"铁凝望着久卧病榻的老师，又难过又激动地把这句话说出口，心里顿时轻松了不少。

父亲关切地说："坐下。"铁凝便坐在床头那张有半圆椅背的木椅上。紧跟着，父亲又问铁凝："你爸爸好吗？"铁凝立刻大声应着，说着同样问候的话。

那一刻，我真的很惊讶，看上去时常昏睡的父亲，此时竟如此清醒，思维如此清晰，问答如此礼貌谦和、细微周到，完全不像在重病之中。

我特意告诉父亲："铁凝现在是中国作协的主席了，工作繁忙，还惦记着您（我觉得他不一定知道铁凝现在肩上的重任）。"父亲答应："嗯。"这表示他听明白了。我又告诉父亲："铁凝到天津百花社领奖来了，明天就回去了。"毕竟父亲说话不是很清楚，我怕铁凝听不大懂，尽量帮他们沟通。

铁凝很谦虚地解释着这次来津的目的，对自己获得的荣誉一带而过："是《小说月报》的一个奖项……"后面几句我没听清，我站到床那头去了，让开了地方。父亲又回答："嗯。"这表示他又听明白了。他的耳朵不太背，一般稍大点的声音他都能听见，但视力已不如以前了，故身边的小马蹄表换成了挂钟，挂在了病房的墙上。此时，那挂钟就在铁凝的身后，嘀嗒嘀嗒地响着。

铁凝又说："这么多年没见，我一直盼望着见到您。"她的心

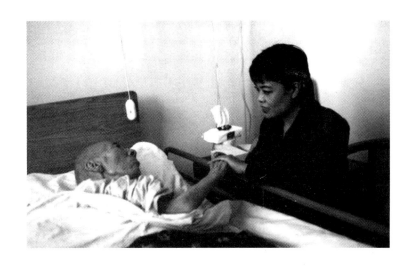

铁凝到医院探视孙犁

底永存着对老师提携奖掖的感激。

父亲听后默默无语，仿佛回忆起了逝去的时光，回忆起了那个充满灵气的"素质好、有修养、有超长之处"的小女孩。一开始她写得就挺好，《哦，香雪》那清泉般的境界，那插上翅膀般出色的想象力，让父亲赞叹不已。尤其是她作品中的天籁——语言清丽透明，对农村场景的描写惟妙惟肖、行云流水、无滞无碍，父亲特别喜欢。他自叹写女孩子不如她。如今看到她的成长，看到她的进步，听到她的成就，慰藉的暖流温暖了父亲沧桑的心。

铁凝进病房后，她带来的那盆精挑细选的鲜花，被护工接过去后放在了窗台上。考虑离得远，父亲不一定看得清，千万莫辜负铁凝前来探望的一番盛意，我便凑近父亲说："爸爸，铁凝给您带来了一大盆花。"

护工赶紧把花端过来，铁凝就势端给父亲看。这时，发生了一个小插曲，吓了我一大跳。那位摄影记者见铁凝端起鲜花，便不失时机地迅速抢拍。由于他太敬业了，只顾选角度按快门，冷不防地将病床挤歪了足有半尺之多。我的心一下子提到了嗓子眼儿，护工也有些着急了。没想到父亲竟没在意，仿佛什么事都没有发生。

这时，宋编辑走上前去问候了父亲，父亲也与他握了手。病房气氛一直很好，父亲一直很和蔼，很温和。最后，他对大家说："回去休息吧!"于是，我们就一块走出了病房。

铁凝刚出病房，便停住了脚步。她把头向后微微扬起，屏住一口气，使劲张了张眼睛，因为只有这样才不会让盈满眼眶的泪水流出来。她的这个调整情绪的动作，给我留下了深刻的印象。"他吃饭怎么办?""脑子是否受到了影响?"在等电梯时，铁凝低着头，若有所思地问我，语气中充满了关切之情。我告诉她，我哥哥每天按时送来两顿饭。父亲记忆衰退，恐怕和长期吃安眠药有关。宋编辑说："老人这次说话多，底气也足，声音挺大，很久没有这样了。"我立刻颇有同感地说："今天说的话真不少。"在电梯里，宋编辑又对铁凝说："晓玲最近写了关于她父亲的一系列文章，反响很大。"铁凝听了很高兴，脸上露出笑容。我赶紧说："我写得不行，不是干这个的料儿。"我没有信心写好摆在我面前的这个大题目。那时我考虑更多的、付出体力更多的，是照顾父亲的生活起居，保证他的营养，不敢有丝毫懈怠，心老是揪着，身心极为疲惫。我对身边的铁凝说："你才是干这个的料儿。"铁凝很体谅地说："不干这个也好，没有压力。"并请宋编辑日后将载有我作品的报纸也寄给她看。铁凝还说："我记得老师不太愿意让人拍照的。"我说："是那样。"

生活中，父亲拒绝录像、拍照的事很多。记得父亲曾对我说，有一回，外地电视台的一群壮小伙子，扛着摄像机都到门口了，还带着朋友的介绍信，父亲仍执拗地把人家打发走了。他在天津市第一中心医院住院时也说过："我这个人有两个特点，一是不愿意照相，二是绝对不上电视。"

青年作家杨栋写给我父亲的七言诗，生动地描述了他卓尔不群、大道低回的人生轨迹：

人生能历几沧桑，砥柱中流一耕堂。

笔是投枪专刺鬼，身为战士勇拓荒。

一缕春风能化雨，八卷文华有异香。

羞煞俗世营营辈，自榜大家自封王。

出了住院部的大门，铁凝主动提出："大姐，咱们照张相吧！"于是，以草坪为背景，我们合影留念。铁凝还非让我站到中间。临别，还特意提出用车送我回家。

其实，不论是父亲的友人、学生，还是报社的领导、文艺部的编辑，很多人都来医院看望过我父亲，给他送过各式各样的凝结着祝福与祈愿的鲜花。病房窗台上，每一盆鲜花都让我感受到了浓浓的敬意。

我带铁凝探视了父亲，她了却一个夙愿，我也目睹了这段美好的师生情谊，宛若欣赏了一曲"尺泽"之歌。

2004 年

铁凝与本书作者孙晓玲合影

父亲与李之琏伯伯

自从父亲去世之后，我对荷花格外用情。出淤泥而不染，濯清涟而不妖；中通外直，香远益清，荷花的圣洁大美，让我格外陶醉。我愿意坐在荷花池边静静地欣赏，久久地沉思，任由绵绵思绪在硕大的荷叶上淡红的荷花间跳跃绵延……

李之琏伯伯是父亲十四岁时在保定育德中学读书时的同班同学。因为他，1987年冬，父亲写了一篇《小同窗》。小时候，经常听父母小声地念叨起他，总是忧心忡忡地替他揪心。

1993年6月19日上午，我在天津市第一中心医院干部病房见到了父亲的这位老同学，印象特别深，他中等身材，面容可亲，步履稳健，衣着非常朴素。这不是一次普通的探视，父亲正处在生死攸关之际，如果手术，还有生的希望；如果保守治疗，谁也不知道水米难进的老人还能坚持多久。

洁白的病房里弥漫着紧张而压抑的气氛，进进出出的家属都小心翼翼。躺在病床上，极度虚弱的父亲见到特意带着儿侄一大早就从北京驱车赶来的老同学非常感动，用双手紧紧握住他的手说："之琏，天这么热，你大老远来看我，我很感激。"

父亲眼噙热泪地说："咱们同学一场从头到尾都见了面，你也要多保重呀！"这些话句句印在我的心里。那是我第一次见到父亲落泪，我也马上哭了。

李伯伯紧挨着铁床坐在父亲身边，眼圈红红的，他使劲忍住泪水，声音哽咽。父亲向他简要地介绍了病的起因和治疗情况，他极为关注地倾听着，不停地说着安慰的话。后来我看到李伯伯离开床头，躲到外屋捂着脸，肩膀不停地抽动，哭得非常伤心，由此可以看出他们情同手足，感情非常深。

当时我哥哥、姐姐都守护在侧，李伯伯亲切地向他们询问了治疗情况。当知道从单位到市里，组织上都非常重视，还成立了专家治疗组时，他才略微放心。

父亲虽然病成这样，仍特别关照我哥哥安排午饭招待他们。父亲还让李伯伯留下地址，说："以后让孩子们给你写信，告诉你我的情况，免得牵挂。"

我哥哥很周到地带着他们三个人出去吃了饭，父亲这才放心。他为自己在家中不曾好好招待过李之琏的食宿而自责。其实父亲真的缺乏这方面的能力，他一个人吃饭，饭食又特别简单，冰箱从来不让多存东西，突然来几位客人，还真有些招架不住。父亲从不出去买东西，他只有一个简易的塑料钱包，里面装的是准备贴证用的相片，放在自己的书桌里。很多年他自己不出去花钱，不与市贩打交道。我是他的主要采购人，多年的经历告诉我，他可不像普通的老人那样，因为你给他买得好、买得贵、买得多而高兴，相反会不高兴。无论是吃的还是用的，只要大陆货他就很满足。下午，李伯伯要去看望他的哥哥，李伯伯的儿子李熙留下了联系电话。

五天后，父亲进行了胃部手术。当父亲被推出手术室时，一直焦虑不安地等待在大厅里的家属和报社负责人顿时忙乱起来，全部向病房方向跑去。我刚要跟进病房，我爱人跑过来告诉我："大夫说了，刚做完手术，家属不让进，怕感染。"我犹豫了片刻，正在这时，我听到有医生在大声喊："叫家属！"我便一下子冲到这些白衣天使面前，鹤发童颜的国宝级名医吴咸中教授指着一个白搪瓷托盘对我讲解道："这便是切除物，它影响了进食。"并讲了切除物具体在什么部位，它的危害及切除后的益处，我忙向吴老深深地鞠了一躬，热泪盈眶。大医精诚，父亲这下子有救了！我们全家人满怀感激之情，人人脸上都出现了久违的笑容。若干年后，吴教授在总医院电梯里，还跟我打听过父亲的近况，他坦率地说："我们俩挺好！"

术后，父亲对吴教授高超的医术和他配制的"大承气冲剂"赞不绝口，夸这药效果好。随着心情的好转，父亲还挺幽默地跟我说："听说他们治好了一位八十岁的老人，北京水电部的一位副部长，还有一位画家也来了，你看看，这社会效益有多大！"

精神好的时候，父亲还告诉我有关李伯伯的一些事情：

"李之琏爱人名叫处舒，是医生，在延安时就给首长看病，现在待遇很高。"

"李之琏原是中宣部秘书长，1957年被打成'右派'，'文化大革命'时受过迫害。"

"咱们住多伦道的时候，他去过，曾被发配到新疆石河子王震部下。全家一块去的，大女儿死在途中。"

"我和梁斌各资助过两百五十元。"

父亲在老同学危难之际，赠书赠币慷慨相助，雪中送炭；李伯伯在老同学病危之时驱车探视，真情再现。保定、安国、延安、天津、北京、小汤山处处留下他们友情的踪迹。他们真诚的同窗之谊，战友之情，不因时光的流逝而消减，反因岁月的磨砺而益见光彩。父亲从不在政治运动中对友人落井下石的卓越品质如冉冉白荷般正直、清纯，天地间，他用自己的人品书写了一个大写的"人"字。

在病床上躺着的父亲，还回忆了一位名字叫李书平的老同学，并惦记着他的后人。他说："李书平和我、李之琏是同学。

他毕业后在北平上大学。平日长袍、马褂，手拄文明棍，一副绅士派头。毕业后在保定当律师，挂牌子。当时上边放了他一个县长，是清苑县，离保定三十多里，因为他什么朋友都交，有人使坏，日本鬼子抓了他，把他拉出去枪毙了。不知后来按没按烈士对待，后代也不知道怎么样了。那个人实在太好了！"

父亲说完以后眼睛睁得大大的，望着雪白的天花板，半天没再说话，同窗之谊尽在不言中。

父亲恬淡自安，并不是美食家，平时吃家常便饭，很少与我们谈论与吃有关的话题。也许是多日不能好好进食的缘故，那几天他一反常态地回忆了年轻时在北平流浪时几样难得享用的令他难忘的美味佳肴。他说："北京有个'大酒缸饭馆'，大酒缸埋在地下半截，上边盖一块青石板，人们就在上面吃。刀削面白白的、干干的，红烧肉一碗都是肥的，浇在面里做卤，正好够两碗。好吃极了，又解馋，又顶饱……还有馄饨铺，有现烙的热饼，小菜有酱黄瓜、花生豆，也很好吃。"

2007 年

辑 五

笔墨荷香

孙犁关于莫言《民间音乐》的一段评论

1984年4月14日，七十一岁的父亲写讫了一篇题为《读小说札记》的文章，发表在1984年5月18日的《天津日报·文艺评论》上，后收入《老荒集》中。《读小说札记》是《小说杂谈》这一大题目中的第四个小题，其他三题为《小说与电影》《小说与题材》《小说与三角》。

在《读小说札记》中，父亲共写了八节，第一节是对莫言《民间音乐》的读后感：

> 去年的一期《莲池》，登了莫言的一篇小说，题为《民间音乐》。我读过后，觉得写得不错。他写一个小瞎子，好乐器，天黑到达一个小镇，为一女店主收留。女店主想利用

他的音乐天才，作为店堂一种生财之道。小瞎子不愿意，很悲哀，一个人又向远方走去了。事情虽不甚典型，但也反映了当时农村集镇的一些生活风貌，以及从事商业的人们的一些心理变化。小说的写法，有些欧化，基本上还是现实主义的。主题有些艺术至上的味道，小说的气氛，还是不同一般的，小瞎子的形象，有些飘飘欲仙的空灵之感。

把莫言的这篇作品放在第一小节，足见父亲对这篇小说印象之深，艺术感觉之良好。

父亲的这篇评论文章也曾发表在《莲池》杂志上。《莲池》于1979年问世，由保定市文联主办，为双月刊。起初仅在内部发行，1981年正式对外，共办了五年，出了二十八期，后改名为《小说创作》。

父亲倾心支持这本河北本土、当时并不太起眼的地区级刊物，极为热情地奉稿，在上面发表过好几篇重要的文章。如他一生唯一的京剧脚本《莲花淀》（同时刊发了《京剧脚本〈莲花淀〉自序》，后收入《秀露集》，即《戏的梦》），以及《谈校对工作》《三烈士事略》等。1981年，《莲池》正式公开发行，父亲为封面题了字，后又在该刊物上陆续发表过《〈善暗室纪年〉摘抄》的两节、《读冉淮舟近作散文》《生辰自述》《同口旧事》《芸斋短简》等作品。

父亲一直对《莲池》杂志寄予厚望，盼望着在这片土地上，除了荷花，还能栽培出地方的野花、"庄稼花"，使刊物生机盎然，给人以美的欣赏。

曾任保定市文联主席、保定市作家协会主席的韩映山，于1984年5月为《莲池》小报创刊写了创刊词。在文中，他就以"莲池"命名该报进行了动情的阐述：

> 为什么又叫《莲池》呢？一是文联曾办过一个文学双月刊，名叫《莲池》，是《小说创作》的前身，值得纪念；二是莲池代表保定的地方特色，那些珍贵的碑林和优美的莲叶托桃的雕塑，无不烙印着文化古城的风姿；还有那碧涟中的绿荷，水灵灵的才露尖尖角，透发着青春的气息和蓬勃的朝气，她象征着我们年轻业余作者生命的活力。

在创刊词的最后，他寄予了这样的厚望：

> 《莲池》，愿你在和谐的春风吹拂之中、明丽的阳光照射之下，焕发出青春的容姿，表现出独特的风格，为我们保定市增光添彩，为文苑培植出一株株奇异的花树！

可见"莲池"这两个字在韩伯伯心中的分量是多么重，寄予的期望又是多么高。莲池，也是保定市的名胜古迹，名为保定莲池书院。历时百余年，书院南楼已杳然无存，原存刻石因年久风化，字迹亦都残缺不清，面目已不复见。

父亲有一本《莲池书院法帖》，上有大段"书衣文录"：

> 保定莲池为余读中学时旧游之地，时有一同乡在莲池内当图书馆员。当时莲池既非公园，游人寥寥。图书馆也没有读者。同乡只是看管那些旧存图书，每月领一份薪金而已。这种生活当然很无聊，很寂寞，但这一职业，还是靠他父亲在保定教书多年，认识很多文化界人士才谋来的，很为穷学生如我辈所羡慕。我有时找他去玩儿，即顺便逛逛莲池。当时石刻尚完好，镶于廊间，但青年无心于此，走马观花而已。今老矣，保定来人送此帖，细观之其书法价值，实不下于一般名帖，莲池文物，在有清一代，因近京城，主持者皆名流，实不可等闲视之也。

> 一九九一年二月九日病中记

> 当时同学，亦不知下落如何？昨夜醒来忽忆起此同乡姓陈名耀宗，其父在育德中学当音乐教员多年。系安平北苏村人。所忆不知准确否？

> 十日又记

长年主持《莲池》工作的苑纪久先生得到父亲的大力支持，深受鼓舞，下决心要在《莲池》种好"荷花"，种好其他美丽、散发着生活气息的花卉，让《莲池》百花争艳，独秀一方。

2012年，莫言先生获得诺贝尔文学奖后，举国欢庆，人心大悦。莫言先生为中国文学争得巨大荣誉，广大文学工作者深受鼓舞。一天，我在阅读《城市快报》时，突然发现上边有一则报道，说莫言文学馆的馆长说，孙犁老师对莫言的作品曾有所评价，对他有所帮助。这简短的几句话立刻引起我的关注，父亲什么时候评价过莫言的什么作品？对他又有什么样的帮助呢？我很想弄清其中的来龙去脉。我写父亲已有十年光景，对有关他的任何线索都不会轻易放过。于是，我仔细阅读了2012年10月15日《城市快报》第五版上的这则消息——《"心若不动，风又奈何"——感知莫言根植"东北乡"的精神力量》。

在高密市第一中学，有一座三层小楼，是当地市委、市政府与莫言研究会共同筹办的莫言文学馆。文学馆共分文学成就、成长道路、文学王国、故乡情结、文化交流五部分，全面展现了莫言在文学道路上的勤勉和天赋，以及他对故乡、故土的深深眷恋。这里陈列着一本《莲池》杂志。1981年，莫言的处女作《春夜雨霏霏》就发表在这本杂志中。

莫言文学馆馆长毛维杰说："1983年，莫言的《民间音乐》也发表在《莲池》杂志上。孙犁老师看了之后，说这篇小说有空灵之感。从此以后，莫言开始了他文学创作的道路，渐渐走上文坛。"

获奖后的莫言对提携指点过他的老师感念不已："在解放军艺术学院，我又非常幸运地遇到了徐怀中老师，徐怀中也是一个老作家，在上世纪60年代非常有名。……他看到了我的小说，果断地把我招收进去……"

接着，我又找到了一篇与此有关的回忆文章，即当代著名作家从维熙先生在2007年7月写的《孙犁的背影》，刊登在《北京青年报·专栏作家》上，里面有这样一段醒目的文字：

记得，在孙犁逝世之后，有一天我与莫言通电话，话锋不知怎么一下就跳到孙犁辞世上来。他说："中国只有一个孙犁。他既是位大儒，又是一位'大隐'（隐士）。按照孙犁的革命资历，他如果稍能入世一点，早就是个大文官了；不，他后半生偏偏远离官场，恪守文人的清高与清贫。这是文坛上的一声绝响，让我们后来人高山仰止。"接着，他说了一件文坛内鲜为人知的往事：他在文学路上蹒跚学步时，处女作发表在他当兵的时候，那篇小说名叫《民间音乐》。他怎么也想不到那篇东西被孙犁读到了，老人家立刻写了篇评论文章，让他永生难忘。莫言自我调侃地说："在某种意义上说，我这个歪瓜裂枣，能在后来步入解放军艺术学院，那篇评论起了相当大的作用；我今天成为一个作家，也要以孙犁的人文精神为前导。"说实在话，我只知道我们这一代作家中的刘绍棠、房树民、韩映山和我——以及下一代作家中的铁凝、贾平凹受到过孙犁的文学浆育，当真不知道在文坛中如日中天的莫言，在初学写作时也受到过孙犁的关爱。后来又从报纸上看到，诗人孙敬轩以及作家林希、肖复兴，也都因倾慕这位文坛大师，而与孙犁有过精神交往。

从这段文字中可以看出，莫言先生绝对是个有心人，对我父亲曾给予的帮助牢记在心，并由衷感激。

这之后，我从父亲的忘年交，任《中国发展观察》杂志总编的卫建民先生寄给我的2012年10月版《中国发展观察》杂志上，读到了1996年他与莫言的一场对谈，题目是《莫言如是说》。文章旁边还配了一张阿城画的"莫言漫画像"，下面有莫言的签名及时间——1996年元月，并题有"卫建民兄存正"六字。作家阿城仅用八笔就完成了一幅成功的速写：眯缝的细长眼睛犹如两颗星星，眉毛犹如两座山峰，微微带笑的嘴唇边露着几分调侃、幽默、无奈的神情。对谈涉及《丰乳肥臀》的写作，以及拉美文学家马尔克斯对莫言创作的影响等，还提到了孙犁：

卫：《民间音乐》，最早是在河北的一个刊物上发的吧？

莫：河北保定一个很小的刊物，叫《莲池》。

卫：记得孙犁同志看到这篇小说后，大为激赏。

莫：孙犁同志评过这篇作品，写过很短的一段话，但在80年代初期，我个人感到兴奋：孙犁竟然说可以！这篇作品也敲开了我进军艺的大门。

对谈中莫言还称赞了我父亲，认为他是个很灵秀、艺术感受力很强、近似唯美的作家，对作品的鉴赏水平没得说。莫言还说："有的作家的艺术感受很粗糙；不少与孙犁同时代的作家，几乎没有艺术感受，只是堆砌文字，不是发自灵魂深处。但像柳青、周立波，还有赵树理，是有艺术感受的。赵树理把民间文学吃透了，白描的手法，很了不起。"

接二连三，2012年10月29日，《天津日报·满庭芳》刊登了《孙犁：最早关注莫言创作的老作家》一文，署名南汇仁。文中介绍了《民间音乐》这篇短篇小说及发表它的刊物《莲池》，并写道：

一直关注业余作者成长的孙犁，经常阅读这类刊物。他在读过莫言的《民间音乐》之后，"觉得写得不错"，于是在第二年（1984年）4月14日写讫包括八小节文字的《读小说札记》的第一节中，推荐与称道了莫言的这篇小说。

文中还特别强调，自莫言创作出版"红高粱家族"声名鹊起后，孙犁就再没有写过有关他的文字了。

2012 年 5 月的一天，我与莫言文学馆负责人有过一面之缘。彼时，上海召开了名为"相约世博，聚会普陀"的会议，我应邀参会。在冰心展览馆馆长王炳根先生的主持下，有幸与郭沫若先生的女儿、茅盾先生的内侄女、鲁迅展览馆馆长同台，与学生、读者交流互动。会议最后一天参观巴金故居，在楼下一进门靠右侧房间的门口，我爱人正拍照留影，突然一个年轻人要求跟我合影。此人个子不高，比较瘦，但很精干。我客气地问："您是?"他说："我是莫言文学馆的。"我马上点头表示同意。我爱人接过他手中的手机，给我们拍了两张照。

据大会赠送的《相约文学博物馆》一书介绍，莫言文学馆坐落在山东省高密市，总建筑面积为一千九百平方米，馆名由原国家文化部部长、著名作家王蒙题写，楹联由著名作家贾平凹题写，2009 年 8 月对外开放。

会议期间，在普陀区的一次宴请中，我旁边坐的是巴金故居馆长助理祝云立女士，她是巴金先生的外孙女，穿一身白色衣裙，长发，亭亭玉立，时尚又文雅。她轻声跟我提起她的母亲，看得出她对母亲的热爱。巴金故居常务副馆长周立民先生也坐在桌边，客气地跟我说："您的书我看了，很感动。"该馆行政主管吕争女士不仅在巴金故居为我们热心讲解，还破例让我们参观了三楼。

普陀图书馆的林荫芳女士非常热情，上海之行给我留下了深刻而又美好的印象。

回想20世纪70年代末、80年代、90年代初，家里的杂志真是多，尤其是搬到学湖里后，楼下小信箱总是满满的。父亲虽是有选择地阅读，但不论杂志社大小，都是先浏览一遍题目，慧眼识珠，沙里淘金，发现好的文章再细细地读。看完了，赶上我去，总会送我几本。《收获》《作家》《长城》《钟山》《芙蓉》《清明》《今古传奇》等大本的，《人民文学》《北京文学》《散文选刊》《山西文学》《诗刊》《萌芽》《西藏文学》等薄本的，都有。有时杂志就放在独单书架下面，那都是他翻看过的，可以自己拿。像《小说选刊》《小说月报》，我存了很多。

父亲在阅读杂志时，时常关注作家作品，最难忘的是他在《收获》上看到了从维熙的《大墙下的红玉兰》。那天我去看望他，他告诉我《收获》上登了从维熙的文章，他看了一部分，还有一部分没看完。看得出，他很激动，也非常兴奋。看到历经磨难的从维熙，写出这样撼人心魄的好作品，他从心底里高兴。看到年轻人从自己这"低栏"跳过，在文坛这个舞台上载歌载舞，他由衷欣喜，倍感慰藉。他把看了一半的《收获》放在身边的一个书柜上，这样方便接着看。

至今我对这本《莲池》杂志还有印象，封面特别朴素，不厚，是大本的。父亲经常看。

1984年，父亲住在多伦道大院。父亲分到了一套房，有前后两室。外屋、里屋都有一门通卫生间，卫生间里有一白瓷小旧澡盆，还有一白瓷小洗脸盆，可用来洗菜。地上铺的是彩色的瓷砖。前屋正对大红铁门有一窗，可见大院；后屋有两窗，可见一溜儿平房，其中有一间小屋是父亲刚进城时经常写作的地方。他曾跟我说，那间屋子旁边有人打字，吵。在那间小屋，他写了不少东西。他在前屋吃饭，靠窗处有写字台、藤椅。这是他现在的写作之地，写累了就站起来，望望窗外的树木、假山，有时会望很久。

1982年，我从天津历博宿舍搬到多伦道208号，与父亲离得很近，中间只隔几个门。我爱人曾给他照过一张站在写字台前，立身望着窗外的照片。有同院的童年伙伴对我说："孙大大这照片是经典的，他就喜欢这个样子。"在"十年荒于疾病，十年废于遭逢"之后，这位倔强、勤奋、沧桑的老人，这位真诚地追随鲁迅先生的老作家，迸发出新的无限的创造力，远离红尘闹市，笔耕不辍，写出了很多作品，至1987年因大院改作发行处搬离。

父亲如果还活着，在书房里坐着，我肯定会问他："爸爸，您怎么那么早就看出莫言文章的好来啦？"我总爱问他一些我特别关心的话题，他的回答简短、朴实无华，却让人难以忘记。父亲一定会谦虚地、微微地一笑，也许会说："人家文章本来就好。"不掠人之美。也许就说一个字："嗨。"不会小题大做，不

孙犁站在写字台前，看窗外夏云秋月，
听老槐浅吟低唱，怀思故土亲人

会有特别兴高采烈的反应，慷慨激昂的表达。

得知我在了解父亲与《民间音乐》一文的关系，北京的冉淮舟叔叔给我寄来了《孙犁的魅力》一文的复印件。作者是朱航满，在石家庄一所军事院校做宣传工作，近年来在《文艺报》上发表过多篇评论文章，并有专著出版。

我喜出望外，赶紧读了这篇文章，最吸引我的一段是：

去解放军艺术学院读书是莫言人生的一个转折点，但当莫言带着孙犁先生的推荐文章到艺术学院时，招生已经结束了。斜挎着个黄挎包的莫言在文学系的走廊里只见到了作为参谋的作家刘毅然，刘毅然收下了莫言的作品以及刊有孙犁文章的报纸，并告诉这个看着有些愣头愣脑的年轻人，徐怀中先生很忙。后来，莫言顺利成为这一中国军旅作家的"黄埔"的一期学生，他曾多次在文章中表达自己对刘毅然和徐怀中两位慧眼识珠的感激。但在读了孙犁与冉淮舟的交往后，我立刻意识到，当时作为文学系教师的冉淮舟，很可能对这个受到孙犁称赞的莫言，予以别样的关注，甚至可能是大力的推荐……

据我了解，徐怀中主任非常喜欢我父亲的作品，也非常喜欢普希金的诗、艾青的诗。

2012年6月20日，冉淮舟叔叔为《平原文学一代人》一书写了《重读〈莲池〉》一文。在解放军艺术学院，他教过莫言两年的文学课程；在父亲身边和调到北京工作后，他为父亲做过大量收集、整理、抄写、汇集、出版工作，仅1962年一年，就为父亲编了六本书，出版了五本。他与《莲池》的苑纪久是极为熟悉、相知的朋友，虽已年过古稀，仍头脑清晰，思维敏捷，写文章一气呵成，材料翔实准确。

　　我得到此文复印件后，立即翻阅多遍，父亲与《莲池》的关系等重要内容一目了然，我受益匪浅。在《重读〈莲池〉》一文中，有一小节的标题是"莫言：我是从《莲池》里扑腾出来的"，写于2004年。文中有莫言的记述：

　　　　后来我又写了一组短小的水乡小说，毛老师（指毛兆晃老师）说很有点孙犁小说的味道，于是带我到白洋淀去体验生活。……在这次"深入生活"之后，《莲池》发表了我的第三篇小说《因为孩子》。1983年，《莲池》又发表了我的小说《售棉大路》和《民间音乐》。《售棉大路》被《小说月报》转载，《民间音乐》得到了孙犁先生的好评。几个月后，我带着孙犁先生的文章和《民间音乐》敲开了解放军艺术学院的大门。转眼过去了十多年，毛老师已经六十多岁了吧？我是从《莲池》里扑腾出来的，它对于我永远是圣地。

莫言先生的成功，背后有好几位他难以忘怀的恩师的帮助，如徐怀中、毛兆晃、刘毅然等，但父亲是最早发现他文学才华的天津老作家，这点是毋庸置疑的。其实就是父亲不发现他，其他有识之士也会迅速发现他的。莫言先生非凡的创造力、超常的想象力、醇厚的文化底蕴、敏锐的艺术感觉是绝对不会被埋没的，是金子总会发光的，况且这不是一块普通的金子。

父亲离开人世十载有余，就是仍活在人世，也不会在意这一点点小事、这样的荣誉，因为他从来都是奖掖后进而不居其功，淡泊名利，远离喧嚣热闹，甘于默默自处。他总是在那些素不相识，但确实有才情的青年作者们最困惑、最需要扶助的时候，轻轻地扶他们一把，也许是几句恳切的鼓励，也许是一封热情的书信，也许是几句中肯的评论，也许是一篇序言或一篇后记，也许是一幅令人受益的书法……总之，他会给他们最诚挚最无私的帮助。正如韩映山在《孙犁的作品和人品》中所写：

> 他是一位真正的伯乐。他把一批千里马，扶上了征途，只要看到它们那跳跃奔腾的身姿，自己就比什么都高兴了。

尺泽的表面是平静的，并非浪花四溅，可是正如英国作家哈代曾说："平静的水流，往往是最深的水流。"尺泽虽然很小，但它是清澈的，没有被污染的。它无声无响地滋润着周围的绿草、花树，无怨无悔地为经过这里的善良的飞禽走兽解渴供荫，尽管历经风霜雨雪，终引来鸟语花稠。

在这里我想告诉天堂里的父亲，他的一篇短短的评论文字，尺泽连沧海，莲池出奇葩，后面有着如此震撼、动人、充满传奇色彩的故事，有着这般美妙神奇的充满魅力的结局。在这个给国人、民族带来骄傲的重大事件中，也有他这位耕耘者的一份汗水、一份春种秋收的努力，如今女儿报告给他这一喜讯，愿天堂里的他欣慰高兴，由衷欢喜！

2013年

父亲与《铁木前传》

2013年5月15日，是父亲一百周年诞辰纪念日。而在2012年父亲逝世十周年之际，承蒙百花文艺出版社热情邀约、精心策划，得以将《铁木前传》（纪念版）呈现给喜爱他的读者、新旧友人，深感欣慰。此书中除原著四万五千字，及张德育先生的四帧水粉插图外，还收有铁凝、李敬泽、吕剑、冉淮舟、韩映山、沈金梅、滕云等名家的有关评论及我个人的点滴回忆，是父亲友人与家属为即将到来的百年诞辰敬奉的一捧虔诚花束。心香弥久，怀思无限。

1913年农历四月初六，在冀中平原滹沱河靠下游一个只有百十户人家的偏僻小村——河北省安平县东辽城村的一个破旧的小院落里，隐隐传出阵阵婴儿的哭声。高个儿、高嗓门、强健能干

张德育为《铁木前传》所作插图，
画中人物为"小满儿"

的农妇张翠珠，生下了一个瘦弱的男婴。男婴脐带绕身，初落生时不会哭，险些窒息。幸亏催生婆眼疾手快，当机立断，从他的小嘴里掏出一缕淤物，又拍打了几下，他才发出几声艰难的初啼。哭声愈来愈响亮，母亲揪着的心慢慢放下来。张翠珠生产后没有奶水，据说是被一个堂姊——瞎周之妻进屋"沾"去，只好用煮馍糊将男婴一口口喂大。这位坚毅的母亲曾对身边人说："这个孩子生下来就'十字披红'，将来是要当状元的。"果然，这孩童自小就十分喜爱读书，十几岁便写得一手好文章。"三岁看大，七岁知老"，母亲的预言日后竟然成真。

2002年7月11日，这位名播四海、著作颇丰的老作家，走完了他八十九年坎坷而又多彩的人生之路，从容地闭上了眼睛。天公含泪起骤雨，海河波滚亦含悲。灵堂外，花圈排满墙；灵堂内，挽联列成队。著名书法家王学仲先生亲书的一副素白挽联，尤为引人注目，上联是"荷风荷雨荷花淀"，下联为"文伯文豪文曲星"。数不清的送行者，亲属、友人、学生、同人，用各种方式表达着他们不尽的哀思，报刊上连续登载来自天南地北的追思文章，有数百篇之多……

这位被怀念的一生奉献精品的布衣作家便是我的父亲孙犁。

《铁木前传》于1956年写出，自问世以来，相关的评论文章一直没有间断。有著名作家、文艺评论家对此给予高度的评价；也有极少数人"对他创作上的不健康倾向"，"依据小资产阶级的

河北省安平县东辽城村孙犁故居

观点、趣味，来观察生活、表现生活"进行批判；也有人对他笔下的小满儿形象大泼污水，肆意歪曲，污蔑他在"美化浪荡女人"。据冉淮舟叔叔2012年12月作的《孙犁：一九六二》可知，1956年8月13日，父亲还写了一篇文章，题目叫《左批评右创作论》，批评文艺界愈来愈左的文风，并引用了他最喜爱的作家之一契诃夫的话，表达对一些批评家的看法——"他们对于作家的工作来说，就像正在耕作的马的肚皮上飞扰的虻蝇"。由于言辞观点尖锐、激烈，直指有关部门，这篇文章未能发表。写了这篇文章之后，直到1961年年底，在五年多的时间里，父亲除了写了几首旧体感怀诗、若干短信，小说、散文一篇都没有写。"文化大革命"中，《铁木前传》更是沦为"大毒草"，被"批倒、批臭"，被打入冷宫十年。

经过岁月的洗礼，如今《铁木前传》已成为新中国成立以后公认的经典中篇小说，被评论家誉为"新时期中篇小说扛鼎之作"。因为写这部书，父亲生了一次大病，中断写作达十年之久，很感痛苦，并下了"人不能与病争"这个有些消极的结论。因为这部书，父亲被批斗，家属受株连。用一腔激情、心血凝成的文字，一部诗体小说，竟成了扼住他咽喉的绳索，让他命悬一线，家人受累，遭受灭顶之灾。

1975年4月12日，父亲用毛笔为此书写下《书衣文录》，血泪交加，感慨万千，布满整个封面：

> 此四万五千字小书，余既以写至末章，得大病。后十
> 年，又以此书，几至丧生。则此书于余，不祥甚矣。

还有三天，就是母亲去世整整五年的日子。

20世纪50年代初，母亲带着五六岁的我从天津到离老家五十里远的安国县长仕村看望父亲，照顾他的生活。当时父亲正在这里体验生活，写东西。依稀记得农舍旁边是一个马棚，这里养着一匹浅褐色的大马；屋子窄小简旧，有砖炕小桌；院子又宽又大，且很洁净；几株大槐树枝条繁密，地上的一只大盆里泡着皂角，黏糊糊的，泛着绿沫，不知有什么用。还记得有一个四十来岁、短发、个子不高、脸色黑红、穿一身深色衣服的妇女，蛮客气地给我和娘端来刚出锅的冒着热气的黑荞麦面饼子。那碗是黑釉的，妇女让我们蘸醋吃饼子。好像一开始我并没有见到父亲，不知他又迈开长腿去了何处。清晨，父亲带着我到村边散步。他布衣布履，背着手仰头看土道边的树木，听小鸟欢快啁鸣。我则蹦跳着捡拾地上一种硬壳的果籽，使劲一掰，里面全是絮状物，很好玩。就在我无拘无束、全神贯注地玩耍时，父亲急步走向我、护住我。原来不远处冒出一只黑色的大猪，正竖起鬃毛气势汹汹地瞪着眼睛冲着我发狠。父亲拉紧我的小手，离开这片危险区域，一边走一边大声说："这家伙厉害，是野猪！"

童年的记忆，幸福美好，让人难以忘怀。父亲写《铁木前

传》似乎也跟他的童年记忆有关。当时，进城后，人和人的关系因为地位或别的原因发生了意想不到的变化，他很为这种变化苦恼，于是写了这本书。

父亲一生只写过两部中篇，一部是《村歌》，另一部便是《铁木前传》。听亲戚说，《铁木前传》是在天津和平区多伦道216号大院侧院写的。父亲写作的房间在二楼右侧最里面的第四间，有十几平方米。那里很安静。具体时间是1956年初夏，台灯前、月光下，父亲冒着暑热伏案写作，经常写到半夜一两点，稿纸摊在桌上一大片。

我在离家不远的万全道小学读书时，有天上午，排队出校门，拐过马路口，突然看到前面不远处有一张熟悉至极的面孔，长脸、高鼻梁、大眼睛，是我的父亲。他穿着母亲给染成黑颜色的粗布面、羊皮里子的制服式皮袄，目光关切，脸色苍白，没有丝毫笑意。现在回想起来，他是因创作疲惫，累出了大病啊！他注视我时那忧郁的目光，现在想来还让我心痛。

为了创作这本书，父亲日夜奋战，睡不好觉，引发了严重的神经衰弱症，可他仍反复修改，精益求精，呕心沥血，字字推敲。有一天，他猛一起床，头晕跌跤，磕破了脸颊，到医院缝了好几针，险些酿成悲剧。家中的顶梁柱突然病得不轻，焦急万分的母亲暗自垂泪，并四处打听偏方，细心地在火炉上焙制紫河车，磨成粉状给父亲喝；还去娘娘宫焚香祷告，虔诚地磕头，捐了自己珍藏的一串铜钱。

《铁木前传》也曾带给我与母亲快乐。20世纪50年代末，《铁木前传》问世。一天，母亲高兴地给刚放学的我看了一张稿费单子，足足六千块！母亲又惊喜又激动，跟我夸赞："你爹真有本事。"从安平县搬至天津时，家里是多么贫困。为了减轻家里的生活负担，父亲先把二闺女从老家接了来。临行前，母亲尽量给二姐穿得好一些，鞋面上都绣了花。刚住到山西路55号报社宿舍时，母亲还帮人洗过衣服，得点报酬补贴家用。那时一家七八口，全靠父亲的工资过活。她和父亲用勤劳的双手支撑着这个有老有小有亲戚的家，努力拉扯孩子、照顾老人，让家人生活得好一些。

除了看稿费单子，我和母亲还一块欣赏了这本薄薄的新书里面的彩色插图。记得母亲看完插图悄悄地跟我说："你爹把小满儿写成了那样，也不知道人家乐意不乐意。"其实，小满儿这个聪明灵巧、泼辣能干、极端俊俏，有几分邪气，有几分狡黠的青年女性，只是父亲塑造出来的一个艺术形象。也许她身上确实有"齐满花"的影子，但不全是真人真事。

1951年冬，父亲作为中国作家代表团的成员去苏联访问。1952年回国后，他连续写了八篇"访苏观感"，分别为《马雅可夫斯基》《托尔斯泰》《斯大林格勒》《巴库》《幼稚园》《莫斯科》《列宁格勒》《格鲁吉亚》。同年11月，父亲又写了《在苏联文学艺术的园林里》。

1955年2月13日，父亲起草了纪念《中苏友好同盟互助条约》签订五周年、学习第二次全苏作家代表大会的文件《新的里程》。也是在同年，父亲四十二岁之时，出席了天津市中苏友好协会第五届代表会议并当选为理事。可以说，勤奋的父亲在新中国成立初期满怀激情，连续创作，不仅写出了《村歌》《风云初记》等优秀的中长篇小说及其他作品，而且为促进中苏文化交流做了很多极有意义的卓有成效的工作。

1966年"文化大革命"刚开始，位于多伦道216号大院的我们家连续被抄六次。造反派气势汹汹地从屋里搜出一封与中苏友好协会工作相关的信件，不得了，这也成了罪证。而为了搜出"大毒草"《铁木前传》和子虚乌有的根本不存在的《铁木后传》手稿，入室行动更是接二连三。我还记得抄家时，一群身强力壮的年轻男子穿着灰色工作服，搬书运物，七手八脚，动作迅速，父亲的十几个书柜连书带物，不到半天全都被停在门口的大卡车拉走了。

有一次抄家，母亲怕二姐跟红卫兵冲突起来，让二姐躺到床上用被子蒙上脸，她一人跟学生们对话交涉。大院里有好几家"走资派""当权派"，报社、电台领导也都被抄。昔日景致幽雅，有假山、小溪、花木的"大观园"，骤然间混乱不堪，笼罩着恐怖紧张的气氛。

除了被连续抄家，我们还遭遇了一次半夜"查户口"的可怕经历。那天晚上，我们都睡下了，突然闯进来一队学生，足有二三十人，队列整齐，大声说："凡是反动的东西，你不打，他就不倒！"在屋子里原地踏步。

父亲从受人尊敬的知名作家、辛勤育苗的园丁、报社编委成员，一下子成了"专政对象""反革命修正主义分子""睡在我们身边的赫鲁晓夫""黑作家""黑线人物"。种种骇人听闻的罪名、大帽子压得他喘不过气来。他挨批斗，扫厕所，斯文扫地，住"牛棚"，受虐待，遭诬陷，任人冷嘲热讽。父亲在精神上、身体上都备受摧残。

记得有一天吃饭时，父亲神情忧郁。他缓缓地咬了半口馒头，对家人低声说："咱们吃亏就吃在《铁木前传》这本书上，《铁木前传》被译成了俄文。"他说这话时，脸色很不好，不知还能不能支撑下去。我和母亲都担心死了，全家人如坠愁城，忧心忡忡，不知什么灾祸又要降临。

据我所知，《铁木前传》是在1962年被译成俄文出版的。小书仅八十三页，封面为木纹效果，上有一木匠、一铁匠，并肩而坐，抽烟说话，书名为《铁匠与木匠》。四十多年过去了，世事变化之大让人难以想象，我们曾经居住过的佟楼新闻里已高楼林立，车水马龙，繁华喧嚣。

父亲在小饭桌前发出的那一声沉重的叹息，至今仍常在我耳边响起。我不会忘记父亲为这部作品付出的心血与代价，不会忘记母亲因这部书遭受的苦难与磨难，不会忘记一家人为此书经历的点点滴滴……

听二姐孙晓淼说，1966年，她从工作所在地重庆回天津多伦道大院待了两个月，整日提心吊胆。二姐曾跟我说："咱爸总是很晚才能回来，有时半夜11点才到家。咱娘有时就站在阳台上苦苦等待，盼望着从大门进来的是咱爹。有时小木门开了，进来的是别人，她就接着等。咱爹常常挨斗挨审受刺激，进门后说不出话来，他经历的那些事没法说！咱娘赶紧让他把饭吃了，她早已不知热了多少回。吃完饭，咱娘从小药瓶里倒出两片安宁片给他。咱娘总是紧攥着这个小瓶，只给两片，生怕他有别的想法，看着他吃完了躺在床上，盖好了被后，才回屋睡觉。"

有一天，我们突然被"扫地出门"，连夜搬迁至城市边缘，这是一片密密麻麻住有百十户人家的平房区。东邻是"日本特务""国民党特务"，西邻是一家工人、一家"右派"。佟楼新闻里14排一间十三平方米的背阴的小南屋成了我们一家四口的栖身之地。当天白天，我们曾将好几件家具以四十元的价格贱卖给了一位体格强健、手里拿一卷大麻绳的青年农民，其中有两件是父亲十分喜爱的古色古香的硬木家具。被逼搬迁的那天半夜，报社的破卡车拉着我们和剩下的几件家具、被褥、衣物，来到漆黑的小南屋。西邻墙上被人挖了一个脸盆般大的洞，龇牙咧嘴，露出砖土。透过它，可以看到隔壁的一家五口，男主人神情严厉，比较暴躁。娘只好用旧包袱把它堵上。

后来我才知道，我们住的地方，是当时"牛鬼蛇神"最集中的一处，面对我们家的几户都是有严重问题的外来户，而我家西邻及其对面几家，大多是成分比较好的家庭，这样便形成了极鲜明的"监督改造"的氛围。

在小南屋靠西邻的木床上，我和母亲天天"通脚儿"睡，母亲头靠大窗，我头朝小窗。不论窗外风吹霜侵，还是黄叶飘零，不论门外月明月暗，还是雨雪纷飞，母亲总会在被窝里拉着我的手，她的手是那么温暖，带给我无限亲情。父亲不被准许回家，哥哥住在工厂，姐姐们都去外地支援建设了，我和母亲相依为命，从来没像这时候这么亲。看着我学着院子里半大小子和半大闺女，用大铁锹和煤灰，在砖墙上拍煤饼子点炉子，提着大铁桶到公共水管子那儿提水，在窄小的厨房里焖饭、炒菜，在小南屋擦地做卫生，下雪天还穿着夹鞋，母亲又爱怜又痛惜。

母亲躺在小南屋的木头床上，头朝窗户。我刚一进门，她就举起手让我看，她苍白的手上托着一粒发锈的扣钉盖儿（晾晒干菜时常常会接触墙壁，墙壁里有杂物，有时不小心会伤着手），睁大眼睛发愣。刚才对面13排奶奶送来四个刚出锅的小包子的欢喜，瞬间无影无踪……四十多年过去了，每当我品尝热气腾腾的美味小包子，眼前还会浮现出那悲凉无奈的情景。一想到小南屋的凄凉，一想到母亲脸上哀伤的神情，泪水便会不知不觉地顺腮而下，嘴里的包子都难以下咽……

"因病得闲殊不恶，安心是药更无方"，父亲写《铁木前传》生病后去过北京小汤山、山东青岛、南方太湖等地疗养。母亲带我去北京、青岛看望过他。小汤山碧绿的半人高的水草，湿地中蜿蜒的飞速爬行的黑红纹细蛇；青岛疗养院门前一蹦就触手可及的黄蜜桃，父亲拿给我的黑色小救生圈，变幻莫测时停时起的风浪，岩石上常带我玩耍的印度人，体育场郑凤荣破纪录的跳高比赛……这一切都令我难以忘怀，都是我快乐的童年记忆。

放下手中的笔，父亲的身体，比我上小学时看到的消瘦苍白的样子已大有好转。从某种程度上来讲，这场病差点要了他的命，却又救了他一条命，使他得以与当时严酷的政治斗争拉开距离。在青岛这座美丽城市的大桥上、公园里，在崂山顶和太湖边，都留下了他探寻美的足迹，大海里也曾有他搏击风浪、奋力前行的泳姿。在近似世外桃源的山川秀色中，在杂花绿树的茂林修竹间，父亲饱览了祖国山河的壮丽，尽情吮吸了天地间的浩然正气，发现了美的极致。这也算是命运的一次眷顾，是父亲坎坷人生中不可忽视的章节。

1958年12月，奶奶在天津病逝。她晚年过得很幸福，活到了八十四岁高龄。她说得最深情的一句话是："好儿不要多，一个顶十个。"旧社会，她生了七个孩子，却因农村贫困落后、缺医少药，只养活大一个儿子。她说得最精彩的一句话是："俺家振海，生下来就是有出息的。"奶奶的后事，是我母亲一手操持的。她叮嘱身边的妹子、我老姨和被从学校叫回来的正上高二的二闺女，不让将此事告诉在外地养病的父亲，怕他受刺激；也不让告诉在石家庄工作的大闺女，怕耽误她的工作。她做主花八百元买了一具上好棺木（"文化大革命"中，这成了父亲的一条重要罪证）。将婆母入殓后，灵柩被停放在后院进门处。送葬那天，报社派来了大马车，又派了好几个人来帮忙。母亲身穿重孝带着我哥哥摔盆举哀，跳上马车，绝尘而去。她亲自扶灵柩，将灵柩送往安平县老家。

两年后，一无所知的父亲从外地回到天津，火车快要到站的时候，报社派去接他的张祥同志才小心翼翼地告诉他老伯母已然仙逝的实情。父亲顿时如遭雷击，半天不言语，流下难过的泪水。他仍清楚地记得，离家去外地养病时，依依不舍的老母亲对他说的话："人家有病，都是往家走，你怎么有病往外走啊？"父亲不知道，他在外地养病期间，奶奶有多担忧，多思念儿子。奶奶常常念叨着父亲的名字："振海，振海……"从这屋走到那屋，从那屋走回这屋。奶奶知道父亲有多孝顺：恭恭敬敬，探着身子站在床前嘘寒问暖，日日问安；白天要工作看稿子，当编辑，晚上还要写作，点灯费蜡，经常熬到夜里一两点，睡不着觉，就在走廊上走来走去，路过老人房间，还不忘推门看一看被子是否盖好，怕她着凉；吃饭的时候，一箸一箸往老人碗里夹好菜。母亲也是个贤孝的儿媳，热饭热汤，洗衣拆被，如亲闺女般侍奉婆婆，没让老人受过委屈。

"箕山倚仗待日出，老妪扶棹泛五湖。只身病废轻一苇，不知何日见故庐"，1959年，父亲在太湖写下了这首有些伤感的旧体诗，从中可以看出，父亲虽已离开天津，但他时刻惦念着老母妻儿，盼望着早日回天津与亲人团聚。

我十二岁那年，二姐准备考大学，父亲极为罕见地请全家人在正阳春饭庄吃了一顿饭，并在"兄弟照相馆"合了影，这是我们家唯一一张"全家福"。

记忆中的小南屋，既有悲凉凄苦，又充满温馨亲情，它门前无茵茵可人芳草，后墙有四方带铁棍小窗，它在我的花样年华里，留下了最沉重的记忆。

"曾随家乡水，九曲入津门，海河风浪险，几度梦惊魂……"，"文化大革命"的遭际如噩梦一般，留给父亲的创痛太深太重，这也是他晚年奋笔著书的重要原因。

母亲去世是在1970年4月15日的清晨，那时天还不太亮。作为父亲文学语言的第二源泉的母亲，是那么乐观、聪慧，全心全意为别人着想。她在"冰连地结"之时悲惨地离开人世，离开亲人，带给全家人难以抚平的伤痛。

"我与你，少年结发，媒妁之言，无猜也无爱。以至爱情升

孙犁一家在天津"兄弟照相馆"合影

发，烽烟遍乡野。我一去八年，待中年归，两鬓已斑白。生离死别，我与你共担承"，这是韩映山伯伯凭记忆整理的《日记摘抄·孙犁印象之一》中父亲写的一首诗（父亲生前曾给他看过此诗）。作为最熟悉、最了解父亲的青年友人，韩伯伯最敬佩我父亲进城后不弃糟糠、不忘风雨，同舟结发之妻的可贵品质。

父亲的一首旧体诗《题亡人遗照》（即《悼内子》），写于1970年10月26日下午，距我母亲去世仅半年时间。诗中充满深情赞美与怀念，寄托了他对美丽、勤劳、贤惠、忠贞的妻子的不尽哀思。

1978年，历经时代的风雨，百花文艺出版社再版了《铁木前传》。凤凰涅槃，浴火重生，这本薄薄的小书再入读者视野，仍然获得了人们心悦诚服的喜爱。《再版说明》中有这样一段文字：

> 这部作品于一九五七年出版后，曾受到广大读者的欢迎。然而，在"四人帮"的"文艺黑线专政"论的干扰破坏下，竟被扣了很多帽子。铁的事实告诉我们，凡是优秀的文艺作品，"四人帮"越是横加摧残，广大读者就越是欣赏。《铁木前传》也不例外，虽然"不准发行"十几年了，广大读者不但未将它忘却，反而更加希望阅读它、欣赏它。

1995年10月，花山文艺出版社出版了《共和国文学作品经典丛书》，《铁木前传》为中篇卷首篇。

题亡人遗照

一落黄泉两渺茫，魂魄当会旧家师。三

洁水烟笼残梦，廿年风尘惹素妆。妻贞

曾闻兰菊茂，慧心常映星月光。老屋榆柳

今尚在，摇曳秋风遗家衣。

一九七〇年十月二十六日下午作

孙犁怀妻诗《题亡人遗照》之手迹

2003 年 8 月，浙江人民出版社、浙江教育出版社联合出版了一本"新视角、新阅读"彩色插图本《荷花淀·铁木前传》，以彩色照片和插图的形式，重新解读中国现代文学史上的经典作家作品，意在跨越时间的沟壑，引领 21 世纪的青年学生。《后记》中引用了这么一句话："正统的革命意识与温和的人道精神无法兼容而产生的深刻矛盾与忧郁。"（杨联芬语）指出"作品整体的调子并非高昂明快，却满怀了一种惆怅，能看到作者那颗柔软的心与粗粝的现实之间的摩擦""小说像一条小船，在河水中颠簸，时而轻松，时而沉重，而且，我们不清楚它将驰向何方。在近五十年前那样一种社会环境里，孙犁的这篇小说是奇特的，即便在今天看来，仍然是一曲吟咏不完的歌"。

2007 年夏天，浙江文艺出版社又寄给我一本《百年中国小说精华》，编者在《后记》中写道：

　　孙犁的《铁木前传》是一个容量极大，又极其优美的中篇小说，许多人想读而无处觅得。选在这里，正可弥补此阙。

《铁木前传》后又陆续被编入一些选本。时至今日，这本薄薄的小书已经被翻译成多种文字。尽管我没能见过其中的任何一个版本，但我坚定地相信：它同样会赢得五湖四海不同肤色真正热爱东方文学的人们的喜爱。

中国作协主席铁凝在《怀念孙犁先生》一文中这样写道：

　　春天的时候，我因为写作关于《铁木前传》插图的文章，重读了《铁木前传》。我依然深深地受着感动。原来这部诗样的小说，它所抵达的人性深度是那么刻骨；它的既节制又酣畅的叙述所成就的气质温婉而又凛然；它那清新而又讲究的语言，以其所呈现的素朴大美使人不愿错过每一个字。当我们回顾《铁木前传》的写作年代，不能不说它的诞生是那个时代的文学奇迹；而今天它再次带给我们的陌生的惊异和真正现实主义的浑厚魅力，更加凸显出孙犁先生这样一个中国文坛的独特存在。《铁木前传》的出版距今四十五年了，在四十五年之后，我认为当代中国文坛是少有中篇小说能够与之匹敌的。孙犁先生对当代文学语言的不凡贡献，他那高尚、清明的文学品貌对几辈作家的直接影响，从未经过"炒作"，却定会长久不衰地渗透在我的文学生活中。

　　是的，父亲如荷花般高洁的人品、文品，春蚕吐丝般地将生命附丽于文学中的奉献精神、赤子之心，将会继续长存于热爱他的亲人、友人、同人、学生和读者心中。

　　1986年7月19日，是"小雨又止、闷热"的一天，父亲写了一首名为《海边》的诗，诗中有这样几句：

我曾努力工作，日以继夜。但常常得不到赞美，反遭批评。当我无能为力之年，境遇清明，也听到了对自己的歌颂。

我诵读着父亲这几句发自心底的抒怀，百感交集。

每每看到选有《铁木前传》的新书，我总是觉得格外亲切，也就格外珍爱。见书思父、思母，有欣慰，也有伤感；有喜悦，也有心酸。留在这本书中的，有我对父亲、母亲不尽的怀思与感恩，有我对那个"倒行逆施"的时代的强烈诅咒，也有我对父亲独特艺术魅力的惊叹，正是"捧读'铁木'心怆然，彩凤涅槃色更鲜，犁歌环绕海河畔，九州长留此佳篇"。

2013 年

一篇传世的作品

——为《荷花淀》发表七十周年而作

2015年5月15日，是父亲的代表作《荷花淀》发表七十周年的日子。被读者赞为"真实得让人魂牵，细腻得让人陶醉，美丽得让人心碎，感动得让人落泪"的这篇五千多字的短篇小说，它的创作经历是怎样的呢？

对于父亲来说，《荷花淀》是那个时代家家户户的平常故事，之所以写这样一篇小说，是因为他有一段在白洋淀教书的经历。1936年，父亲高中毕业，因家里无力支撑他继续上学，为了谋生，他先后在北平市政机关和小学当职员、教员，之后又经人介绍，到位于白洋淀边上的安新县同口镇的小学，教了一年国文。在这里，白洋淀人民朴素、热情、勤劳的品质，给他留下了美好的印象。他渐渐熟悉了这里的风土人情，并观察到北方水乡人民在劳动生活中特有的一些细节。

抗日战争爆发后，父亲毅然投身抗战，在家乡就近参加了吕正操领导的人民武装自卫会，先当宣传部长，后到抗战学院教书。有段时间，父亲在平汉路西的山里工作。从冀中平原来的同志给他讲过两个战斗故事，其中一个是白洋淀青年组成雁翎队抗日的事情，就是这个故事给了他创作灵感，后来他在延安写出了《荷花淀》。那时，离抗战胜利仅剩三个月。1945年8月，日本侵略者宣布无条件投降，父亲随艾青领导的一支文艺队伍，到达率先解放的晋察冀城市张家口，又请示上级批准他返乡搞创作。步行十四天后，父亲回到了日思夜盼的冀中平原，与正在掩柴扉的我爷爷、我母亲久别重逢。此后，他深入冀中生活，又创作出《"藏"》《嘱咐》《采蒲台的苇》《一别十年同口镇》《光荣》等名篇。

我十几岁时，曾与父亲就《荷花淀》的写作进行过一次难忘的交流。那简短的对话，成为我向父亲求教写作知识的最珍贵的记忆。父亲告诉我说，他在西北风沙很大的黄土坡上写了淀水荷花，所以延安的读者喜欢看；他在延安"整风"后，在"那里的作家都不怎么写"的情况下创作出《荷花淀》，所以很稀罕。他的原话是："在窑洞里，就那么写出来了，连草稿也没打。"说得轻如风，淡如水，没有标榜，没有炫耀，没有拔高，没有自得，但那发自心底的喜悦，受到称赞后孩子般的腼腆神情，被我看在了眼里，记在了心中。我感受到了父亲的谦逊品行。

回眸历史，七十年前，1945年5月15日的延安《解放日报》（报纸上刊登的时间是"中华民国三十四年"）第四版登出了这篇佳作，题目是《荷花淀——白洋淀纪事之一》，文字竖排。"月亮升起来，院子里凉爽得很，干净得很，白天破好的苇眉子潮润润的，正好编席。……苇眉子又薄又细，在她怀里跳跃着。"伴着诗一样的开篇，一个质朴、宁静、勤劳、柔美的冀中青年妇女形象，一下子跃入人们眼帘；一个富有传奇色彩，将生命附丽于文学的作家，瞬间迸发出耀眼的光华。那简洁明快的语言，那巧妙的构思，那新鲜的创作手法，那充满浓郁生活气息的对话，尤其是出自年轻女人口中的埋怨与谑语，更是出神入化，令人称绝。这篇小说不仅是一首令人心神陶醉的抒情乐曲，而且称得上是一支振奋人心、鼓舞斗志的战歌。

《荷花淀》发表后，好评如潮，美誉传陕北，人们知道了作者的信息：他是1944年夏天，接受上级命令奉调，从冀中步行千里，奔赴抗日中心的一名原华北抗日联大的教员，现在是延安鲁艺的研究生，第六期学员，他的名字叫孙犁，正在而立之年。这位从冀中走出来的年轻作者，从此蜚声文坛。兼有现实主义与浪漫主义美学风格的《荷花淀》，相继被重庆的《新华日报》和解放区的各报转载，新华书店和香港书店分别收集了作者的其他作品，出版了名为《荷花淀》的小说散文集。此后七十年间，以《荷花淀》命名的书籍不断问世，印刷不断。它的生命力如春苇夏荷，不仅是国内一些中青年作家学习研读的范本，而且很早就被翻译家译成英文介绍到国外。

凡是读过这篇小说的读者，总有这样深切的感受，强烈的爱国情怀充溢身心。浓密的芦苇是军民筑起的长城，挺出水面的荷箭是射向日本侵略者的武器，小船上的几个年轻妇女，警觉地注意着四周的动静，潜伏在硕大荷叶下的八路军战士，正准备与鬼子展开一场生死之战。如今，《荷花淀》巨幅彩色壁画，陈列在中国现代文学馆大厅的显著位置，彰显着这篇文学经典与作者在中国现当代文学史上的地位。《荷花淀》不仅以它独有的艺术魅力，吸引着几代读者不断地阅读、欣赏，更被列入统编语文教材，也是大学中现代文学专业的必读书目。

父亲曾在七十多岁时所作的《孙犁文集·自序》中坦露心声：

> 我最喜爱我写的抗日小说，因为它们是时代、个人的完美真实的结合，我的这一组作品，是对时代和故乡人民的赞歌。

父亲是七十年前的那个时代、那场人民战争的忠实记录者。在我的耳畔，常常回响着这么一句话："抗战小说，数孙犁同志写得最多，也写得最好。"这是熟悉父亲的老战友、军旅作家魏

《荷花淀》部分单行本

巍伯伯在20世纪80年代初说过的话。我牢牢地记在了心里，他对父亲的评价，令我感到惊喜与骄傲。

更令人振奋的是，早在1945年，毛主席就曾对父亲赞赏有加。在读了刊登在《解放日报》上的这篇小说后，他用铅笔在报纸的空白处写下"是一位有风格的作家"。除此之外，茅盾先生曾说："他的散文富于抒情味，他的小说好像不讲究篇章结构，然而决不枝蔓；他是用谈笑从容的态度来描摹风云变幻的，好处在于虽多风趣而不落轻佻。"这是至今为止对孙犁作品最具权威性的评价。

我保留了一块铜质纪念币，这是1995年8月15日，中共天津市委宣传部在纪念抗战胜利和反法西斯战争胜利五十周年之际，为表彰孙犁自抗日战争以来为革命文艺工作做出的突出贡献而颁发的，上面有"抗战文艺老战士"字样。父亲很看重这枚铜质奖牌，细心地保管，因为这几个字里有他太多的回忆，太多的感动，有他的青春遗响，有他的悲欢离合。即使到了耄耋之年，日本侵略者的践踏声犹存在耳，被敌人枪杀后，烈士的孤儿寡母的哭声让他犹记在心，他难忘国耻，希望警钟长鸣。

我写出了自己的感情，就是写出了所有离家抗日的战士的感情，所有送走自己儿子、丈夫的人们的感情。我表现的感情是发自内心的，每个和我生活经历相同的人，就会受到感动。

这是父亲在《关于〈荷花淀〉的写作》中写的一段创作感想。父亲写作这篇小说时，为什么那样从容不迫，行云流水，无滞无碍？皆因饱含着一名战士对人民战争的颂扬、对冀中人民在抗战期间做出的巨大贡献的感念，以及对抗战必胜的坚定信心，也饱含着对家乡父母、妻子、亲人的缕缕思念。

我上中学的时候，听父亲对母亲说，他在延安参加大生产运动时，生活上是有保障的，比在冀中好很多。他开过荒、糊过纸盒。有一回修飞机场，用铁锹挖地，很累，干完活，他一口气吃了十几个小馒头。他讲过与他有手足般情谊的作家方纪，是特别能干的生产能手，还会纺线；讲过他坐在山坡上呆呆地遥望家乡，非常想念家里的亲人，想念家乡的土地……从1938年开始，他抛妻舍子，离别双亲，加入抗战队伍，到1945年5月写出《荷花淀》等作品，整整八年，除了1941年因工作回过一次冀中，与王林、梁斌等战友一块搞过《冀中一日》，他没有见过乡土，回过家园。

《荷花淀》虽系小说，但同父亲许多作品一样，也明显带有个人经历的痕迹，如水生与妻子道别时的场景，就有他的感受，他的身影。在《荷花淀》中，我也看到了我母亲的身影，并如闻其声。在创作上，父亲从不写自己不熟悉的东西。他曾说，自己写作的语言，常常得益于我奶奶与我母亲。在我看来，母亲与父亲笔下的水生女人，在某些地方常常合二为一，都是那样乐观，那样朴实，识大体，顾大局，善解人意，深明大义。当然，我的母亲常年生活在旱地，不会划船，但像"你总是很积极的""你明白家里的难处就好了"，这样的话绝对出自她口。水生女人这一人物的部分原型，出自我母亲是可以肯定的。

卫建民在《孙犁在延安》一文中这样评价《荷花淀》：

> 《荷花淀》不是"军事题材"的文学作品，而是一位作家和一个民族的还乡梦。……在延安，《荷花淀》的发表，确立了孙犁从传统承袭的审美取向。所以孙犁的作品，比那个时期产生的不少秧歌剧、信天游、章回体话本更有超越价值。

《荷花淀》诞生后，父亲在鲁艺被提升为教员，主讲《红楼梦》。

其实，《荷花淀》的写作也受到了《红楼梦》这部名著的深刻影响。如文中的妇女与丈夫的对话、妇女之间的对话等，都有《红楼梦》中人物对话的风格韵味。而这种对话风格，在父亲后来的一些重要作品，如《山地回忆》中的"妞"，《铁木前传》中的"小满儿"等人身上，也有出色的表现。

在战争年代和在晋察冀通讯社、晋察冀日报社工作的经历，使父亲注意从各种渠道收集有关敌我双方战斗力量的数据、资料；各大战役名称，特别是日军将领的名姓；各抗日根据地所属省份、区域名称；"五一大扫荡""三光"政策下，日军残酷烧杀抢掠的地区、村落及村民死亡人数等，做到心中有数，写稿迅速准确。

由于父亲写过《芦花荡——白洋淀纪事之二》《白洋淀边一次小斗争》《采蒲台的苇》《琴和箫》《同口旧事》《白洋淀之曲》等有关白洋淀的作品，不少读者甚至研究者认为他是白洋淀人，其实，父亲的老家是河北省安平县东辽城村，距离白洋淀还有一段路程。对故乡，十二岁就外出求学的父亲一往情深。故乡的乳汁，故乡的恩泽，在他的身上和作品中，都打下了深深的烙印。童年时与小伙伴的野地追逐、乡风民俗、老屋炊烟、亲情挚爱，哪一样不让白洋淀游子怦然心动，魂牵梦萦？愈到晚年，他思乡愈切，这在父亲晚年创作的《度春荒》《童年漫忆》《蚕桑之事》《听说书》《第一个借给我〈红楼梦〉的人》《父亲的记忆》《母亲的记忆》《老家》《鸡叫》等作品中，得到了充分的展现与倾吐。"乡里旧闻系列"，运用白描手法，写尽家乡人物的生活百态。

父亲生前极为关心学生的教育问题，关心青少年的成长环境。他关心家乡子弟读书学习的事迹，至今仍在河北省安平县广为传颂。1983年，他向天津市少年儿童基金会捐款两千元（那时候写一本散文集的稿费是六百到七百元）；后又将家乡祖产，五间房屋，片瓦不留地全部捐给乡里办学并捐资，先后为安平中学、安平县大子文乡中学、孙遥城小学题写校牌并题字。此举一方面出于对故乡难以割舍的感情，一方面是对家乡莘莘学子的爱护与期望。

华北明珠白洋淀曾是冀中抗日根据地，虽然不是父亲的生身之地，却是父亲的第二故乡。正是由于有在白洋淀这段难忘的宝贵的生活经历，才使父亲写出"白洋淀系列"，这成为他文学生涯中的重要部分。1958年，由康耀伯伯帮助父亲编辑的《白洋淀纪事》，由中国青年出版社出版，初收五十四篇小说、散文，此后多次再版。1981年2月，父亲在为友人姜德明所藏精装本《白洋淀纪事》题字时，这样写道：

> 君为细心人，此集虽系创作，从中可看到：一九四〇到一九四八年间，我的经历，我的工作，我的身影，我的心情，实是一本自传的书。

1972年，父亲又重返白洋淀，创作出京剧脚本《莲花淀》和《戏的梦》。白洋淀建有孙犁纪念馆，也塑有凝视白洋淀的孙犁雕像。著名编辑沈金梅这样评论父亲：

> 在中国现当代文学史上，孙犁是一位少有的真正纯正与纯粹的文学家。他从不凭借与谋求文学以外的任何东西，从不在文外用功和依靠文外功夫，试图依凭与文学无关的某些外力，去增加其作品的分量。他在文学上的成就，依靠的只是其自身深厚而独到的创作功力。……他之所以成功和赢得

人们的尊敬，不只是由于其作品文格的纯净与高洁，也是由于其人格之纯正与纯粹，由于其人格与文格之完美统一。

"文化大革命"中，我与父亲共同经历了被抄家、被逼搬迁至佟楼工人区的事件，父亲的文学梦被无情摧毁，我深知这对他的心灵造成了极大的伤害。1966年，父亲被单位批斗，当晚决绝地打算触电自杀；1970年，我母亲在和父亲患难与共、相濡以沫近四十年后，历经磨难与病痛而离世……每每忆及这些往事，我都肝胆俱裂，悲泪难禁。父亲任凭风云变幻，从不根据形势修改自己的抗战作品，宁可沉默，不昧天良，也不求助于位高有势的权威、新贵，寻一条活路。书衣残帛记心语，旧牛皮纸封皮上的一段段语句，犹如日记，倾吐了他内心的积郁忧愤。

粉碎"四人帮"后，父亲"老树着新花"，关心他的友人劝他，"何苦杜鹃啼血，莫若逍遥度日"，但他宁肯独守耕堂，寂寞为文，笔耕不辍。"究史研经敬畏耕堂抨丑怪，淡名泊利依然淀水妙莲花"，父亲日复一日，孜孜矻矻，激浊扬清，以警后世，倾注全部心血连续奋战十几个春秋，连著十书，在他耄耋之年，又创造出一个写作奇迹。

鲁迅先生伟大的人格，对民族强烈的责任心，疾恶如仇、爱憎分明的战斗精神，对文学事业至死不渝的耕耘努力，让父亲一生学习。父亲晚年依然忧国忧民，关心国家精神文明建设，捍卫

孙犁在耄耋之年，笔耕不辍，倾注心血，连著十书

民族文化与自尊。为了捍卫民族语言的纯洁性，回击随意践踏中华民族文化的邪流；为了抵制那些说起来很时髦听起来以为很潇洒，实际上对青少年成长极为不利，甚至诱导犯罪的口号；为了揭露某些媚俗、色情、暴力的作品给社会带来的种种危害；为了用美好高尚的文学作品给年轻一代提供优秀的精神食粮，托起祖国明天的希望，这位年高体弱的抗战老战士，仿佛又听到祖国的召唤，以凌厉的战斗姿态，披坚执锐，跃马扬鞭，驰骋疆场，所向披靡，一往无前。

书生模样，战士情怀，君子本色。晚年孙犁抨击文坛不正之风，无私无畏，哪怕孤军奋战，腹背受敌，也决不退缩，决不投降！正如诗坛泰斗臧克家先生称赞的那样：批判文坛不正之风，少有顾忌，直抒胸臆，"具有卓然而立的精神"。父亲的一生虽没有大红大紫的荣耀，但作品始终被人学习着。

父亲在晚年及去世后，得到了更多的赞美声。经历了风霜雨雪的荷花，绽放出更高洁优雅的姿容。尤其是他的散文作品，饱含人间真情，写尽人生历程，语言朴素，情感真挚，正如《孙犁传》的作者郭志刚教授评论的那样：

> 整个体现了一个生命成熟的过程。这个生命属于时代：在六十年的文学生涯中，他的散文写作轨迹和时代的轨迹相当一致。结果，他为生活留住了历史，历史留住了他的散文

的生命。他的散文中的美与刺，好比一枚钱币的两面，外观不同，价值相等。

历经战乱流离天灾人祸，生死离别兴衰成败，写作给予父亲的慰藉和补偿无可替代，时常让他有发自内心的幸福快乐之感。他的文字中蕴含了真挚的情感，倾吐了刻骨铭心的记忆，感动了自己，也必然会感动别人。

"清清淀水几多情，军民鱼水筑长城。窑洞一枝生花笔，传世荷花耀眼明"，父亲的作品常读常新，历久弥新，是根植于祖国大地、文艺百花园中的一道独特风景。

2015 年

后　记

今年 7 月 11 日，是我父亲孙犁先生去世二十一周年纪念日。经麦坚先生与山西教育出版社的不懈努力，《一生荷梦寄清风：我的父亲孙犁》终于面世。这本书收录了我近三十篇回忆性的文章，是我虔诚地献给天堂里的慈父的一瓣心香。

值得说明的是，这本书凝聚了父亲所有亲属对他刻骨铭心的情感，也饱含着父亲生前的友人、同人、学生及读者，对他的深挚情谊与深切缅怀。

感谢所有关心、鼓励、帮助过我的吴泰昌、从维熙、卫建民、沈金梅、冉淮舟、李屏锦、莫言、贾平凹等孙犁研究专家、文化学者、著名作家，感谢曾付出极大心血编辑我作品的罗少强、高为、徐福伟等师友。限于篇幅，还有很多需要感激的人，不能在此一一列出，敬希鉴谅。

当然，我最感激的还是我的父亲，是他美好的人性、高洁的品格、勤奋的工作精神感动了我；是他送我的众多优秀书籍滋养了我；是他在我很小的时候讲给我听的四大名著小故事启发了我，让我从中学时代便爱上了文学；是他的点拨、指正提升了我，让我在写作上少走很多弯路……

我清晰地记得，父亲离开我们的那天，是一个下着雷阵雨的夏日清晨。这么多年过去了，父亲的音容笑貌仍时时出现在我的眼前、耳畔、梦中。他身材颀长，笑声爽朗，总是那样沉稳、安静，总是那样慈祥、宽容。

对于我这个比较内向的人来说，化解痛苦的方法唯有书写——把怀思变成文字，把文字化作心香。多年来，寒窗苦读，闻鸡起舞，与父亲的作品为伴，一点一滴地将有关父亲的回忆写出，废稿盈箱，用手中的笔写出心中最美好、最珍贵、最难舍的感情，"字未成行泪成行"，心情自然是不平静的。

二十余年来，我在《天津日报》的《文艺周刊》及《满庭芳》上陆续发表了几十篇回忆父亲的文章，起步艰难，成篇不易。宋曙光编辑为了这组文章，从策划到见报，给予了我极为热情的支持，也付出了大量的心血与精力。在将"怀思变成文字，把文字化作心香"的岁月里，我的写作水平也在逐步提高，作品被选入多种散文集，这些文章虽然写得很吃力，自己也不是太满意，但是在怀思父亲、学习父亲、纪念父亲、读懂父亲的路上，从年近花甲至古稀之年，我一直在努力克服种种困难，或披星戴月，或废寝忘食……

令我深感遗憾与自愧的是，面对父亲这棵硕果累累的大树，女儿的拙笔只能表现其中的零星枝叶，倾尽心力也难描绘出其伟岸与恢宏。在研究父亲孙犁的路上，我愿做一块砖，以求抛砖引玉；我愿做一粒铺路的石子，为他人送去方便。感恩父亲，能为他做点力所能及的事，是我最大的幸福与慰藉！

限于水平和身体的原因，虽然几经修改、增删，难免仍有错漏、不当之处，敬希各位专家、学者、师生、读者教正，不胜感激。

孙晓玲

2023年4月于紫菊斋